BOLSILLO
ZETA

Título original: *Until Forever*

Traducción: Ana Mazía

1.ª edición: mayo 2008

© 1995 Johanna Lindsey
© Ediciones B, S. A., 2008
 para el sello Zeta Bolsillo
 Bailén, 84 - 08009 Barcelona (España)
 www.edicionesb.com

Publicado por acuerdo con Avon,
un sello de HarperCollins Publishers, Inc.

Printed in Spain
ISBN: 978-84-9872-041-9
Depósito legal: B. 17.176-2008

Impreso por LIBERDÚPLEX, S.L.U.
Ctra. BV 2249 Km 7,4 Polígono Torrentfondo
08791 - Sant Llorenç d'Hortons (Barcelona)

HASTA LA ETERNIDAD

JOHANNA LINDSEY

BOLSILLO
ZETA

Para Joe... Thorn, Challen,
Fallon, James, Tony...
y podría continuar hasta el infinito.

1

La volvía loca dejar a un lado esa caja que estaba sobre el pequeño aparador, junto al escritorio, y no abrirla. Roseleen White habría jurado que tenía más fuerza de voluntad pero, al parecer, no era así en lo que se refería a su única pasión. No obstante, trató de ignorar esa debilidad, y también el hecho de que no podía evitar echarle un vistazo cada pocos minutos.

El tiempo se le escapaba. Tenía que terminar de corregir los exámenes de los alumnos esa noche. Por lo general, se habría llevado los ejercicios a casa, pero esa noche no iba allí. De la universidad, iría directamente a casa de su amiga Gail a pasar el fin de semana. Y tampoco iría el lunes, pues hacía ya mucho tiempo que debía una visita al dentista. Por lo tanto, tendría que dejar los exámenes sobre el escritorio, para que el lunes su sustituto los tuviese a mano.

Los tres días siguientes estaban bien programados, como a ella le gustaba que fuese su vida.

No contaba con el aviso de entrega que encontró el día anterior en el buzón, donde decía que al fin había llegado de Inglaterra la caja que tanto esperaba, ni tampoco con la emergencia de la noche anterior, cuando tuvo que llevar a Carol, su vecina, al hospital, lo que le había impedido calificar las pruebas de sus alumnos.

Esa mañana, de camino a la universidad, pasó por la oficina de correos a recoger la caja y hasta metió un par de tijeras en el bolso para poder abrirla sin tardanza. Y una vez más, no previó la larga cola que había en correos, tras la cual sólo le quedó tiempo suficiente para llegar temprano a la primera clase. Y desde entonces, no había tenido un solo momento libre para satisfacer su curiosidad.

Los viernes eran siempre los días de mayor trajín, pues tenía tres clases seguidas y, después de cada una, la esperaban las preguntas inevitables de los alumnos que no tenían prisa por llegar a la clase siguiente. También ese día tenía que reunirse con dos alumnos para comunicarles que no habían aprobado ese semestre. Luego, en el preciso instante en que pensó que tendría tiempo suficiente para tomar una cena rápida y abrir la caja antes de dedicarse a los exámenes, el decano la mandó llamar.

Aún estaba furiosa por esa reunión. Antes de que se enterase por otros medios, el decano Johnson quería decirle con delicadeza pero sin vacilaciones que iba a ofrecer una tutoría a Barry Horton. Barry era el mayor desastre de su vida, y constituía la prueba palpable de que a cualquier edad una mujer podía ser ingenua y crédula. ¡Y ahora se convertiría en su par!

Aunque el decano fue muy diplomático, la esencia de la convocatoria consistió en decirle que esperaba que no armara escándalo al respecto, que no renovara sus antiguos reparos contra Barry. ¡Como si estuviese dispuesta a revivir toda esa humillación para volver a sufrirla...! Estaba enfadada por la inmerecida buena suerte de Barry, y le resultaba imposible concentrarse en los papeles que tenía delante a causa de la caja que estaba ahí, tentándola a que la abriese. Se había convertido en una prueba de fuerza. No la abriría hasta que hubiese corregido el último examen y... y al diablo con ello.

Sentía pasión por las armas antiguas, era lo único que le interesaba además de la historia medieval, tema en el que era experta. El padre de Roseleen, párroco de una pequeña ciudad, era quien las coleccionaba sin importarle que fuese una afición insólita para un hombre de su condición. La muchacha heredó la colección al morir su padre y, poco a poco, a medida que podía permitírselo, había ido aumentándola. Cada vez que viajaba a Inglaterra, pasaba tanto tiempo en las tiendas de antigüedades como investigando para el libro que escribía acerca de las conquistas normandas.

Había llevado la larga caja a clase porque no quería dejarla en el automóvil... en realidad, no quería perderla de vista: había esperado demasiado tiempo su llegada. Fueron tres años de rastrear al dueño después de enterarse de la existencia de la *Blooddrinker's Curse*; luego, el júbilo de saber que la antigua espada estaba en venta, y que no saldría a subasta pues, en ese caso, llegaría a un precio fuera de su alcance. Más tarde, la frustración al tratar con sir Isaac Dearborn, el excéntrico propietario. Pasaron cuatro meses más regateando el precio y otros detalles, aunque la joven no participó en las negociaciones pues Dearborn se negaba a vendérsela a ella.

—Ninguna mujer puede poseer la *Blooddrinker's Curse* —le había dicho en su primera tentativa, sin añadir explicaciones.

Dearborn ni siquiera respondió a sus sucesivas llamadas y cartas. Pero David, el querido David, su hermano del corazón, aunque no fuese de la sangre, que quedó huérfano de pequeño y al que recogió la familia de Roseleen, aceptó por ella el desafío. Después de cuatro meses, y tras aceptar las insólitas exigencias de Dearborn, logró concertar la compra.

Cuando la llamó desde Inglaterra para decirle que ya había enviado la espada hacia Estados Unidos, donde ella vivía, Roseleen se sintió feliz y además sorprendida, cuando él continuó:

—No puedes pagármela, Rosie. Tuve que firmar una declaración jurada en la que manifestaba que jamás vendería la espada, ni se la dejaría en herencia a ninguna mujer. Pero no se habló para nada de regalarla. Considérala, pues, tu regalo de cumpleaños... por los próximos cincuenta años.

Teniendo en cuenta lo que habría costado el arma, casi todos los ahorros de Roseleen más un préstamo por otros veinte mil, no cabía duda de que estaba en deuda con David, pese a la broma de que se trataba de un regalo de cumpleaños. Para él, el precio de la espada no significaba nada, pues estaba casado con una heredera que lo adoraba y derramaba sobre él su fortuna. Su esposa, Lydia, coleccionaba casas y mansiones, del mismo modo que Roseleen coleccionaba armas. Pero era una cuestión de principios... y de extravagancia... se sentía en deuda con David, aunque a él le hubiese encantado regalársela. Tendría que hacer algo realmente bueno por él para devolverle el favor.

Por fin, cedió a la tentación. Sintió que le temblaban los dedos al buscar las tijeras en el bolso. Echó un vistazo a la puerta de la clase, pensando en cerrar con llave, pero luego sonrió para sí misma: se estaba poniendo un tanto paranoica. Los edificios de la universidad estaban casi vacíos, pues sólo unos pocos profesores y los integrantes de la clase de teatro se quedaban hasta tan tarde, ensayando la obra que el señor Haley hubiese elegido para ese semestre. No la interrumpirían y, aunque así fuese, no tenía nada que ocultar. No porque Dearborn hubiese sido tan terminante al afirmar que ninguna mujer podría poseer la espada...

Bueno, ahora le pertenecía. Era suya. Sería la joya de su colección, el arma más antigua, la pieza más rara que jamás hubiese soñado poseer. En cuanto oyó hablar de ella, la deseó con fervor incluso sin verla, por el solo hecho de que era antigua. Todavía no había visto ni siquiera un dibujo de la espada. Pero David le aseguró que, para la edad que tenía, estaba en perfectas condiciones, muy poco corroída... cosa milagrosa teniendo en cuenta que la empuñadura databa del siglo VIII, y la hoja de acero, del X. Al parecer, cada dueño la había cuidado desde entonces con el mayor esmero, además de ocultarla con celo de la vista pública.

Ahora, con las tijeras en la mano, cortó las gruesas bandas plásticas del embalaje, las separó para abrir la caja, y rebuscó entre la paja que la protegía. Debajo había otra caja de fina caoba lustrada. Rió para sí al ver el ancho lazo que David había atado alrededor. De la cinta colgaba una pequeña llave para abrir la caja.

Con cuidado, alzó la caja de madera y tiró al suelo la de cartón. Pesaba tanto que había tenido que sujetarla con los brazos para llevarla a la clase. Dio un tirón al lazo y tomó la llave. Sin advertirlo, contuvo el aliento mientras la metía en la cerradura, la hacía girar y escuchaba el ligero sonido que indicaba que se abría.

Se quedó fascinada y estupefacta contemplando ese trozo de historia de más de mil años de antigüedad. La larga hoja de doble filo sólo estaba astillada en dos sitios y ennegrecida por el paso del tiempo, pero la empuñadura de plata repujada estaba tan bien conservada que brillaba a la luz de la lámpara del escritorio. Incrustada en el centro había una gema ambarina oscura. Tres piedras ambarinas más pequeñas adornaban el extremo del pomo, y un animal desfigurado estaba grabado en la empuñadura; probablemente, un dragón o una víbora. La extraña forma no permitía adivinarlo.

La ejecución era hermosa y, si había sobrevivido a tantos siglos de existencia sobre la tierra, algo que sólo sucedía con los artefactos hallados en las excavaciones, era porque la calidad era soberbia. Era de origen escandinavo: Roseleen lo habría adivinado por su estilo pagano aunque David no se lo hubiera dicho. Una espada hecha para un hombre de recursos, una espada vikinga bautizada *Blooddrinker's Curse*.

Roseleen era profesora de historia y, aunque la época de los vikingos no era su período preferido, estaba muy familiarizada con ella y con sus obras. Los vikingos eran famosos por bautizar a sus armas con nombres tan insólitos como los de ellos mismos. Sin embargo, nunca había oído hablar de uno tan extraño como *Blooddrinker's Curse*, la Maldición del Bebedor de Sangre. Por otra parte, tampoco se imaginaba por qué su primer dueño la llamó así, y lo único que podía hacer era imaginarlo, pues el motivo del nombre debía haberse perdido con el paso de los siglos.

Y debía preguntárselo, se lo preguntaba, pues estaba fascinada con la joya más flamante de su colección. ¿Cuántas vidas habría cobrado? ¿Innumerables? Los normandos eran agresivos, sanguinarios merodeadores de los mares del norte, antiguos artistas de los ataques súbitos y la huida. Y era probable que hubiesen usado la espada en la guerra durante siglos, pues no fue sepultada con su primer dueño, como era la costumbre vikinga. ¿Por qué no? ¿Acaso éste la habría perdido? ¿Podría ser que no hubiese muerto en batalla, sino apaciblemente, y que hubiera regalado la espada a otro antes de morir? O quizá muriese en una batalla en el extranjero, lejos de sus amigos y sus compañeros de armas, en un país que no siguiera sus costumbres paganas.

Se le ocurrían infinitas preguntas, pero sabía que jamás encontraría las respuestas. Aun así, su frustración era moderada, en comparación con el placer que le producía ser la dueña de la espada.

—*Blooddrinker's Curse* —dijo, en voz alta sin poder resistir más la ansiedad de tener en la mano la antigua espada—. Te apartaron de aquello para lo que fuiste creada. Ya no derramarás más sangre, pero te doy mi palabra de que no dejaré de cuidarte.

Cerró los dedos en torno a la empuñadura, sorprendentemente tibia, y alzó la espada del lecho de terciopelo dorado: era más pesada de lo que habría imaginado. Necesitó acudir al auxilio de la otra mano para sostenerse la muñeca pues, de lo contrario, se le habría caído. Y con el arma frente a ella, casi no oyó el retumbar lejano de un trueno. Pero el rayo que relampagueó en la habitación a través de las ventanas, le hizo ahogar una exclamación de sobresalto y, por unos instantes, quedó deslumbrada como si una docena de bombillas le hubieran estallado en la cara.

El arma comenzó a ladearse, y ella tuvo que sujetar la larga hoja con la mano para que no se clavara contra el aparador. Uno de los bordes irregulares le atrapó el dedo y la joven hizo una mueca, pero eso no fue nada en comparación con los latidos de su corazón ante el inminente desastre. Aunque casi no podía ver, apoyó la espada otra vez en su lecho de terciopelo, y maldijo al meteorólogo por la predicción de esa mañana, según la cual el cielo estaría despejado ese día y el siguiente. No le gustaba la idea de conducir tres horas bajo la lluvia hasta la casa de Gail.

—¿Ha oído eso, profesora White? —le preguntó el señor Forbes, el guardián nocturno, asomando la cabeza por la puerta—. ¡Qué extraño!

—Una tormenta inesperada no tiene nada de raro —repuso.

Se apresuró a cerrar la tapa de la caja, pero no pudo echarle la llave. Reconoció la voz del señor Forbes, aunque le resultaba imposible verlo. Lo único visible era el charco de luz alrededor del escritorio, pues grandes manchas negras le obstruían la visión del resto del cuarto.

—Por eso mismo, profesora. El cielo está tan despejado como lo ha estado toda la tarde: no hay una sola nube.

Al recordar el trueno antes del rayo, Roseleen pensó en discutir con el hombre; pero mientras intentaba enfocar la mirada, sus ojos se posaron sobre los exámenes todavía sin calificar que había encima del escritorio. No tenía tiempo de discutir las peculiaridades del clima, y además no le importaba...

—No me preocupa, señor Forbes —dijo, desechando la cuestión—. Si la tormenta ha pasado antes de llegar a nosotros, me parece bien.

—Sí, señora —respondió el hombre, y cerró otra vez la puerta.

Al oírlo marcharse, Roseleen se detuvo un momento para frotarse los ojos bajo las gafas de montura metálica. Cuando volvió a mirar el escritorio, había menos manchas negras moviéndose al azar sobre la superficie. Luego la sobresaltó otra voz masculina, profunda y desconocida, y con un matiz subyacente muy definido... ¿Era cólera? ¿Simple enfado? Fuera lo que fuese, le provocó un escalofrío en la espalda.

—No debería haberme llamado, señora.

2

Como esas palabras no tenían el menor sentido para ella, llegó a la conclusión de que había entendido mal.

—¿Qué ha dicho? —preguntó, tratando de enfocar la vista en la silueta borrosa cerca de las ventanas.

La luz de la lámpara del escritorio no llegaba hasta allí, y todavía danzaban algunas manchas negras ante sus ojos. No pudo distinguir más que una silueta grande, recortada contra los jardines bien iluminados del campus universitario que se veían por las ventanas. Y mientras la contemplaba, advirtió el silencio: el individuo no le había respondido. Se limitaba a permanecer ahí, de pie, y lo extraño de la situación provocó otro estremecimiento en su espalda.

Enfadada consigo misma, se sacudió. En ese sitio, ella era la profesora, la autoridad. Debía de ser un estudiante. Y si llamaba, sin duda, aún la oiría el señor Forbes. Pero la inquietaba pensar que estaba tan distraída que no lo había visto entrar en el salón. Entonces, recordó lo que estaba haciendo en el instante en que el señor Forbes la interrumpió. Con cierto matiz de suspicacia, preguntó:

—¿Cuánto hace que está escondido en la sombra, señor...?

El sujeto no pronunció ningún nombre, no respondió en absoluto y el enfado de la joven se concentró por completo en él. Se levantó, se encaminó hacia la puerta y encendió una de las luces del techo para poder ver al visitante. La luz invadió todos los rincones de la enorme aula, y bañó la cara del hombre, que la volvió hacia arriba para observar el accesorio de luz. Arrugó el entrecejo... ¿o sólo guiñaba los ojos?

Y sin lugar a dudas, el individuo era sorprendente.

Debía de ser jinete, jugador de fútbol o algo así. El entrenador de Westerley habría vendido a su propia madre por tener a alguien con semejante cuerpo en el equipo, si bien parecía un poco mayor para ese deporte, más cerca de la edad de ella misma, o quizás unos años mayor, tal vez treinta. Pero un jinete lleno de músculos. Roseleen tenía algunos así en la clase, y les interesaba más gastar bromas que lo que ella les enseñaba.

No obstante, era injusto el modo en que le endosara un estereotipo a ese hombre sólo porque era lo que sus alumnas llamarían una masa de músculos. Lo que la sorprendía era el modo en que estaba vestido... o desvestido. Y de pronto, al comprender que debía de estar disfrazado, casi sonrió.

Los pantalones eran de un cuero áspero, que parecía curtido de manera primitiva. Las bastas tiras de piel que le cruzaban desde los tobillos casi hasta las rodillas para sujetarlos a las piernas tenían el estilo medieval que se conocía como ligas cruzadas. Un faldón del mismo material que los pantalones cruzaba sobre las ingles hacia las caderas, lo rodeaba por detrás y se unía delante con otra tira semejante que se ataba justo debajo del ombligo, sujetando los pantalones a las caderas. Si había botones o un cierre debajo de ese faldón, estaban bien ocultos.

Roseleen tendría que felicitar a la nueva modista del señor Haley por la atención que prestaba a los detalles más nimios. Esos pantalones podrían haber salido de un museo. Un cinturón de casi ocho centímetros de ancho también ayudaba a sujetar los pantalones, ajustándose a la estrecha cintura. El único detalle consistía en una gran hebilla circular, pintada de modo que parecía de oro. Botas de cuero, con las costuras hacia afuera como los mocasines, estaban atadas encima de los tobillos.

No tenía camisa, lo que fue motivo de la primera sorpresa, con todos esos músculos tan visibles. Quizás el disfraz no estuviese del todo terminado, o tal vez en la obra del señor Haley hacía falta un pecho desnudo. Tenía que admitir que ese torso desnudo era impresionante, no tan formidable como el de un levantador de pesas pero bien desarrollado, ancho, y finamente salpicado de vello castaño claro. Por otra parte, le habían hecho un excelente maquillaje que fingía cicatrices atravesando el pecho y los brazos robustos; supuestamente, heridas de antiguas batallas.

Alrededor del cuello llevaba un collar o gargantilla de diseño antiguo, una doble hilera de filigrana en forma de perlas gruesas ensartadas en lo que parecía también oro puro. Y llevaba el cabello castaño claro largo, un poco por debajo de los hombros, lo que sin duda le habría valido el papel. Era la personificación de un antiguo guerrero sajón... o vikingo.

Otro temblor le recorrió la espalda. Era una coincidencia sobrenatural que minutos antes tuviese en las manos una auténtica espada vikinga, y ahora apareciera un estudiante de teatro con lo que era, evidentemente, un disfraz vikingo.

Entonces, el individuo bajó la cabeza y la miró a los ojos, seguramente con manchas negras delante por haber estado tanto tiempo mirando la luz. Pero en ese instante, Roseleen sintió algo más que inquietud. Si bien ese hombre tenía un rostro apuesto, de un modo rudo, a la joven le pareció casi sublime. Las cejas eran casi rectas, y más gruesas en los extremos. Los ojos estaban hundidos, de un adorable tono azul claro. A los lados de la nariz recta, los pómulos eran fuertes. Tenía los labios más bien delgados, y la mandíbula muy masculina, cuadrada, casi podría decirse que agresiva.

Si sonreía, seguramente se le formarían hoyuelos, pero no parecía una expresión propicia a dejarse suavizar, pues más bien resultaba intimidatoria. No era un hombre feliz. Lo que ella había detectado en su voz, en realidad era enfado.

Mientras se contemplaban, el silencio duró demasiado. Estaba a punto de repetir la pregunta cuando los ojos del hombre iniciaron un largo recorrido por el cuerpo de la mujer, se demoraron demasiado en las pantorrillas desnudas, y luego volvieron hacia arriba.

Se sonrojó, instantáneamente, pues no estaba acostumbrada a que los hombres hicieran eso. Roseleen afeaba su apariencia, hábito adquirido en la escuela secundaria, cuando los muchachos empezaron a interesarse por ella. Prefería que no la molestaran. En el presente, lo había conseguido: la forma en que vestía lo proclamaba en letras mayúsculas.

Las gafas que llevaba eran de cristal común: en realidad, no las necesitaba. Casi nunca usaba maquillaje, y nunca en el campus. Llevaba las faldas a dos centímetros y medio exactos debajo de las rodillas, y se inclinaba por los diseños sueltos, bien rectos, con cinturones debajo de la cintura, de modo que sus curvas no atrajesen miradas lascivas. Los tacones más altos que usaba tenían como máximo cinco centímetros, y siempre llevaba zapatos sencillos, de puntera cuadrada, que eran lo menos atractivo que se podía conseguir.

Incluso llevaba el cabello cobrizo y lacio recogido en la nuca en un moño anticuado. Una vez, Barry había dicho que adoraba los matices intensos y naturales de su cabello y, cuando rompieron, la muchacha pensó seriamente en teñírselo de negro.

Acababa de recuperarse del sonrojo cuando el visitante volvió a hablar.

—Antes de llamarme, señora, tendría que haberse vestido de forma apropiada.

El sonrojo volvió, pues el hombre habló en tono... ofendido. Hasta se miró a sí misma para ver si tenía desprendido un botón de la blusa, si se le había perdido el cinturón sin que lo advirtiese, o si se le caían las medias. Pero no, su apariencia era tan pulcra e indefinida como siempre, con su ropa de poliéster antiarrugas.

Cuando miró hacia abajo, se le deslizaron las gafas por la nariz. Las volvió a poner en su lugar, y compuso su expresión más severa de profesora disgustada.

—No estoy aquí para que usted pueda ensayar la obra. Si se ha perdido, le diré que la clase de teatro es cuatro puertas más allá.

Caminó otra vez hasta el escritorio, se sentó, levantó el

papel que estaba encima del montón, y fingió leerlo. Pero no era cierto. Esperaba que el sujeto se marchara. Sin embargo, no oyó que atravesara el aula, ni que la puerta se abriese y se cerrase. Empezaba a sentirse inquieta otra vez.

Desistió de seguir ignorándolo, y le lanzó otra mirada. Todavía estaba allí pero, al menos, esos ojos penetrantes no estaban fijos sobre ella. Contemplaba la sala con algo que parecía fascinación, como si nunca hubiese visto pupitres o pizarras, por no hablar de los grandes mapas del mundo y los carteles con figuras de caballeros medievales.

Los ojos del sujeto se detuvieron sobre uno de ellos y parecieron iluminarse, reconociéndolo:

—¿Quién es el hombre que retrató a lord William tan parecido?

En su tono de sorpresa Roseleen detectó un acento extranjero que no pudo identificar. Siguió la mirada hacia el cuadro donde se veía la figura de un hombre con la larga túnica del siglo X.

—¿Lord qué?

Esos ojos azules volvieron a la mujer.

—William el Bastardo —dijo, en un tono que indicaba que no debería haber preguntado.

Sólo había un William el Bastardo conocido, el que había cambiado la historia de Inglaterra, llamado también Guillermo el Conquistador. ¿Cómo era posible que alguien viese la similitud entre William, como fue retratado en los pocos tapices que sobrevivieron del siglo XI, y ese moderno cuadro cuya única semejanza tal vez fuese... el cuerpo musculoso?

Roseleen arqueó las cejas: ¿aquel sujeto parecía que estaba burlándose de ella? O quizás estuviese ensayando unas líneas que reforzaran su personaje. Aun así, no le agradó.

—Mire, señor...

Esta vez, el hombre no eludió la pregunta:

—Me llaman Thorn.

Ella se puso rígida. ¡Cuántas veces había oído esas bromas!

«Rosie, a tu arbusto le vendrían bien unas espinas»,* o, «Me gustaría ser la espina de tu arbusto, Rosie», las groseras insinuaciones de los muchachos que estaba segura de haber escuchado por última vez en la escuela secundaria.

Entonces, se le ocurrió que este hombre no era un estudiante de teatro perdido. Era más probable que alguien lo hubiera mandado para gastarle una broma, y el único instigador posible que surgió en su mente fue Barry Horton. Quizá fuese su manera de hacerle notar que había ganado el profesorado. Eso sí tenía sentido. El acento... Barry sí se vinculaba con los profesores extranjeros que había en Westerley y con los amigos de ellos, quizá porque le hacía sentirse sofisticado.

La cólera que había sentido antes, en la oficina del decano, regresó con toda su fuerza. ¡Ese ladrón, ese pedazo de...! «Mi padre se revolvería en su tumba si pudiese adivinar lo que pienso», se dijo, pero desechó esos pensamientos, pues sabía que los insultos no eran dignos de ella. No obstante, no pudo evitar lanzar una mirada airada a eso que, para Barry, pasaba por una broma.

—Señor Thorn...

—No, Thorn es mi nombre. Thorn Blooddrinker. Sólo los ingleses son capaces de anteponer el señor a un nombre honesto.

«Dios mío, —pensó la joven—, me ha oído hablándole a la espada y lo usa para burlarse más de mí.» Ya su vergüenza era completa, pues sin duda le contaría todo a su ex novio, palabra por palabra.

—Nosotros, los norteamericanos, podemos ceñirnos sólo al *señor*, que es lo que estoy a punto de hacer. Ahora puede marcharse, señor, y decirle al señor Horton que esta bromita es tan inmadura como él.

—Gracias, señora. Es prudente por su parte el hacerme volver. Y mejor todavía será que no vuelva a llamarme.

* Es un juego de palabras pues *Thorn*, en inglés, significa espina. (*Nota de la traductora*)

Roseleen resopló para sí misma. No estaba dispuesta a descifrar una afirmación tan extraña, y lo despidió. Una vez más, lo ignoró y volvió la vista al examen que aún tenía en la mano. No obstante, si en dos minutos no se iba, llamaría al encargado de seguridad del campus.

Entonces, la sobresaltó nuevamente el retumbar de otro trueno distante. Al recordar lo sucedido antes, esta vez se apresuró a cerrar los ojos, pero el gesto no fue del todo eficaz. El destello del rayo llenó de nuevo el aula e incluso a través de los párpados cerrados la deslumbró.

Pero no vio tantas manchas negras como antes y, cuando los abrió, pudo ver por las ventanas y comprobó que no había lluvia ni viento. Frunció el entrecejo. Claro que eso no significaba nada, en unos segundos podía llover a cántaros. ¡Maldito meteorólogo! Contando con la tecnología actual, ¿era mucho pedir un pronóstico acertado? Evidentemente, los caprichos de la Madre Naturaleza se negaban a cooperar.

Pero al menos, un vistazo al salón le aseguró que el indeseado visitante se había marchado. Volvió al trabajo, y apartó la imagen de Barry Horton riéndose cuando supiera lo bien que había resultado la broma. Seguía siendo tan crédula como cuando se conocieron y ella creyó todas las mentiras y las promesas de amor.

El único consuelo de semejante desastre fue la conciencia de que había sostenido con firmeza las reglas morales que le enseñó su padre. Barry Horton le colocó una sortija en el dedo y le quitó dos años de su trabajo de investigación, pero no logró llevarla a la cama. Tal vez, en un nivel inconsciente, percibió que no era sincero. O quizá su corazón no estaba tan comprometido como ella creía. Pero al menos, había algo de lo que podía estar agradecida y, teniendo en cuenta lo que había perdido, aunque era un consuelo mínimo, era mejor que nada.

3

—Bueno, ¿vas a enseñármela o no?

Riendo, Roseleen se reunió con Gail a los pies de la cama, donde estaba apoyada la larga caja de madera, sobre un arcón donde se guardaba la ropa. La noche anterior había llegado tan tarde a casa de su amiga, que no tuvieron tiempo de conversar. En ese momento, acababan de terminar el desayuno y le contó a su amiga que al fin había llegado la antigüedad tan esperada, y que incluso la tenía con ella. Gail lo sabía todo acerca de la espada, como lo sabía todo con respecto a Roseleen.

Habían crecido juntas en la misma pequeña ciudad de Maine, fueron a las mismas escuelas, y hasta al mismo colegio. Gail formaba parte de su vida desde que tenía memoria, y era su mejor amiga. Nadie la conocía mejor que ella, ni siquiera David, pues con él no compartía confidencias, y con Gail, en cambio, sí.

No se parecían en absoluto. Roseleen tenía el cabello castaño rojizo, los ojos de color chocolate y Gail, en cambio, era rubia y de ojos azules. Roseleen era alta, con aspecto de aficionada a la lectura y, en esencia, tímida, mientras que Gail era baja, fue regordeta toda la vida, y no le tenía miedo a nada. Se complementaban entre sí, pues una tenía la personalidad que le faltaba a la otra.

Ninguna había salido mucho con muchachos en la secundaria, en el caso de Gail no por falta de ganas. Ésta sufría el rechazo con cierta frecuencia pues, en la adolescencia, no era en absoluto bonita, y se vengaba con insultos mortíferos que alejaban a cualquier muchacho que pudiese estar interesado.

Por su lado, Roseleen no tenía tiempo para muchachos. Sabía lo que quería de la vida, y parte de ello consistía en obtener las mejores calificaciones. Por desgracia, no tenía una inteligencia sobresaliente y, en consecuencia, tenía que estudiar mucho más que cualquiera para obtener las notas que ella deseaba. Ahora, estaba donde estaba porque se había esforzado para lograrlo. No obstante, tanto estudio no le permitió llevar una vida social activa.

Gail se había convertido en una belleza, aunque siempre un poco regordeta, pero se sentía a gusto con su apariencia, y se notaba. Abandonó el colegio para casarse después del segundo año: era la tercera propuesta matrimonial que recibía.

A Roseleen no se le habría ocurrido hacer algo así, aunque hubiese recibido ofertas, pero no tuvo ninguna. Los muchachos sólo se acercaban a ella para que los ayudara a estudiar. Los pocos con los que había tenido una cita se dieron cuenta rápidamente de que ella sólo quería pasar un buen rato, sin que eso significara toquetearse en el asiento trasero de un automóvil. Como los jóvenes preferían esto último, buscaban a otras muchachas para salir.

El primer hombre que de verdad le interesó fue Barry Horton. Cuando se lo contó a Gail, ésta fingió que se desmayaba y chilló:

—¡Por fin!

En aquel momento, ella ya tenía veintiséis años. Barry había comenzado a enseñar en Westerley un año después que Roseleen, y la atrajo el interés compartido de ambos por la historia.

Westerley, como otras universidades prestigiosas, la cortejó el último año de escuela, por sus excelentes calificaciones. Y la muchacha, a su vez, la eligió porque estaba en una ciudad pequeña, que era lo que prefería, porque estaba a sólo tres horas en coche de donde Gail se mudó, y porque le prometieron el nombramiento en el transcurso de su primer año allí... si satisfacía las expectativas, cosa que sucedió.

Cuando empezó a salir con Barry, poco después de que él llegara, descubrió que no a todos los hombres les interesaba primero toquetear y luego conversar. Barry la sedujo cortejándola intelectualmente, y por eso no pasó mucho tiempo para que pensara que estaba enamorada de él.

Su propuesta de matrimonio tardó en llegar, pero poco después de que aceptara casarse él le robó el cuaderno con apuntes de la investigación que ella escribía sobre la Edad Media. La joven no lo supo, y se sintió desolada al suponer que dos años de trabajo habían ido a parar por casualidad a la basura, como él sugirió, hasta que un año después, el libro salió publicado con el nombre de su prometido.

Éste se esforzó al máximo por casarse con ella antes de la fecha de publicación. Pero la joven lo pospuso con distintos pretextos... Si se hubiese dejado llevar por la fantasía, habría pensado que en aquellos días un hada madrina le impidió que cometiera un error más grave aún.

Por supuesto, demandó a Barry ante los tribunales, y por eso estuvo a punto de perder su empleo, pues el decano le recomendó que desistiera y ella se negó. Perdió, pero antes tuvo que soportar insinuaciones de que en realidad era una amante amargada por el abandono, una mujer vengativa que sólo pretendía devolver la ofensa. Claro que todo eso era mentira, excepto en lo que se refería a la amargura, aunque no pudo demostrarlo. Barry cosechó los frutos del trabajo de Roseleen, pero ella aprendió una valiosa lección: nunca debía volver a confiar en un hombre.

Eso había sucedido seis meses atrás. Desde entonces, pensó seriamente en renunciar al cargo en Westerley y en mudarse a cualquier otro sitio. No quería estar ni siquiera en el mismo estado que Barry Horton, ni por supuesto en la misma universidad, donde era inevitable que se topara con él a menudo... y donde podría gastarle bromas insulsas, como la del día anterior.

Ese verano, cuando fuese a Cavenaugh Cottage, lo único que había heredado de su bisabuela, en Inglaterra, adoptaría una decisión. Iba todos los años, desde hacía cinco, cuando había recibido la propiedad. Allí era donde realizaba la mayor parte de su investigación, y donde oyó hablar por primera vez de la *Blooddrinker's Curse*.

En ese instante, al abrir la caja que contenía la espada, experimentó la misma ansiedad y la misma excitación que sintió la noche pasada. Pero sintió otra cosa que la impulsó a decirle a su amiga:

—Mira, pero no toques.

Gail rió.

—Parece que te refirieras a un hombre.

Roseleen resopló.

—Me conoces, sabes que no es así.

Sin embargo, no sabía por qué lo había dicho. Le surgió espontáneamente... revelando un impulso de posesividad, algo que nunca había sentido hasta entonces pues, si bien estaba orgullosa de su colección, nunca la guardó con tanto celo.

Pero en lugar de corregir la afirmación, dijo:

—Es tan antigua que me preocupa hasta el hecho de que quede expuesta al aire. Sé que es una tontería, puesto que ha sobrevivido tanto tiempo, pero no dejaré de preocuparme hasta que esté a salvo detrás de un cristal.

—Te entiendo. Una cosa tan mortífera necesita tu protección.

Gail habló con expresión seria, pero un segundo después las dos reían.

—Pero es hermosa, ¿no? Casi te invita a tocarla... date prisa y cierra la caja, pues creo que no podría resistirme.

Aunque Gail bromeaba, Roseleen cerró la caja y le echó llave. La que en realidad sufría la compulsión era ella misma, pues sentía otra vez las mismas ansias, el mismo impulso poderoso de alzar la espada y sostenerla en las manos... como la noche pasada. Llegó a la conclusión de que se dejaba llevar por la fantasía: no cabía otra explicación.

—Y hablando de que te conozco —argumentó Gail— el problema es que, en efecto, te conozco. Has conseguido la espada antigua que procurabas obtener desde hacía cuatro años, tu carrera está en el nivel que querías. Entonces, ¿cuándo piensas hacer algo con respecto a tu inexistente vida social?

Roseleen se encogió para sus adentros: sabía que ese tema surgiría tarde o temprano, mientras estuviese ahí.

—Ya lo intenté, ¿recuerdas?

—Vamos, Rosie, no todos los hombres que conozcas serán unos canallas como Barry. Y lo intentaste con un intelectual. ¿Qué me dices ahora de probar con un deportista, o hasta un trabajador, un hombre que trabaje con las manos en lugar de hacerlo con el cerebro... de modo que no tengas que preocuparte más por eso... y que te tire sobre la cama de manera regular? Por cierto, el énfasis está en tirar.

Roseleen no pudo ocultar una sonrisa: a Gail le gustaban los hombres. Sin embargo, evadió la respuesta:

—No hace mucho que rompí con Barry...

—Hace demasiado tiempo...

—Estuve mirando... —comenzó a mentir Roseleen.

En esta ocasión, la interrumpió el resoplido de Gail.

—¿Dónde? ¿En la universidad? No vas a ningún otro lado. Y mira tu aspecto. Estás trabajando demasiado, Rosie. Tienes bolsas debajo de los ojos. Tanto trabajo, y nada de diversión...

—Oh, basta. Ya sé que vas a comportarte como una madre todo el fin de semana, y me obligarás a dormir la mitad del tiempo que esté aquí.

—¿Estás bromeando? Te arrastraré a todos los eventos sociales que se me ocurran. Una de nosotras tendrá que encontrar a un hombre para ti. Cuando vuelvas a tu casa podrás recuperar el sueño. Y la próxima vez que me visites, no quiero verte como si siempre estuvieras a punto de desmayarte.

Roseleen suspiró.

—Tal vez últimamente haya dedicado un poco más de tiempo a mi libro, además del trabajo que me llevo a mi casa. Pero ya casi termina el semestre. Este verano, en Inglaterra, tendré todo el tiempo para descansar.

—Oh, claro —repuso Gail, escéptica, pues la conocía demasiado bien—. Entre la caza de nuevas antigüedades allí y la investigación, volverás agotada, como siempre. ¿Cuándo te queda tiempo para la diversión, por no hablar ya de un descanso necesario?

—Te prometo que descansaré. En cuanto a la diversión... todavía no estoy lista para correr otra vez el riesgo, Gail. Quizá, cuando vuelva de Inglaterra.

—¿Y si te topas con el hombre ideal allí? No quieras controlar también eso, como lo haces con todo.

—De acuerdo... mantendré una actitud abierta —dijo Roseleen, sólo para terminar con el tema—. Si me topo con el señor Maravilla, no lo ignoraré.

—¿Lo prometes?

Asintió, a desgana, aunque en realidad no le importaba. Los pocos hombres que la atrajeron a lo largo de los años, ni siquiera advirtieron que ella existía. Por otra parte, no estaba dispuesta a una nueva relación que implicara confianza, pues Barry le arrebató toda la que tenía disponible. Algún día, tal vez...

4

No puedo creer que la hayas traído —dijo David, mientras se servía whisky en el pequeño bar, en un rincón del espacioso salón—. Si hubiese sabido que harías eso, me habría limitado a enviarla a Cavenaugh, y habría estado aquí cuando llegaras.

Como Roseleen no podía mirar a su hermano a los ojos, jugueteaba con el hielo que había en el té. No podría contarle el poder que la espada tenía sobre ella, pues David no lo creería y, de todos modos, no sabía cómo decirlo. Sencillamente, no fue capaz de dejar a la *Blooddrinker's Curse* en Estados Unidos.

Perdió el primer vuelo a Inglaterra, y llegó a Londres un día después, pues cuando salió para el aeropuerto por primera vez, se dio la vuelta y regresó a la casa a buscar la espada. Por cierta razón inexplicable, sintió que tenía que tenerla cerca, al menos en el mismo país en que ella misma se hallaba.

Pero como le debía alguna explicación a David, dijo:

—No me habría sentido capaz de esperar un mes más, hasta las vacaciones de verano para venir aquí y echarle el primer vistazo. Y no es nada extraño que la trajese conmigo. Considerando lo valiosa que es, y que los sistemas de seguridad no son infalibles, en especial el mío, que es bastante anticuado, me habría pasado todas las vacaciones preocupada.

»Además, estaban trasladándose unos vecinos nuevos

junto a mi casa, y todavía no los conozco. Hace unos días llegó el camión de mudanzas. Y ya sabes que los vecinos nuevos siempre me ponen nerviosa: nunca puedes estar seguro de si te has topado con el siguiente asesino en serie o con tu mejor amigo.

David rió entre dientes y alzó la copa en un brindis:

—Estaba bromeando, Rosie. Sé con cuánta ansiedad esperabas la espada. No me sorprendería que la metieras en la cama contigo todas las noches.

Aunque David bromeaba, Roseleen tuvo que esforzarse para no sonrojarse, porque en el último mes estuvo a punto de hacer eso mismo varias veces. Su apego por esa antigüedad en particular era absurdo, hasta poco saludable.

Tenía otras armas antiguas; la anterior estrella de su colección databa del siglo XV, y era una magnífica daga de unos treinta centímetros de largo, cuya vaina tenía dos bolsillos que contenían dos pequeños utensilios para comer, con piedras preciosas engastadas en la empuñadura. Le encantaba esa daga, pero nunca había sentido por ella el torbellino de emociones al que la arrojó la *Blooddrinker's Curse*. ¡Por el amor de Dios, trataba a la espada como si hubiese sido su hijo, se afligía si la perdía de vista o si alguna otra persona la tocaba, temerosa de que se dañara o perdiese!

Durante casi todo el vuelo, permaneció invadida por el pánico, imaginando que un cargador negligente pudiese arrojarla por ahí sin cuidado, pese a que la había embalado con la mayor meticulosidad. Pasar por la aduana fue una pesadilla, pues esperaba que cualquier extraño insistiera en abrir la caja... pero tuvo suerte. La espada pasó sin dificultades, y sólo uno de sus tres baúles sufrió una inspección. Pero pensaba pedirle a David que se la enviara de regreso a Estados Unidos en el avión privado de su esposa. Si podía evitarlo, no volvería a pasar por una experiencia tan enervante.

Tal vez su hermano afirmara que lo que ella sentía era perfectamente normal, tras haber esperado la espada durante años. Incluso le aseguraría que era temporal, que se le pasaría la angustia en poco tiempo, pero no pensaba darle ocasión de decirlo. No se sentía capaz de admitir lo que ya adquiría visos de obsesión, ni aun ante su hermano del alma. Si ella misma no lo comprendía, ¿cómo podía esperar que él lo hiciera?

Le sonrió, aceptando la broma, y esperó que se sentara junto a ella, en el sofá. Esa mañana, David había ido a buscarla al aeropuerto y la llevó directamente a Cavenaugh Cottage. En esos momentos, Lydia, su esposa, estaba en Francia reunida con los decoradores que se ocupaban de su más flamante adquisición, un *chateau* cerca de Troyes. Como no volvería hasta el fin de semana, David pasaría unos días con ella, en la casa de campo.

Si bien no había motivos para que guardaran semejanza física, pues no tenían la misma herencia sanguínea, el hecho de que hubiesen compartido un hogar durante su infancia les confería un ligero parecido. Cualquiera que los viese juntos juraría que eran hermanos, y ninguno de ellos se molestaba en corregir el error.

El hecho de que David conservara el apellido de nacimiento, Mullen, hacía suponer a la gente que Roseleen se había casado. Y precisamente ese hecho permitió que David negociara con el dueño anterior de la espada cuando Roseleen no pudo llegar a ningún acuerdo con él.

Los dos tenían profundos ojos color chocolate claro, con vetas doradas que los iluminaban. Y aunque el cabello castaño oscuro de David no tenía los suaves matices cobrizos del de Roseleen, los dos tenían pómulos marcados, la forma ovalada de los ojos y cejas con la misma inclinación, y ambos eran altos y esbeltos.

Roseleen tenía cinco años cuando David perdió a sus padres y fue a vivir con la familia de la joven. En aquel entonces, él tenía siete. En lo que a Roseleen se refería, David era su hermano, y para él era igual. Aun así, había temas que no resultaba cómodo hablar con los hermanos, o incluso con los mejores amigos. Uno de ellos era que uno podía estar a punto de sufrir un ataque de nervios.

No para cambiar de tema, sino para orientarlo en otro sentido, Roseleen dijo:

—¿Sabes?, me siento un poco culpable por poseer la *Blooddrinker's Curse*, por su belleza y su valor histórico. Sigo pensando que tendría que estar en un museo, donde todos tuviesen ocasión de maravillarse al contemplarla.

David alzó una ceja, y una sonrisa le iluminó el semblante.

—¿Piensas donarla?

Roseleen rió.

—¡Jamás! Prefiero vivir con la culpa a cuestas.

—A decir verdad, se lo mencioné a sir Isaac... después de tener la espada en mis manos. El viejo realmente es excéntrico. Dijo que no podría confiarla a un museo pues corría el riesgo de que alguna mujer le pusiera las manos encima.

—¿Te dijo alguna vez por qué no podía vendérsela a una mujer?

—Dijo que no lo sabía.

—¿Qué?

David rió entre dientes.

—Yo reaccioné del mismo modo. Pero sir Isaac me aseguró que su propio padre le dejó la espada con la advertencia de que si no quería pasar la eternidad sufriendo las agonías de los condenados, se asegurase de que jamás una mujer le pusiera las manos encima. Al parecer, cuando entró en posesión de la espada, el padre de Dearborn tuvo que firmar una declaración jurada similar a la que yo firmé, y del mismo modo el dueño precedente. Dearborn no tenía más información... al menos en relación con los dueños anteriores. Pero te diré algo, Rosie. Aunque sir Isaac no lo admitió directamente, por el modo en que actuó y las cosas que dijo, juraría que en realidad cree que la espada está maldita.

—¿Sólo por el nombre?

David se encogió de hombros.

—Admitirás que es extraño que todos los dueños tuviesen tanto miedo y protegieran tanto la espada. Tenía que haber algún motivo.

—Sin duda, se basó en la leyenda, y ésta tiene tantos siglos y es tan confusa que no sobrevivió hasta nuestros tiempos. Sabes cuán supersticiosos y fantasiosos eran los pueblos medievales. Dioses paganos, hechiceros y brujas, demonios, diablos, y hasta elfos y hadas tenían gran significación en aquellos tiempos, porque la gente en realidad creía en ellos. Y esa espada conquistó fama a lo largo de mil años. Es una pena que la maldición, o la superstición ligada a ella no hubiese pasado de mano junto con el arma. Daría cualquier cosa por saber de qué se trataba.

—Fuera lo que fuese, me atrevería a asegurar que tenía que ver con una mujer, o con mujeres.

Roseleen asintió.

—Si lo piensas, es extraño. A lo largo de la historia, han existido pocas excepciones en que las mujeres estuviesen vinculadas con armas de cualquier tipo. Aunque las reinas pudiesen dirigir ejércitos, ellas no empuñaban las armas.

Luego, rió:

—Bueno, con pocas excepciones.

—Ah, ya sé. ¿Te dieron ganas de ir a la guerra cuando tocaste la espada?

La mujer se rió, y luego, respondió sonriendo:

—No a la guerra, pero sí tuve ganas de usarla contra Barry, pues arregló una broma sin gusto a mi costa, para celebrar que obtuvo la titularidad.

David frunció el entrecejo, pues su hermana no le había hablado de eso antes. La misma Roseleen casi había olvidado el incidente y ya no la avergonzaba relatar lo sucedido.

—¿Qué ha hecho esta vez ese miserable? —preguntó David.

—De algún modo debió de averiguar que yo conseguí la espada, o que estaba a punto de recibirla, pues envió a un joven vestido de vikingo que actuó como si fuese verdadero. Aseguró llamarse Thorn Blooddrinker.

—¿Thorn Blooddrinker?

Al recordar esa parte de la broma, la expresión de disgusto de Roseleen fue idéntica a la de David. Éste conocía la historia de aquellas insinuaciones tan groseras acerca de los rosales, basadas en el nombre de su hermana, que ella había soportado durante años. Pero ninguno de ellos aseguró llamarse Thorn. A fin de cuentas, ¿qué clase de padres en su sano juicio cargarían a su hijo con semejante nombre?

—Exacto —repuso Roseleen—. Supongo que Barry habrá estado planeando esta broma mucho tiempo, y seguramente me vio entrar con la espada en el aula el día en que la recibí. No tuve tiempo de llevarla a casa, después de recogerla en correos. Si me vio con ese paquete, no le resultaría muy difícil adivinar qué era, y eso le dio tiempo suficiente para organizar la broma de esa noche.

—Es lo que se puede esperar de un hombre carente de principios y...

—Shhh —lo interrumpió la joven, al ver que comenzaba a enrojecer de ira, pues David despreciaba a Barry tanto como ella misma—. Un día, recibirá su merecido... de algún modo. Creo firmemente en que la justicia les llega a aquellos que la eluden la primera vez.

Luego, Roseleen cambió de tema, hasta que David pudo controlar el enfado y alejó de su mente a Barry Horton. Cuando logró que su hermanastro riera otra vez, tarea nada difícil pues tenía un sentido del humor que sólo conocían los más íntimos, volvió al tema que en ese momento más la fascinaba.

—Dime, ¿por qué sir Isaac vendió la espada si estaba tan afligido por esa tonta maldición?

—Porque estaba preocupado por la leyenda. Cree que no le quedan muchos años, y sólo tiene hijas como herederas. Quería venderla para alejarla de ellas antes de morir.

Roseleen sacudió la cabeza.

—Me asombra que alguien crea en maldiciones en esta época, y a esa edad.

—Ah, pero eso te favoreció —dijo David, riendo—. Si sir Isaac no hubiese creído que la espada estaba maldita, nunca la habría vendido. Pero aquí estamos, y eso demuestra que no tenemos nada que temer. La maldición, sea lo que fuere, no me ha atrapado a mí por entregársela a una mujer, y me parece que tú todavía no te has convertido en piedra, aunque noto que has adquirido cierto tono grisáceo...

Sólo dejó de reír cuando Roseleen le arrojó uno de los almohadones del sofá.

5

Cuando Roseleen heredó Cavenaugh Cottage, imaginó una casita acogedora y pintoresca, cubierta de hiedra inglesa. Pero sufrió una sorpresa al ver, en cambio, una casa de catorce habitaciones que más bien coincidía con su idea de una mansión, con un establo para carros convertido en una cochera para cuatro automóviles, una casa separada para los guardianes más grande de lo que habría imaginado, y casi dieciséis kilómetros cuadrados de terreno.

Tuvo la fortuna de que John y su esposa fuesen una especie de anexo a la casa. Habían trabajado para su bisabuela casi veinte años y si bien ya no eran jóvenes, cuidaron con esmero el edificio y los campos.

La casa tenía más de doscientos años. Y como había sido reformada por completo en los últimos diez años, no se vio obligada a venderla. Jamás habría podido afrontar los gastos de reparación que, indudablemente serían necesarios en una casa tan grande, y tampoco permitiría que se convirtiese en ruinas sólo por aferrarse a ella. Pero ese momento aún no había llegado, y entre tanto disfrutaba de la mansión por su belleza histórica y por su gran tamaño.

No había conocido muy bien a la bisabuela Maureen, que sólo fue a Estados Unidos a visitar a la familia dos veces, cuando ella todavía era una niña. La familia de Roseleen nunca pudo costearse el lujo de un viaje a Inglaterra. Pero todas las pertenencias personales de Maureen quedaron junto con la casa: diarios fascinantes de los años juveniles, un desván lleno de muebles antiguos, ropa pasada de moda, y joyas. Para una persona que amaba tanto las cosas viejas como ella fue como encontrar un tesoro.

Roseleen ocupó el dormitorio principal, una habitación más grande que el comedor y el salón de su propia casa juntos. Hasta la cama era un mueble antiguo con cuatro postes, cubierta por una colcha hecha a mano que tal vez tuviese más de cincuenta años. En esa habitación, salvo sus pocas pertenencias y la máquina de escribir que compró en el primer viaje a Inglaterra y dejó allí, para usarla en la investigación, todo era más viejo que ella misma, incluyendo la *Blooddrinker's Curse*.

Echó un vistazo a la caja de madera al pasar del dormitorio al baño. Allí, el anhelo de ir directa hacia ella y abrirla no era tan fuerte como en Estados Unidos. Durante todo un mes, luchó contra ese impulso, resuelta a que no la dominase, y sólo se permitía echarle un vistazo a la espada cuando el ansia no era tan intensa.

Ese día fue la única excepción. Cuando llegó con su equipaje a Cavenaugh, tenía que cerciorarse de que no había sufrido ningún daño durante el vuelo y, aun así, no la tocó: ése era el deseo más intenso, y el que combatía con más empeño.

Luchar contra el afán de tocar el arma antigua se transformó en una obsesión. Hasta se negó a colocar la espada en la costosa vitrina que había hecho fabricar especialmente, y que en ese momento colgaba en el centro de la colección, en la casa de Roseleen, en espera de la nueva adquisición. No estaba dispuesta a poner a la Blooddrinker en un sitio donde pudiese verla en cualquier momento... hasta que no se le pasara el anhelo de verla todo el tiempo.

En algún momento del siglo actual, los baños del *cottage* fueron sustituidos por servicios modernos. El baño principal tenía ducha y bañera y, por mucho que le gustara darse un baño de inmersión, esa noche estaba demasiado cansada para permitírselo. Empezaba a afectarla el cambio de hora que sobrevenía al viaje en avión, y le sorprendió sobremanera haber velado hasta la noche. Hasta David ya se había acostado.

En consecuencia, en menos de diez minutos terminó de ducharse y, envuelta en una gruesa toalla, fue hasta el antiguo guardarropa a buscar uno de los camisones que había sacado antes de la maleta. Encontró uno de seda azul claro que tiró sobre la cama, donde cayó como un charco cerca de la caja de caoba de la espada. Todavía estaba demasiado húmeda para ponerse una prenda de seda, y fue hasta el tocador para cepillarse primero el cabello.

Por el espejo podía ver la cama, la caja encima de ella y, de repente, se le ocurrió que no tenía el menor deseo de abrirla en ese momento. Tal vez estaba demasiado cansada. O quizá la espada estaba más en su sitio ahí, en Inglaterra, de donde provenía y, entonces, ejercía menos poder sobre ella... «¡Oh, Dios, otra vez me he dejado llevar por la fantasía, y por eso le atribuyo sentimientos y motivaciones a la espada! —pensó—. Éste es mi problema, está en mi mente, y yo lo derrotaré.»

No obstante, se prometió que podría examinar de nuevo el arma cuando no se sintiera tan impulsada a hacerlo. Sonrió a la imagen en el espejo, sin prisa por cobrar la recompensa, y aliviada de que fuese así. Pues aunque la indiferencia se debiese a la fatiga, una promesa era una promesa. Cuando terminó con el cabello, y lo dejó suelto, flotando sobre la espalda, buscó la llave en el bolso y se acercó a la cama.

En pocos segundos, la espada estaba otra vez en su mano y la empuñadura estaba tan tibia como recordaba la última ocasión en que la tuvo. Por extraña coincidencia, oyó algo que recordaba haber oído antes: el retumbar de un trueno a lo lejos, y aunque la habitación estaba bien iluminada un ligero relámpago alumbró el patio trasero al que daban las dos ventanas, y penetró a través de las cortinas.

Lanzó una mirada hacia las ventanas y frunció el entrecejo, pues si se acercaba una tormenta tendría que cerrarlas. Sobre las ventanas no había alero que protegiese de la lluvia, pues en el piso superior había un desván enorme cuyo techo era lo bastante alto para poder convertirlo en un tercer piso completo si tuviese ganas o recursos para hacerlo.

Pero los ojos de la joven no llegaron a las ventanas, y lanzó un grito de susto al ver a un hombre de pie, en un rincón de la habitación. Y no era cualquier hombre. Era él, el que se llamó a sí mismo Thorn Blooddrinker... lo que Barry Horton consideraba una broma. ¡Imposible! Parpadeó, pero el hombre seguía ahí, aunque su mente acosada y fatigada se negaba a aceptarlo.

No tenía sentido que Barry llevara la broma tan lejos como para pagarle a este hombre para que fuese hasta Inglaterra, ¿no? Por otra parte, si en efecto el sujeto fue contratado para ir allí por alguna otra razón, Barry sería incapaz de dejar pasar la oportunidad de continuar la burla que tan bien había resultado la primera vez.

No cabía duda de que era el mismo hombre que apareció aquella noche en el aula. El rostro y el cuerpo, a decir verdad inolvidables, le resultaron tan fascinantes como en aquella ocasión. Se sintió físicamente atraída por él, y comprenderlo no le causó ninguna felicidad.

No era algo que le sucediera a menudo. Las pocas veces en que se había sentido atraída por el aspecto de un hombre, no había ocurrido nada, pues la atracción no fue mutua. Y siempre existió ese pico de curiosidad por saber cómo sería cuando la química funcionaba. Pero no con este hombre.

La vestimenta era un poco diferente a la vez anterior, aunque no era corriente. Seguía disfrazado, pero... Roseleen lo describiría como harapiento.

Los pantalones y las botas eran los mismos, pero llevaba una túnica de mangas largas más o menos blanca, sujeta flojamente a la cintura y con el frente desgarrado. La joven tardó unos instantes en comprender que las manchas oscuras que veía sobre la tela debían de ser sangre, y más para notar que le manaba sangre de la comisura de la boca.

Había estado peleando y, en cuanto llegó a esa conclusión, otra surgió en su mente:

—¡Oh, Dios, no habrá lastimado a David cuando irrumpió aquí!, ¿verdad?

—¿David? Al que estaba golpeando era a mi hermano, Thor. Es difícil que vuelva a pelear conmigo otra vez. Mujer, mándeme de regreso ya. Quiero terminar...

Roseleen no había advertido la ira en su expresión, y ahora la notó en la voz, pues eso hacía que el acento del hombre fuese más pronunciado aún. Fuese broma o no, la desconcertaba tener en el dormitorio a un hombre de ese tamaño, tan enfadado... con ella. Si Roseleen misma no hubiese estado tan enfadada, se habría asustado mucho.

Lo interrumpió, diciendo:

—Termine ya, señor. No me importa cuánto tiempo le llevó ensayar esas líneas, pero no tiene un público agradecido. Esta tontería ha llegado demasiado lejos. Si usted y Barry insisten, los demandaré...

Ahora fue el turno del hombre de interrumpirla:

—Señora, usted me ha convocado. Yo no he obedecido a su convocatoria por mi voluntad.

Roseleen lo miró con los párpados entornados.

—¿De modo que no piensa desistir? ¿Acaso cree que me parece divertido? Si Barry le dijo que sí, está usted mal informado.

De repente, la expresión del hombre se tornó curiosa.

—¿Acaso hay aquí bayas que hablan?*

Esta pregunta la pilló desprevenida.

—¿Qué?

—Me gusta el azul.

—¿El azul...?

Cuando la joven comprendió que se refería a las bayas azules, lanzó una exclamación de pura frustración. Pero antes de que pudiese expresarla, el hombre dijo:

—Ahora que lo pienso, señora, si me ha llamado para que nos acostemos, mi hermano podría esperar.

Mientras hablaba, contemplaba la toalla en que Rose-

* En Inglés, Barry suena parecido a *berries*, bayas. *(N. de la T.)*

leen estaba envuelta, y los muslos de la mujer que podía ver desde donde estaba, al otro lado de la cama. El rostro de la muchacha se llenó de sonrojo por lo que el sujeto insinuaba.

Roseleen sostenía la espada, que estaba apoyada sobre el colchón y, por puro instinto, la alzó frente a ella, pero la reacción del hombre la desanimó.

Rió, echando la cabeza atrás, y las carcajadas sonaban a diversión auténtica.

Cuando la diversión se agotó, siguió mirándola sonriente. Ella notó que se le formaban hoyuelos. Y no le molestó explicarle qué era lo que le parecía tan divertido.

—Mi espada no puede derramar mi sangre. Sólo los dioses podrían hacerlo ahora... y Wolfstan el Loco, si acaso me hallara.

Roseleen no oyó más palabras que «mi espada», y se agitó en ella hasta la última partícula de posesividad que sentía por el arma.

—¿La espada de usted? ¡Su espada! ¡Tiene dos segundos para salir de mi casa antes de que llame a la policía!

—Entonces, ¿no nos acostaremos?

—¡Fuera!

El individuo se encogió de hombros y sonrió. Luego, desapareció ante sus ojos y otra vez se oyó el tronar lejano, seguido de un relámpago.

Permaneció cinco minutos contemplando fijamente el espacio donde había estado ese hombre. Le latía con fuerza el corazón, tenía las ideas congeladas y piel de gallina.

Cuando su mente comenzó a funcionar otra vez, dejó con cuidado la espada, y metió la caja debajo de la cama. Se puso el camisón y se quitó la toalla sólo cuando la prenda le cayó hasta las rodillas, cosa que nunca había hecho hasta entonces... ni sentido el impulso de hacer.

Su mirada volvía al sitio vacío en el rincón. Incluso después de meterse en la cama, permaneció sentada sobre ella contemplando largo rato el sitio. Esa noche no pensaba apagar la luz.

Cuando al fin se acostó sobre las almohadas, dejó escapar un suspiro de fatiga. Por la mañana encontraría una explicación lógica a lo que acababa de suceder. Por la mañana, no estaría tan cansada. Pero en ese preciso momento, lo único que se le ocurría era que había perdido la razón.

6

Un sueño. Había encontrado la explicación de lo ocurrido la noche anterior... o, más bien, de lo que creyó que había ocurrido. Su inconsciente mezcló la curiosidad acerca de la espada con la broma de Barry, y le proporcionó las respuestas aunque, como sucede en los sueños, Roseleen no anduvo por ahí formulando las preguntas.

Un sueño. Era la explicación más simple y lógica. Y era una pena que, una vez que veía en sueños a un hombre apuesto, tenía que enfadarse y echarlo. La curiosidad por la espada no era la única razón que aquel hombre podría haber saciado, y además estaba dispuesto a apaciguar esa otra curiosidad. Hasta habló de acostarse con ella. Bastaba que dijese:

—Sí, me gustaría...

Y...

Al pensarlo, sonrió para sí: no existía sexo más seguro que en los sueños. La moral, la culpa, el arrepentimiento, hasta la propia personalidad, todo podía dejarse de lado para disfrutar de algo que a una no se le ocurriría siquiera fuera de un sueño. Pero claro, ella, Roseleen, tenía que apegarse a su forma de ser habitual y acordarse de la moral, la indignación y la irritación, en uno de los sueños más insólitos e interesantes que soñó jamás. En verdad, era una pena.

Se sintió satisfecha con la explicación... sólo después de haber pasado una hora inspeccionando el dormitorio en busca de cables y cámaras escondidas, capaces de proyectar imágenes con apariencia real en el cuarto. No halló nada anormal, y tampoco esperaba encontrarlo.

A fin de cuentas, algo tan complicado iba más allá de la imaginación de Barry Horton, por no hablar de que era demasiado tacaño para cubrir los gastos del sofisticado equipo que haría falta para llevar a cabo semejante truco. Mientras duró el noviazgo, lo que Barry consideraba un regalo extravagante fue llevarle todas las flores que encontraba camino de la universidad. ¡Dios no quisiera que entrase en una floristería! El lema de ese hombre era: cuanto más barato, mejor.

Era evidente que la broma comenzó y acabó en Estados Unidos, una escena de un solo acto para reírse un poco. Pero, al inspirarle un sueño similar un mes más tarde y recordar en todo detalle al apuesto cómplice de Barry, Roseleen comprendió que el impacto había sido mayor que el que suponía.

Durante las vacaciones, David le dejaría el automóvil que tenía en Londres, lo cual significaba que tendría que llevarlo a la estación de tren al día siguiente. Ese día, David la acompañaba a la ciudad vecina, donde había un gran almacén que importaba muchas de las mercancías norteamericanas que los dos utilizaban en Estados Unidos. Condujo ella, para habituarse a hacerlo nuevamente del otro lado de la calle, mientras estaba acompañada por alguien que podía recordárselo si lo olvidaba, lo que solía suceder los primeros días, cada vez que iba a Inglaterra.

En el camino de regreso al *cottage*, decidió contarle a David el extraño sueño. Cuando terminó, su hermano la miró sonriendo.

—¿Viste al dueño originario de la Blooddrinker y lo echaste antes de preguntarle sobre la maldición?

—No comprendí que se trataba de un sueño, David. Pensé que era otra broma del amigo de Barry, que fingía ser el dueño de la espada.

Y ella también sonrió.

—Además, si le hubiese preguntado, cualquier respuesta

que me diese habría salido de mi propio inconsciente, y aún no tengo la menor idea de cuál podría ser esa maldición.

—Ah; pero habría sido interesante descubrir qué es lo que tu inconsciente imaginó como respuesta posible. El inconsciente es algo asombroso. Los que creen en la reencarnación afirman que cada una de las vidas que uno vivió están sepultadas en alguna parte de él.

Roseleen hizo girar los ojos y acabó saliéndose de la curva del estrecho camino de tierra. Para cuando volvió a él, los dos rieron por el incidente sin consecuencias, y la joven dijo:

—Ya es bastante malo estar hablando de una maldición absurda. Por favor, dejemos de lado la reencarnación.

—Como quieras, pero sabes que los truenos y los relámpagos que has mencionado no formaban parte de tu sueño. Yo empezaba a dormirme anoche cuando me despertaron.

Roseleen comenzaba a fruncir el entrecejo, cuando David continuó:

—Pero puede suceder que lo que oímos mientras dormimos aparezca en nuestros sueños.

—Es cierto —confirmó la joven.

Sin embargo, la afirmación de David la hizo comprender algo que no se le había ocurrido antes. Las dos veces en que se le apareció el vikingo, en el aula y en el sueño de la noche pasada, fue poco después de tocar la espada. Y estuvo sufriendo esa maldita compulsión de tocar el arma cada vez que la tenía cerca. ¿Sería posible que...?

Se sacudió interiormente para cambiar el curso fantasioso de sus ideas. Y para demostrar lo descabelladas que eran, en cuanto llegaron a la casa dejó que David entrara las compras y fue directamente arriba, a su propio dormitorio. Esta vez, sin la menor vacilación, sacó la caja de debajo de la cama, la apoyó sobre el colchón, la abrió, y alzó la empuñadura lo suficiente para rodearla con los dedos.

Estalló el trueno. Roseleen no miró hacia la ventana para ver si seguiría el relámpago, sino hacia el rincón donde apareció Thorn Blooddrinker la noche anterior y allí estaba, en esta ocasión con un enorme hueso de ave en la mano, que estaba llevándose a la boca.

¡Oh, Dios, esto no podía estar sucediendo! En su propio dormitorio, a plena luz del día, no podía estar el fantasma del primer dueño de la espada. No un vikingo fingido, sino real. Un vikingo muerto. Un fantasma. Claro que ella no creía en fantasmas, pero... ¿qué otra cosa podía ser? Y, de alguna manera, estaba relacionado con la espada... la de él. No, esto no estaba sucediendo.

Los ojos entrecerrados del hombre ya la miraban de un modo que, según empezaba a comprender, significaba que no se sentía complacido de estar ahí.

—Señora, me ha sacado usted del banquete de Odín. Envíeme de regreso o aliménteme, pues tengo un gran apetito que necesito apaciguar de inmediato.

—Váyase —respondió la joven, con voz muy débil.

El hombre entrecerró un poco más los ojos. De un bocado, arrancó toda la carne del hueso que llevaba, y lo arrojó hacia atrás. El hueso dio en la pared y cayó al suelo. Pero él no desapareció. Se quedó ahí, de pie, masticando la carne y luego se lamió los dedos.

—Si no disfrutara tanto de los banquetes de Odín, me quedaría, pues usted me fastidia mucho con estas llamadas. Le hago una advertencia, señora: puede enviarme de vuelta y yo me iré... pero sólo porque yo lo decido. Si decidiera quedarme, nada de lo que usted dijera o hiciese me lo impediría.

Sonrió de pronto, mostrándole esos hoyuelos hechiceros que provocaron en el vientre de Roseleen una oleada de sensaciones... una sensación que no concordaba con el miedo que sentía.

—Si me convoca otra vez, señora, se lo demostraré.

Se fue como había llegado, al instante, sin desvanecerse lentamente, sin volutas de humo ni ruidos extraños que pudieran relacionarse con fantasmas... a menos que uno pudiese vincular truenos y relámpagos con espectros, pues eso sí que sucedió tras la desaparición del hombre. Pero no cabía duda de que se había ido, y Roseleen se quedó contemplando el hueso de ave que dejó, y que seguía en el suelo, donde él lo tiró.

¿Acaso un fantasma dejaba objetos cuando se iba? ¿Una aparición capaz de comer... con gran apetito? Sin embargo, Roseleen no creía en espectros más que en maldiciones.

Empezó a reír, pero las carcajadas terminaron en gemidos. Era obvio que todavía estaba soñando. Dejó caer la espada sobre el forro de terciopelo, cerró de un golpe la caja y se acurrucó en la cama... para intentar despertarse cuanto antes.

7

Bajó las escaleras como en un sueño, llevando con dos dedos, como un ratón muerto del que tuviese que deshacerse, el hueso de ave que todavía estaba en el dormitorio cuando despertó de la siesta. Se dirigía a la cocina a hacerlo cuando se topó con David, que iba a preparar la cena para ambos. Estaba de espaldas a ella, y tenía sobre el mostrador, junto a él, un montón de verduras. Al verlo, le dijo lo primero que se le ocurrió:

—Pellízcame, David. Pues creo que todavía estoy durmiendo.

Su hermano se dio la vuelta y le dijo:

—¡Por el amor de Dios, parece que hubieras visto un fantasma!

Ella estuvo a punto de reír, sintió un deseo casi histérico de hacerlo, pero logró contenerse. Para su estado mental presente, era demasiado irónico que hubiese empleado esa palabra para describir la palidez de la joven. Pero, por fortuna, los ojos de David se posaron sobre lo que llevaba en la mano, bien apartado de ella, y preguntó:

—¿Fue el gato de Elizabeth el que perdió eso?

He ahí otra explicación lógica. Elizabeth Hume tenía un gato que de vez en cuando entraba en la casa, y a los gatos les gustaban los huesos tanto como a los perros, en especial los de ave. Y Roseleen prefirió no pensar en el hecho de que vio el hueso por primera vez en la mano de él: por supuesto, debió haberlo visto antes de dormir la siesta de la que acababa de despertarse, pero estaba demasiado cansada para discernir qué era pues, de lo contrario, no habría aparecido en el sueño.

Se acercó a la lata de basura y arrojó ahí el hueso. Ya sonriente, le preguntó a David:

—¿Necesitas ayuda?

Esa costumbre de ignorar los temas de los que no quería hablar, de fingir que no se habían mencionado, hizo refunfuñar a David.

—Me alegra ver que tienes otra vez color en las mejillas, pero necesito que me digas por qué estabas tan pálida hace unos instantes. No estarás enferma, ¿verdad, Rosie?

—No... creo que no.

Se encogió de hombros, comprendiendo que no había nada de malo en admitir:

—Lo que sucede es que he tenido otro sueño, idéntico al de la noche pasada, en el que ese vikingo fantasma, Thorn Blooddrinker, se materializaba otra vez en un rincón de mi cuarto y su aparición iba acompañada de truenos.

—¿Y ahora por qué te refieres a él como fantasma?

—Tiene mil años —repuso— y sin embargo aparece en este siglo, aunque sólo sea en mis sueños. ¿Cómo quieres que lo llame?

—¿Inmortal?

Lanzó el resoplido que semejante propuesta merecía, ante lo cual David rió y luego le preguntó:

—¿Esta vez le has preguntado por la maldición?

—Al verlo aparecer otra vez me asusté tanto que ni pensé en la maldición. Lo único que hice fue echarlo. Antes de desvanecerse, me hizo una advertencia, dijo algo acerca de que yo podría echarlo y él se iría sólo si lo deseaba. Si decidía quedarse, yo no podría hacer nada para librarme de él.

—Al menos hasta que te despertaras.

Esa sencilla afirmación provocó a Roseleen una ancha sonrisa y un intenso alivio. No se había dado cuenta de que estaba tan tensa hasta que la tensión se esfumó.

—Lástima que no lo pensé mientras soñaba.

—Ahora que lo has pensado, tal vez la próxima vez se te ocurrirá, y podrás...

—No tengo intenciones de volver a tener ese sueño, David —lo interrumpió, en tono más resuelto que seguro.

—Si lo haces, consérvalo el tiempo suficiente para descubrir de qué se trata la maldición. Tengo curiosidad por saber qué respuesta hallará tu inconsciente.

Roseleen no. Desde que tuvo ese sueño, sus pensamientos conscientes ya eran lo bastante descontrolados. Todavía no quería saber cuánto más fantasiosos se volverían los inconscientes.

—Y de paso —continuó David— no me sorprendería que fuese el trueno de esta tarde lo que disparó tu sueño. Por si no lo has notado, ha llegado la tormenta que se descargó la otra noche.

En efecto, no lo había notado. Miró por la ventana de la cocina y vio que en verdad llovía, no una llovizna suave sino un aguacero. Por el contrario, la sonrisa de la joven fue brillante como el sol.

—Nunca imaginé que me alegraría ver la lluvia —dijo—. Pero te confieso que haber visto y oído en dos ocasiones truenos y relámpagos mientras el cielo estaba diáfano, empezaba a resultarme un poco inquietante. Parece que esta vez, al menos, anunciaron una verdadera tormenta.

David rió.

—Estamos volviéndonos un poco supersticiosos, ¿no?

Aunque se ruborizó un poco, ella sonrió:

—Tal vez, un poco.

No fue fácil pero, de algún modo, logró apartar todo pensamiento sobre fantasmas, vikingos y maldiciones de mil años el resto del día, y disfrutar de la compañía de David mientras contara con ella.

Iniciaría la investigación la semana siguiente. Tenía que visitar museos, librerías, las bibliotecas más antiguas con sus tesoros de libros que ya no se imprimían y, por supuesto, los escenarios de antiguas batallas. No tenía tiempo para dedicarse a analizar sueños que, en realidad, no podían satisfacer su curiosidad respecto a la maldición. Fuera cual fuese la respuesta que encontrara su inconsciente, no sería real, y...

Más tarde, dedicó cierto tiempo a pensar en ello mientras estaba acurrucada en la cama, tratando de dormir, aunque sabía que ese grano de duda que aún flotaba en su mente se lo haría imposible... ¿y si no había soñado?

Era un si demasiado grande, que su mente, apegada a los hechos, recelaba de explorar, pues si no había soñado y no tenía modo de probar que había sido víctima de un engaño, eso significaba que había estado hablando con un fantasma. Y eso llevaba a muchas otras dudas.

Thorn Blooddrinker se había ido cada vez que ella así se lo ordenaba pero, ¿y si lo que le dijo era cierto... que si lo prefería podía quedarse? De todas maneras, ¿qué sabía ella sobre fantasmas, salvo que no creía en ellos, o no había creído? ¿La maldición de la espada consistiría en que su dueño original formaba parte de ella?

Al dueño anterior se le advirtió que sufriría la condenación eterna si la espada caía en manos de una mujer. ¿Porque sólo una mujer era capaz de «convocar» al fantasma? ¿Acaso quedaría atada a un espectro mientras poseyera la espada? Era una posibilidad aterradora y fascinante a la vez. Si tenía que cargar con un fantasma, que fuese uno tan apuesto como...

Ahogó un gemido en la almohada. No empezaba a creer en semejante tontería, ¿verdad? Pero, ¿y si... y si Blooddrinker de verdad era un fantasma vikingo de mil años?

De pronto, se le ocurrió otra posibilidad y el corazón comenzó a latirle con fuerza. ¿Había sido testigo de todos los siglos desde que murió? ¿Podría hablarle de la Edad Media con detalles reales? ¿Proporcionarle información sobre hechos desconocidos? ¿Ayudarla en su investigación?

La sola posibilidad de eso la entusiasmó tanto que hizo ademán de apartar las mantas para ir a buscar la espada, pero se detuvo y gimió otra vez: debía ser el agotamiento. En realidad, debería haber descansado un poco antes de ir a Inglaterra, en lugar de prometer que descansaría al llegar. Era la única explicación que podía encontrar por haber dejado que su imaginación se desbocara.

Bueno, había otra razón: su entusiasmo por la investigación histórica, aunque eso tampoco justificaba tanta fantasía. No existían los fantasmas y, por supuesto, las maldiciones tampoco. No obstante, sí existían los sueños sobrenaturales.

Pero ya era hora de olvidarlos, y tenía una buena idea para lograrlo. Empezaría por dejar de pensar en ellos, descansar, que lo necesitaba mucho, y atacar la investigación que quería hacer mientras estuviese allí. Si lo hacía, esperaba de todo corazón acabar con los sueños capaces de perturbar la paz que pensaba conseguir la semana siguiente.

8

Dejó a David en la estación de ferrocarril, y lo que le dijo al partir la impulsó a regresar a la casa de campo por el camino que atravesaba el paisaje más bello. Su hermano le advirtió que si no se relajaba y se divertía un poco, terminaría sufriendo un colapso por el agotamiento. Estuvo de acuerdo con él y, a pesar de sus buenas intenciones, no pasó demasiado tiempo antes que todos esos «y si...» volviesen a perseguirla. ¡Pensar que acababa de felicitarse por haber apartado esas dudas para disfrutar de las últimas horas con David...!

Claro que era fácil olvidar las experiencias inquietantes cuando se contaba con una compañía para conversar, para bromear sobre otros temas. Pero ahora que estaba sola, sus pensamientos se desviaron a toda velocidad hacia la loca teoría que esbozó la noche anterior: que Thorn Blooddrinker era un fantasma verdadero y no un sueño.

Sólo existía una manera de probar esa teoría, y a partir del instante en que se le ocurrió esa idea, ya no pudo contener la excitación nerviosa. Tenía que hacerlo. De cualquier manera, alguna vez tenía que volver a tocar la espada; ¿por qué esperar y hacerse preguntas sin necesidad?

Ya no vio el paisaje a medida que se le ocurrían otras cosas. Si... (ése también era un gran si) el espectro aparecía de nuevo y decidía quedarse, como amenazó con hacer, ¿cómo lo controlaría? Sin embargo, era una posibilidad remota que se quedara, pues sabía que no le gustaba que ella lo llamase, y contaba con eso. Cada vez que lo hacía, insistía en que lo mandara de vuelta al sitio en que residía cuando no andaba deambulando, fuera cual fuese.

Bastaría con que lo convenciera de que no lo retendría demasiado tiempo, sólo el necesario para que respondiese a todas las preguntas que deseaba hacerle. Esperaba que cooperase con ella.

Pero pudiese o no controlarlo, decidió convocarlo otra vez... si es que no era sólo un sueño. Era demasiado importante lo que podría contarle sobre el pasado como para no arriesgarse.

En esta ocasión no se echaría atrás. Hasta entonces nunca había conducido tan descuidadamente para regresar a la casa, una vez tomada la decisión. Y en cuanto llegó, voló escaleras arriba a su dormitorio.

La única precaución fue cerrar la puerta y esconder la llave para que el fantasma no pudiese escapar de la habitación hasta que ella le explicara las cosas. Al menos, esperaba que no pudiese escapar. Si era capaz de pasar a través de paredes y puertas, como se decía de los fantasmas, ella no podría hacer gran cosa para obstaculizarle los movimientos.

Cuando sacó la caja de la espada de debajo de la cama y la abrió, todavía estaba sin aliento. Esta vez, miró hacia el rincón antes de tocar la empuñadura tibia del arma, y se encogió, en espera del fragor del trueno.

El trueno se oyó... y Thorn Blooddrinker apareció.

¡Era verdad! Su corazón latía de manera casi dolorosa. Era imposible que eso fuese un sueño. Era imposible controlar los sueños como éste, no se podían convocar a voluntad. En cambio, a su fantasma, sí.

Esta vez estaba vestido casi con formalidad, o lo que en su época habría pasado por tal. Llevaba una túnica azul oscuro, con un fino bordado de hilos de oro en el cuello y en la abertura en V en medio del pecho. Una capa corta con el mismo bordado estaba sujeta a los hombros con grandes discos de oro. Las botas parecían de mejor calidad que las anteriores: al menos, las costuras no eran visibles. Y el cinturón que ajustaba la estrecha cintura era mucho más elegante, con discos de oro como los de los hombros.

A decir verdad, cada vez que lo veía le parecía más apuesto que antes, y todavía le faltó un poco el aliento cuando dijo:

—Hola, Thorn Blooddrinker.

Al instante, la voz de Roseleen atrajo hacia ella esos claros ojos azules, y pudo oír el suspiro del hombre a través de la habitación. Se pasó una mano por el cabello largo y rizado, en señal de exasperación, y ella tuvo ganas de sonreír. Su fantasma no deseaba estar ahí... otra vez.

Los ojos del hombre la clavaron en su sitio.

—Veo que ha dominado el miedo que me tenía.

Si bien eso no era del todo cierto, no se molestó en aclararlo, y en cambio le ofreció una disculpa:

—Siento haberlo sacado de alguna... ocasión especial. Esta vez, no lo retendré mucho tiempo.

—¿Retenerme? —dijo, frunciendo el entrecejo—. Señora, ¿acaso está usted jugando conmigo?

La visión de aquel ceño amenazador hizo que Roseleen tartamudease:

—No... en serio... es que... siento curiosidad por usted. Y quiero saber cómo es posible que yo pueda convocarlo como lo hice.

—Usted ya sabe cómo es posible —refunfuñó—. Tiene mi espada en la mano. Sabe que eso le da el poder de llamarme.

Mientras lo decía, la mirada del hombre se posó sobre el arma, lo que hizo resurgir la posesividad de Roseleen, que soltó la espada, la guardó en la caja y dijo:

—Eso lo entiendo, pero... en cada ocasión, usted me pidió que lo hiciera regresar. Si no lo hiciera, ¿qué sucedería?

La expresión del hombre indicó a las claras que en realidad no le gustaba esa pregunta, pese a lo cual respondió:

—Señora, usted me ha traído aquí con la espada y sólo usted puede enviarme de regreso. Yo decido si me voy o me quedo pero, por el mismo embrujo, no puedo irme si usted no me lo ordena.

—En otras palabras, ¿usted decide si yo quiero librarme de usted, pero yo decido si no quiero?

Asintió con un gesto breve y colérico. Al parecer, no le agradaba que la joven tuviese control sobre él, del mismo modo que a ella le desagradaba ser impotente si él decidía no obedecerla... si es que decía la verdad.

Roseleen supuso que descubriría la intención de si había decidido quedarse o partir antes de que ella se lo dijese. Entre tanto, satisfaría su curiosidad y eso llevaría horas, tal vez días.

Pensando en eso, le ofreció:

—¿Quiere sentarse?

Había un cómodo sillón para leer entre las dos ventanas y otra silla junto al escritorio, pero prefirió ir hasta la cama y sentarse sobre ella, cerca de la caja de la espada. Inmediatamente, ella apartó la caja del alcance del hombre y volvió a meterla debajo de la cama. Al ver esto, el hombre hizo una mueca que podría haber pasado por una sonrisa, aunque no hubiese apostado su carrera a ello.

Se sentó de lado sobre la cama para enfrentarse a la joven, que estaba de pie al otro lado de la cama. La mirada del hombre hizo un recorrido breve por su cuerpo, contemplando la blusa suelta sin mangas y los pantalones amplios que no le quedaban muy bien, como el resto de la ropa que solía usar. Mientras estaba sola, en la casa, nunca usaba un peinado tan severo, pero como acababa de regresar de dejar a David en la estación, tenía el pelo sujeto en un moño y las gafas puestas: esa era la apariencia que conocía de ella el mundo exterior.

Por un momento, creyó que el hombre trataba de descubrir a la mujer que vio antes, envuelta en la toalla y con el pelo cobrizo suelto, pero su expresión era inescrutable. La de Roseleen, en cambio, no: la desconcertaba tenerlo tan cerca. Era un hombre bastante corpulento, más bien, un fantasma corpulento, y parecía completamente sólido... hasta peligroso. Aunque, por lo que sabía, debía de ser insustancial y, si así fuese, no representaría el menor peligro.

Sintió el impulso de preguntar, sin rodeos:

—¿Cómo se siente al ser fantasma?

La reacción inmediata del hombre fue una carcajada.

—Señora, soy tan de carne y hueso como usted.

Pasó un instante hasta que el enfado diera paso a la sorpresa.

—No puede ser. Usted es un espectro.

Ahora sí que estaba confundida.

Confiaba en que le contaría cosas de los siglos en los que ella era experta y, por las respuestas de él, sabría si decía la verdad... o eso era alguna clase de broma complicada.

A juzgar por su sonrisa perezosa, el hombre seguía estando divertido.

—No es usted la primera en calificarme de tal, aunque ya le dije que sólo los dioses y Wolfstan el Loco pueden derramar mi sangre. Ansío el día en que me encuentre otra vez.

Aunque seguía enfadada, esa última afirmación la intrigó tanto que se vio forzada a preguntarle:

—¿Quiere morir peleando con él?

En tono arrogante, él respondió:

—Tengo la intención de demostrar que no puede vencerme.

—¿Eso significa que usted también puede matarlo?

El hombre suspiró.

—No, ya está muerto, lo mató la bruja Gunnhilda para poder lanzarme la maldición. Por eso me odia y, como vikingo, lo entiendo. Con su maldición, Gunnhilda lo privó del Valhalla.

—¿Valhalla? Espere un minuto... ¿El banquete de Odín? Ayer, me dijo que lo saqué del banquete de Odín... en el Valhalla?

—¿De dónde, si no?

—Déme una tregua... —repuso la joven, muy exasperada—. El Valhalla no es más que un mito, como Odín, y Thor, y...

Se interrumpió al recordar que dos noches antes él había estado peleando con Thor, su hermano Thor. A esas alturas, levantó las manos disgustada.

—Eso lo aclara todo. Si pretende hacerme creer que es un dios vikingo, no tengo nada más que hablar con usted. Ya cedí bastante en mis convicciones al aceptar la posibilidad de que fuese usted un fantasma, pero llegar a los dioses míticos sería demasiado para mí.

Él se echó a reír otra vez, en esta ocasión con tanta intensidad que casi rodó por la cama, y Roseleen se ruborizó al comprender que se divertía a costa de ella.

Dijo con aire rígido:

—¿Eso significa sí o no?

Tuvo que esperar que la risa se calmara antes de poder hablar.

—No soy un dios. Tal vez haya tenido una pequeña corte de adoradores que me conocieron, y que sabían que no podía morir, pero eso fue por la maldición, y sucedió antes de que mi hermano sintiese lástima de mí y me permitiera entrar en el Valhalla.

—¿Pero afirma que su hermano es un dios?

—Él fue adorado mucho más tiempo que yo. A diferencia de mi nombre, que hace mucho fue olvidado, el de mi hermano sobrevivió en la leyenda.

Como Roseleen detectó cierto resentimiento, no pudo resistir la tentación de preguntar:

—¿Eso le irrita?

—¿A usted no le irritaría? —preguntó Thorn, a su vez—. No hay nada de lo que él hace que yo no pueda hacer y, a menudo, mejor, cuando acepta competir conmigo. Pero tuve la mala fortuna de sufrir la maldición de Gunnhilda.

En aquellos momentos, ella suspiró al comprender que le tendía una trampa para que aceptara lo que decía como un hecho:

—Gunnhilda la bruja... ahora me pide usted que crea en brujas y dioses vikingos, cuando yo no puedo...

—Señora, a mí no me preocupan sus creencias. No necesito demostrar lo que digo. Basta con mi presencia aquí...

—Si es que está usted aquí —le corrigió la mujer—. Ya lo dudo otra vez.

Esto provocó una sonrisa en el hombre, que mantuvo mientras se levantaba y caminaba alrededor de la cama hacia ella. A Roseleen le saltó el corazón en el pecho.

—Eh... creo que es hora de que se marche —se apresuró a decir, aunque no con la suficiente prisa.

—Le doy las gracias por darme los medios para hacerlo, pero todavía no estoy listo para irme de su época.

Le hablaba de pie frente a ella, a pocos centímetros. Roseleen disfrutaba de ser un poco más alta que el promedio de las mujeres, de más de un metro setenta de estatura, pero él le llevaba unos veinte centímetros... cosa que advirtió en ese momento al tener que alzar la vista para mirarlo. Y casi se desmayó al ver que la mano del hombre se acercaba a su propio rostro.

Cerró con fuerza los ojos y contuvo la respiración. Esperaba... no sabía qué. ¿Una experiencia de hechicería? Algo en verdad aterrador, pero sólo sintió que le quitaba con suavidad las gafas.

—Esta alhaja que usa me resulta extraña. ¿Cómo se llama?

Abrió los ojos y vio que el hombre contemplaba las gafas. Bastaba ver la forma en que las sujetaba, con los dedos sobre las lentes en lugar de la montura, para comprobar que no estaba familiarizado con ellas.

Ningún ataque. Nada de esos estremecimientos helados, que hubiese debido provocarle una presencia fantasmal tan próxima. Lentamente, Roseleen soltó el aliento.

—Gafas —respondió.

Thorn volvió la mirada hacia ella y la mantuvo, al tiempo que arrojaba las gafas por encima del hombro, de manera muy parecida a la que empleó con el hueso de ave, sin preocuparse de dónde caían.

—Señora, los adornos son para embellecer. ¿Por qué usa usted joyas que no la embellecen?

—Las gafas no son joyas —comenzó a explicar, pero se interrumpió con una exclamación ahogada, pues la mano del hombre iba otra vez hacia su cara—. ¿Qué...?

No terminó. Él no respondió. La mano había llegado al objetivo, que era el moño en la nuca de Roseleen. Tiró de él y le quitó las horquillas que lo sujetaban, haciendo que el cabello cayera sobre la espalda de la mujer. Tomó toda la melena y la pasó hacia adelante, dejándola caer sobre el pecho izquierdo de la joven. Cerca de ese mismo pecho, encontró otra horquilla que quitó y examinó. Roseleen supuso que seguiría el mismo camino que las gafas cuando terminara de observarla. Tuvo razón, y en ese instante la mirada del hombre volvió a ella.

—Así está mejor —dijo Thorn.

Sin prisa, contempló una por una las facciones de Roseleen, y posó su mirada otra vez en la larga melena castaño rojiza que llegaba a la cintura.

—Me alegro de que me mostrara usted lo que estaba escondido. Creo que no me molestará mucho que posea usted la espada.

Ella tendría que haber sido tonta para no comprender que aludía al hecho de haberla visto envuelta sólo en la toalla, y a la estrafalaria sugerencia de que lo había convocado con la intención de acostarse con él. Otra vez, un intenso rubor tiñó sus mejillas pero, antes de que pudiese siquiera pensar en una respuesta, el hombre ya tendía otra vez la mano hacia ella.

En esta ocasión lo que atrajo sus dedos fue el hombro de la blusa sin mangas.

—¿Cómo se quita esta túnica tan extraña? —preguntó.

El corazón de Roseleen dio un vuelco, y dijo, quisquillosa:

—Es una blusa, y no se quita. Si supone que voy a quedarme aquí parada, mientras usted examina todo lo que llevo puesto...

—No, su indumentaria no me interesa —la interrumpió, mientras tironeaba del trozo de tela que no había soltado—.

Ya veo que sería sencillo desgarrarla. Si quiere preservarla, señora, dígalo ahora.

Otra vez, Roseleen sintió el corazón en la garganta. No era posible que él quisiera decir lo que parecía insinuar.

—Ya ha conseguido bastante, Thorn. No obtendrá nada más.

La respuesta de Thorn consistió en enganchar dos dedos en la tela del otro hombre. Dio un ligero tirón, con las manos convertidas en puños, y luego, uno más fuerte. La delgada blusa veraniega se desgarró en el centro por detrás y por delante, en dos partes, que ahora le colgaban de los brazos.

Atónita, le oyó decir, decepcionado:

—¿Qué es ese artefacto que la ciñe?

El sostén. Le miraba el sostén, y su expresión le demostró a Roseleen que ya imaginaba cómo librarse de eso también.

De inmediato, la joven cruzó los brazos sobre el pecho. Tal vez en la época de Thorn el pillaje y la violación fuese una práctica corriente, pero ésta no era su época sino la de Roseleen.

Adoptando un aire severo, y con un esfuerzo desesperado por olvidar que estaba medio desvestida, dijo:

—No sé qué cree que está haciendo, pero no puede hacerlo. Aquí no puede tomar lo que desea, simplemente. Tiene que pedirlo... y mi respuesta es no.

Thorn se limitó a reír entre dientes.

—Entonces, ¿por qué cree que sería lo bastante tonto como para pedirlo?

—Usted confunde...

—No, la entiendo a la perfección. Quiere que me rebaje, pero no haré eso. La última mujer que poseyó la espada también pronunció una tontería semejante. Pero yo le advertí, señora, que tengo un gran apetito.

—De comida —le recordó la muchacha.

—Y de peleas... y de mujeres. Y hace mucho tiempo que no disfruto de una joven atractiva.

—Lamento saberlo, pero tendrá que prolongar la abstinencia un poco más.

—Creo que no.

Se sentó sobre la cama, junto a Roseleen, y antes de que ésta pudiese reaccionar, dos grandes manos le aferraron las caderas, la atrajeron hacia adelante, entre las piernas abiertas del hombre, cada vez más cerca, hasta que perdió el equilibrio y cayó sobre él. Lo oyó reír un instante antes de que su pecho chocase contra el de él, que luego rodó y la colocó sobre la cama, debajo de él.

Los estímulos la inundaron en oleadas: el peso del hombre, muy real, sólido, contundente; la mejilla áspera que raspó la suya mientras la boca buscaba y encontraba sus labios. En ese cuerpo que aplastaba el suyo contra el colchón no había nada ni remotamente insustancial, y los labios que se movían sobre los de ella eran los más sensuales que había probado.

El miedo formaba parte del cúmulo de sensaciones que bullían dentro de ella. El corazón jamás le latió con tanta fuerza. La sangre corría, provocándole un cosquilleo en todo el cuerpo. Y cuando los dientes de Thorn le tironearon del labio inferior para después comenzar a succionarlo, Roseleen estuvo a punto de...

Cuando la boca de Thorn abandonó la suya para deslizarse por el cuello, ella no pudo hablar. Podría haberle exigido que se detuviese, haber recuperado aunque fuera un módico control sobre la situación, pero estaba sumida en la experiencia única de sentir que todo su cuerpo nacía a la vida.

Entonces, uno de los lados del sostén fue empujado hacia abajo: lo hizo él, con los dientes. Las grandes manos del hombre le apretaban los costados, cerca de los pechos, pero sin tocarlos. La enloquecía que esos dedos estuviesen tan cerca. Pero cuando el pecho se liberó, y el borde de encaje lo empujó hacia arriba, el pezón se irguió de inmediato. En cuanto Roseleen jadeó por la sensación, la boca cálida de Thorn rodeó por completo ese pecho y comenzó a succionarlo lentamente.

La joven gimió y se arqueó hacia ese calor, sin poder contenerse. La química era la perfecta. Por primera vez, era exacta, y se sintió arder. Thorn la miró, sonriente.

—Señora, ¿todavía me considera un ser fantasmal?

Las palabras penetraron lentamente y, al fin, llegaron a su mente confundida. Al hacerlo se sintió... no supo bien cómo, pero no fue agradable. Él lo hizo sólo para demostrarle que podía. En realidad, no pensaba violarla... o hacerle el amor, según lo considerara. Y, en ese momento en que sus sentidos volvían a la normalidad, Roseleen, no supo si sentirse decepcionada o aliviada.

—Se lo advertí dos veces, señora. Si me llama otra vez, tendrá que satisfacer todas mis necesidades.

—¿También pretende que le proporcione una pelea? ¿Uso la espada, o la usará usted?

Roseleen pensó que era el diablo quien la había impulsado a decir eso, pero lo cierto era que empezaba a enfadarse. ¿Cómo se atrevía él a poner semejante precio a la información que ella quería?

Y él tuvo la osadía de responderle:

—Sólo existe una espada que yo pueda esgrimir contra usted.

Otra vez, ahí estaba esa sonrisa.

—Puedo prescindir de esa grosería vikinga, gracias —repuso Roseleen, tensa—. Y ya no es bienvenido, Thorn Blooddrinker.

Mientras lo decía, lo empujó. La exasperaba saber que no podría moverlo si él no quería. Pero se movió, sentándose otra vez en el borde de la cama. Desde ahí la miró, sosteniéndole la mirada con una intensidad que le cortó el aliento nuevamente. Entonces, la mirada del hombre resbaló hacia el pecho, todavía desnudo, y Roseleen advirtió que ella aún no se había movido.

Gimió y saltó de la cama, colocando otra vez el sostén en su lugar, y casi corrió hasta el guardarropa, al otro lado de la habitación. A sus espaldas, oyó la risa profunda del hombre, y ese sonido encendió su ira como nada. Pero antes de

que pudiese volverse para espetarle lo que sentía, oyó el trueno a lo lejos.

No necesitó darse la vuelta para saber que se había ido,
y dejó caer los hombros con... alivio, por supuesto. Sí, sin
duda era alivio. No lloraría por la oportunidad perdida. Era
evidente que no se sentía capaz de lidiar con un latoso de mil
años de edad. Podía pudrirse en su mítico Valhalla antes de
que Roseleen cometiera la tontería de convocarlo otra vez.

9

Durante cinco días, logró olvidar el ultimátum de Thorn Blooddrinker. También intentó olvidar lo que le hizo en su propia cama, pero eso no fue fácil de ignorar pues lo que sintió en esos pocos minutos fue tan excitante, tan placentero y único que no podía sacárselo de la cabeza. Si bien podía culpar al miedo por sentimientos tan intensos... se mentiría a sí misma si negara que la había seducido por completo.

Y aún no sabía qué era él.

Le resultó más fácil aceptar que era un fantasma: otros creían en ellos, juraban haberlos visto. Pero Roseleen pertenecía a la clase de personas que necesitaba ver algo para creerlo. Incluso creer en un extraterrestre era más fácil, también porque muchos creían en ellos. Pero, ¿un inmortal? ¿Alguien que podía vivir mil años y no tenía un solo cabello gris? ¿Que afirmaba vivir en un paraíso exclusivo de los vikingos? ¡Imposible!

Entonces, ¿quién era Thorn Blooddrinker? ¿Un excéntrico bromista que podía permitirse un costoso equipo de imágenes capaz de inducirla a creer que podía aparecer y desaparecer por medio de una espada maldita? Ese hombre era real. En ese cuerpo que cubrió el suyo no había nada fantasmal, ni en esa boca que sintió tan caliente y...

Sabía cómo podría probarlo. Tal vez hubiese un equipo en su propio cuarto, en cada habitación de la casa, hasta en el coche que usaba, y no estaba dispuesta a destruir la casa para buscarlo. No sería necesario: se limitaría a llevar la espada a un lugar desolado del campo, donde no hubiese nadie cerca.

¿Y si aparecía de nuevo? Eso probaría... al menos que no era una ilusión de la alta tecnología, aunque no demostraría qué era exactamente, pero ésa era una de las cosas que Roseleen tendría que preguntarle. Si aparecía, si en verdad ella estaba dispuesta a correr otra vez el riesgo, primero tenía que enfrentar el ultimátum, y eso era lo único que tenía en mente en ese momento.

«Si me llama otra vez, tendrá que satisfacer todas mis necesidades.»

La sola idea de ocuparse de las necesidades, de los deseos sexuales de ese hombre, le provocó un calor en lo más profundo del vientre. Casi deseó no sentir la carga de esa moral estricta que le había transmitido su padre. Incluso se cuestionó su propia virginidad, cosa que jamás había hecho hasta entonces. A fin de cuentas, ¿cuántas otras mujeres de veintinueve años podían afirmar que nunca habían hecho el amor con un hombre? En su propia época y edad, a Roseleen le costaría trabajo encontrar una.

En los años sesenta y setenta había surgido la revolución sexual. En los ochenta, las mujeres obtuvieron poder, dieron grandes pasos hacia la obtención de la igualdad, y siguieron cambiando las actitudes de la gente con respecto al papel de las mujeres en la sociedad. Era indiscutible que habían ganado mucho, pero en el proceso perdieron a los verdaderos «caballeros».

Barry era un ejemplo perfecto de la clase de hombre que apareció en lugar del caballero. Nunca le abría las puertas, ni le arrimaba la silla a la mesa cuando cenaban juntos, ni insistía en abrir la cerradura las pocas veces que la acompañó a la casa. Por lo general, ni siquiera la acompañaba hasta la puerta cuando salían juntos. Se limitaba a encontrarse con ella en el lugar al que iban, y esperaba que ella pagara su parte. Pero eso no le molestaba. Era una hija de los setenta, aunque en un aspecto de su vida fuese anticuada.

Ese aspecto era el que la ponía nerviosa cuando pensaba

que se casaría con Barry. La aterraba la perspectiva de explicarle su insólito estado la noche de bodas. Era irónico que a los hombres ya no les interesara casarse con mujeres vírgenes, y lo menos que cabía esperar de Barry era una reacción escéptica. También era posible que se riera y la ridiculizara. No, ella no tenía la menor prisa en explicar sus convicciones morales.

A Barry nunca se le ocurrió cuestionar su negativa a acostarse con él: según dijo, lo atribuyó a la natural reserva de la novia y ella no se lo aclaró. Tampoco él tuvo tantos deseos de llevarla a la cama, y aunque Roseleen tendría que habérselo preguntado a sí misma, en aquel momento se sintió aliviada de que no la presionara o se enfadase, como habría hecho otro prometido.

Pero con Thorn Blooddrinker la situación era por completo diferente. Le había dado un ultimátum, y a Roseleen no le gustaba en absoluto pues, si bien la perspectiva de hacer el amor con él ocupara todos sus pensamientos y provocara estragos en su cuerpo, era como ponerle precio a lo que quería de él. Tendría que pagar con su cuerpo por la información que anhelaba, y eso le pareció degradante, sórdido y completamente inaceptable.

Si le hubiese pedido cualquier otra cosa, no lo habría pensado dos veces antes de aceptar. Eso no habría sido diferente de comprar un libro para la investigación o pagarle a un guía la excursión a un sitio histórico. Para ser justa, merecía algo por lo que obtendría de él. Pero, ¿por qué el cuerpo, su virginidad? Eso era mucho pedir, y ella estaba segura de que Thorn lo sabía y puso ese precio porque no quería que volviese a llamarlo.

Cuando al fin se permitió reflexionar sobre el conflicto, se enfureció otra vez, y pronto se le ocurrió un modo de resolverlo. Después de todo, ¿por qué no podía jugar ella también a las amenazas y los ultimátums? Y casi de inmediato, preparó una enorme cesta de almuerzo campestre, tomó la caja de la espada y pronto conducía su automóvil hacia el campo.

Le llevó un rato hallar el sitio perfecto, y casi se le escapó, precisamente por ser tan perfecto. Entre dos campos de trigo dorado, bajando una suave cuesta que lo ocultaba del camino, había un pequeño prado lozano. Había montones de flores silvestres, unos pocos árboles de ramas bajas, llenos de hojas que daban sombra, y sólo perturbaban la quietud las mariposas y la brisa de la tarde.

Sólo había naturaleza, y podría haber sido un paisaje de cualquier siglo, por eso era ideal: no quería que su vikingo se distrajese con nada del siglo veinte. Quería que le prestara atención completa... por lo menos hasta que hubiesen llegado a un acuerdo.

Tuvo que hacer dos viajes hasta el coche, pues la enorme cesta y la caja de la espada eran demasiado pesadas para llevarlas juntas, pero pronto extendió una manta bajo uno de los árboles, dispuso la canasta abierta mostrando la montaña de comida que había dentro, y la caja de la espada, también abierta, si bien tuvo cuidado de no tocarla todavía.

La comida era el premio de consolación. Como a Thorn no le gustaría que ella le presentara su propio ultimátum, se le ocurrió que lo menos que podía hacer era satisfacer una de sus necesidades. Tendría que conformarse con no aliviar las otras dos que reclamaba, pues no estaba dispuesta a traficar en ese nivel íntimo que Thorn tenía en mente cuando la amenazó y, además, en el siglo presente le resultaría difícil encontrar el tipo de batalla a la que estaba habituado.

Al pensarlo, rió para sí. ¡Pobre hombre! En verdad, llevaría la peor parte en el acuerdo que pensaba proponerle. De repente, comprendió que esperaba otra aparición, que casi la daba por hecha. Y ahí no existía ningún artefacto oculto. Si aparecía con sus truenos y sus relámpagos, no podría menos que admitir que era...

Gimió para sí. No quería pensarlo, no quería enfrentarse a hechos imposibles de creer. Tenía que haber una explicación que no le exigiera desechar todas sus convicciones, y estaba resuelta a descubrirla.

Acercó la mano a la espada pero no la tocó, porque de

pronto los latidos del corazón se tornaron erráticos y la sangre comenzó a dispararse y, dentro de ella... ¡por Dios, la sola idea de verlo otra vez la excitaba! Hasta entonces, ningún hombre había tenido semejante efecto sobre ella. No tenía obligación de llegar a un acuerdo. Podría limitarse a... no. No. En pago por una información que deseaba, y con un hombre que ni siquiera estaba segura de que fuese real, no.

Inspiró una honda bocanada de aire, hizo un esfuerzo para controlar sus emociones y su cuerpo y rodeó la empuñadura de la espada con los dedos. Como de costumbre, estaba tibia, cosa que también desafiaba la lógica. El metal tendría que estar frío y calentarse al contacto con su mano, pero con esa espada no sucedía así.

Había sol. Si estallaban relámpagos, Roseleen no los vería, sin embargo no había modo de confundir los truenos. Pero no vio a Thorn Blooddrinker. Se dio rápidamente la vuelta, pero tampoco apareció detrás de ella. Se sintió... aplastada, devastada por la decepción. Fue como si hubiese perdido algo muy, muy querido, y tuvo ganas de llorar, hasta de gritar. Pero no lo hizo. Soltó la espada e hizo a un lado la idea de que todo había sido una ficción, una broma cruel de alguien... fuera quien fuese el que apareció en el dormitorio. Todavía no estaba en condiciones de enfrentarse con eso, ni de pensar cómo lo logró, ni por qué. Estaba demasiado...

—Me sorprende, señora. Pensé que habría preferido una cama.

10

Lentamente, Roseleen echó la cabeza hacia atrás y ahí estaba Thorn Blooddrinker, sentado sobre una de las ramas del árbol bajo el cual estaba ella. Balanceaba las piernas de atrás hacia delante, como un niño pequeño, aunque la sonrisa que le dirigió no tenía nada de infantil. Era ancha y maliciosa, y expresaba con claridad lo que pensaba Thorn: que estaba convencido de que la larga abstinencia tocaba a su fin.

Por un momento se quedó mirándolo, aturdida, mientras sus emociones pasaban de un rechazo imaginado a... bueno, por cierto en ese instante no se sentía rechazada. Los sentimientos que la invadían se podrían describir como un agudo nerviosismo.

¿En verdad pensó que podría manipular a ese hombre? Provenía de la raza de hombres más agresivos, bélicos, bárbaros que había producido la historia, sujetos arrogantes que creían en un paraíso exclusivo de ellos y al que sólo podían acceder si morían en plena batalla, con las armas en la mano. Eso daba un claro indicio de cómo debían pensar, de cómo pensaba este hombre.

Estuvo a punto de correr hacia el automóvil, pero luego sus pensamientos cambiaron de rumbo y barbotó:

—¿Pero cómo ha ido a parar ahí arriba? —esperando también que la pregunta lo distrajera de sus pensamientos.

La túnica blanca y delgada que Thorn llevaba no estaba cerrada en el cuello, y casi se le deslizó cuando se encogió de hombros, en respuesta. Tenía buena parte del pecho desnudo, y las bronceadas piernas estaban metidas en botas altas y blandas, sujetas a las rodillas por tiras cruzadas. De no ser por la vaina que llevaba sujeta al cinturón ancho, habría tenido una apariencia informal, casi inofensiva. Aunque la vaina estaba vacía, no pudo sentir alivio por el aspecto atemorizante de la daga de hoja larga que estaba al lado.

Entonces, llegó la respuesta:

—Aunque usted puede convocarme, yo decido dónde posar los pies y, por el momento, he decidido no apoyarlos en el suelo.

Pero al ver que se daba la vuelta para saltar justo ante ella, Roseleen se apresuró a apartarse. Thorn lanzó una risa suave y perspicaz: sabía bien lo que la joven sentía, cuánto le temía. Era difícil que ese estado de cosas concluyese en un acuerdo conveniente... para ella. Roseleen llevaba una falda larga hasta los tobillos, con flores en azul y amarillo, con una casaca de seda amarilla sin meter en la cintura ni sujetar con un cinturón, y sandalias. Si el tiempo no hubiese sido tan cálido, habría usado mangas largas, y lo que tenía puesto era lo más parecido que pudo hallar a lo que Thorn estaba habituado a ver. A fin de cuentas, las rodillas femeninas no hicieron su aparición fuera de las recámaras hasta el último siglo, y también en ese tiempo algunas valientes comenzaron a usar pantalones de hombre. Por otra parte, ella no tenía idea de cuál era el último siglo en que Thorn fue convocado, otra de las cosas que pensaba averiguar.

La joven llevaba las gafas como una armadura, y el cabello recogido más tirante que de costumbre, por si acaso. Sabía que hacerlo era como desafiarlo a que le quitara las gafas y las horquillas otra vez, pero le pareció más importante transmitir el mensaje de que no tenía intenciones conscientes de provocarlo.

Irguió los hombros y trató de modificar la impresión de cobardía que acababa de darle. En el mismo tono que empleaba para que los grandullones de ciento trece kilos de peso se sentaran más erguidos, dijo:

—Quiero hablar con usted, Thorn.

El hombre no se mostró impresionado. Lo que revelaba su expresión mientras se apartaba del tronco del árbol era, más bien, diversión:

—Podrá hacerlo... después.

Se dejó caer al suelo, a unos dos metros de la joven pero, por desgracia, no se quedó ahí. De todos modos, ella se mantuvo firme a medida que el hombre se acercaba, pues si echaba a correr le quitaría fuerza a su propio ultimátum, que tenía que surgir de inmediato, antes de que Thorn cerrara la brecha entre ambos.

—Si da un paso más, nunca volverá al sitio de donde vino.

Él se detuvo a menos de un metro de ella, y aunque podía tocarla, no lo hizo. Observó el suelo como si esperase que se abriera una trampa y lo tragase, pero como no parecía haber otra cosa que hierba blanda y florecillas rosadas, miró alrededor. Por lo tenso que se puso, Roseleen supo que no descartaba la posibilidad de que hubiese un ejército completo oculto en el campo de trigo.

Sin mirar a la muchacha, intentando todavía divisar la punta de una flecha o el destello de una espada, dijo:

—Explíquese, señora. ¿Qué es lo que me retendrá aquí?

En ese momento, ella pensó en correr pues, sabiendo qué era lo que Thorn pensaba, estaba segura de que se pondría furioso por lo que diría a continuación. Pero de todos modos, lo dijo:

—Yo lo haré.

Lentamente, la mirada de Thorn volvió a la joven, confusa al principio, luego, curiosa.

—¿Usted? ¿Cómo lo hará?

Roseleen tuvo que aclararse la voz para decir:

—Sin pronunciar las palabras que lo liberarían.

Aun así, Thorn no expresó enfado alguno. Más aun, pareció divertido:

—Entonces, ¿me retendrá junto a usted?

Esa conclusión la sobresaltó y entrecerró los ojos para demostrarle que no compartía la broma.

—Creo que no lo entiende, Thorn. Lo único que quiero de usted es que responda mis preguntas... y que deje las manos quietas. Si podemos ponernos de acuerdo en eso, muy pronto regresará al sitio de donde vino.

—No puedo aceptar eso.

Por algún motivo, la joven no esperaba una negativa rotunda, y esto, en cambio, le provocó pánico.

—¿Por qué no? —preguntó, en tono agudo.

—Porque la deseo.

El efecto de esas sencillas palabras fue dramático. Se le aflojaron las rodillas, y emitió algo que se parecía mucho a un gemido. Por no hablar de lo que provocaban en su interior esos penetrantes ojos azules...

—Y usted me desea a mí.

—Eso no es... eso no tiene nada que... ¡No puedo aceptar esos términos!

La expresión del hombre se endureció.

—¿Me retendrá aquí y no saciará mi hambre?

—He previsto su hambre. Detrás de usted, hay una cesta llena de comida.

—Señora, no me refiero a ese hambre, y usted lo sabe bien.

A esas alturas, su voz expresaba ira y, por extraño que pareciera, eso devolvió el valor a Roseleen.

—El único que estoy dispuesta a saciar es el hambre de comida —le dijo con firmeza—. Le daré eso y una cama en que dormir... subrayando la palabra dormir. Lo que usted insinúa está fuera de discusión. Casi no nos conocemos.

—Ya la he probado a usted, y me gusta. ¿Qué más necesito conocer?

Otra vez, en su vientre se desplegaron espirales de calor, y también le ardieron las mejillas. La franqueza del hombre le resultó bárbara, y se preguntó si sabría siquiera cómo abordar un tema con delicadeza.

—Lo diré de otra manera —dijo la joven—. Yo casi no le conozco... y no se le ocurra volver a hablar de probar. Ese tema ya no está en discusión. Mantendrá sus manos y su persona lejos de mí, o si no... nunca volverá a ver su Valhalla.

—¿Mi persona?

Roseleen se asombró de poder hablar en tono severo y desapasionado, teniendo en cuenta que se moría de vergüenza.

—Su cuerpo —aclaró, y se ruborizó más aún al ver que Thorn echó la cabeza atrás y rió a carcajadas.

—Señora, fue prudente de su parte mencionar ambas cosas. De acuerdo, no me abalanzaré sobre usted. Ahora, déme libertad para partir y responderé a sus preguntas.

Ese parecía un giro demasiado fácil de los acontecimientos.

—¿Piensa que puedo confiar en usted? No le creo. Le daré lo que quiere en cuanto usted me dé a mí lo que quiero.

—¿Y yo tengo que confiar en usted?

—En este momento, creo que yo tengo la carta ganadora, Thorn. En realidad, no pretendo retenerlo mucho tiempo. Sólo quiero satisfacer mi curiosidad... por completo.

—¿Y usted satisfará la mía?

Si bien había llevado el acuerdo a sus propios términos, Roseleen no se relajó hasta oír eso. ¿Apaciguar la curiosidad de Thorn? Era lo más indicado para que ella pudiese pagarle, y aliviar así la culpa por obligarlo a cooperar.

—Por supuesto —dijo, y hasta le sonrió—. ¿Qué quiere saber?

—¿En qué época vive usted?

—Éste es el siglo veinte.

El hombre resopló y miró alrededor.

—No es muy diferente del último siglo al que fui convocado.

Como eso era lo que Roseleen esperaba que él pensara cuando encontró ese prado, no hizo ningún comentario, y preguntó:

—¿En qué año fue eso?

—Mil setecientos veintitrés, me dijeron, y estos tiempos nuevos no me gustan... a menos que... ¿Tienen una guerra en la que yo pueda probar mis habilidades?

«¿Por qué será que no me sorprende que ésa sea la primera pregunta?», pensó Roseleen, sacudiendo la cabeza mentalmente. Los vikingos siempre estaban ansiosos por pelear. Tendría que tener eso en cuenta todo el tiempo.

—Me temo que las guerras modernas no son como aquellas a las que usted está habituado, Thorn —tuvo que decirle—. Las armas que encontró en el siglo dieciocho, pistolas y explosivos, son ahora mucho más sofisticadas.

Vio que no la seguía, tal vez porque no conocía las palabras sofisticadas y explosivos, de modo que añadió:

—Ya no se usan las espadas. En la actualidad, a nadie le gusta estar tan cerca del enemigo y, además, este país está en paz.

Al parecer, la palabra «paz» no le agradó, pues su decepción fue evidente.

—¿Y qué país es éste al que me ha traído?

—Inglaterra.

Eso lo hizo reír.

—Los ingleses no duran mucho tiempo en paz.

La historia apoyaba esa afirmación, de modo que Roseleen no pudo menos que señalar:

—Una tercera guerra mundial barrería a la raza humana de la faz el mundo y, por lo tanto, los países se han vuelto un poco más diplomáticos en estos días, incluyendo a Inglaterra.

—¿Hubo una guerra mundial? ¿Y yo me la perdí?

Al ver esa nueva desilusión que manifestaba, ella puso los ojos en blanco.

—La última no le habría gustado, ni la anterior. Olvídelo, Thorn: aquí no encontrará una guerra a mano.

Y para estar segura de que le quitaba las guerras de la cabeza, agregó:

—Han pasado más de dos siglos desde la última vez que fue convocado, y desde entonces se han producido muchos cambios en el mundo. En ninguna época de la historia los hubo tan drásticos como en este siglo. Algunos le agradarán pero lo más probable es que la mayoría de ellos no le gusten. Por ejemplo, lo que usted pensaba hacerme no es legal sin mi permiso.

—¿No es legal?

—Va en contra de la ley.

El hombre rió entre dientes.

—Señora, yo hago mi propia ley, con mi espada para respaldarme.

Roseleen sacudió la cabeza.

—Lo siento, pero aquí no puede hacer ese tipo de cosas.

La expresión de Thorn le indicó que haría lo que se le antojara, y comprendió que por más vueltas que diesen al tema no llegarían a ningún sitio. No quería que se enfadara, sólo quería algunas respuestas. Por otra parte, no tendría que haber mencionado otra vez ese tema.

Pero el mismo Thorn cambió de asunto:

—Ya he visto algunas de las diferencias que usted menciona. Ese retrato pintado de William es tan vívido que me impresiona.

Al oírlo, Roseleen se convenció de que había sido Thorn el que apareció en el aula, en Estados Unidos, aunque ya no dudaba de su existencia. Era bastante real. Pero todavía bullían en su mente las preguntas acerca de por qué y cómo.

Sin embargo, sus propias preguntas tendrían que esperar, pues ya se le había ocurrido que si lograba mantenerlo interesado en el período actual, no le molestaría quedarse el tiempo suficiente para compartir con ella su conocimiento del pasado.

De modo que dijo:

—Eso no era una pintura, sino la copia de una fotografía —y como el hombre la miró sin comprender, continuó—: Venga, se lo enseñaré.

Volvió a la manta, se arrodilló frente a su bolso y buscó dentro. No advirtió que el hombre se había acuclillado junto a ella hasta que levantó lo que buscaba, su billetera y, cuando se dio la vuelta se topó con Thorn... a pocos centímetros.

Él no miraba lo que Roseleen hacía, sino que contemplaba su rostro y, por un largo momento, ella quedó atrapada en sus ojos y no pudo romper el contacto. El calor que sentía antes volvió, y también la sensación en el vientre. Se imaginó alzando la mano hacia la mejilla del hombre, rodeándole luego el cuello y atrayendo los labios de él hacia sí, y se le cortó la respiración. Casi pudo sentirlo...

Cerró con fuerza los ojos. «¡Dios querido, debo de estar loca para querer retener a un hombre que tiene semejante control sobre mi cuerpo... —pensó—. No —se corrigió—, debo de estar loca para no hacer lo que acabo de imaginar.» Gimió para sus adentros al comprender lo contradictorias que eran sus ideas. Si la hubiesen educado de otra manera, si él fuese un hombre normal, incapaz de desaparecer y aparecer por el capricho de una espada...

Cuando lo miró otra vez, Thorn le sonreía. Sabía. Sabía exactamente qué era lo que le provocaba, y era la imagen misma del hombre confiado en conseguir lo que quería en un futuro cercano.

—¿Tiene algo que mostrarme, señora?

¿Tenía algo que mostrarle? Ah, sí, las fotografías que llevaba en la billetera. «Tengo que pensar en eso, en asombrarlo, en mantenerlo tan deslumbrado con las maravillas modernas que no tenga tiempo de ejercer su magia sensual sobre mí», se dijo.

Abrió la billetera, luego la parte en que guardaba las instantáneas, y casi le metió una de ellas bajo la nariz, luego sacó otra, y otra.

—Estas son fotografías de conocidos míos: mis padres; mi hermano David; Gail, mi mejor amiga; Bar... maldición, no puedo creer que aún conserve esta aquí.

Sacó la foto de Barry, que hasta ese momento había olvidado, y comenzó a romperla en pequeños pedazos.

—Eso demuestra cuán a menudo miro mis fotografías —rezongó.

—¿Por qué hace eso?

Se inclinó hacia adelante para tirar lo que ya no eran más que trocitos de papel en el fondo de la cesta, y luego le respondió:

—¿Romper la fotografía? Porque no puedo soportar al hombre retratado en ella.

—Pero era cara, ¿no?

—En absoluto. Lo que trataba de explicarle era que el cartel que vio en mi salón de clase la noche que apareció por primera vez no era más que la ampliación de una fotografía similar a éstas. Y por cierto que no fue William el Bastardo el que posó para ella. Las fotos se toman con una cámara, un pequeño aparato en forma de caja, que existe hace más de un siglo, y me gustaría tener una instantánea aquí para mostrársela, porque podría reproducir la imagen de usted mismo.

Se calló, porque Thorn ya no la escuchaba. Quizás había dicho muchas palabras que no entendía y lo que explicaba no tenía sentido para él. O quizás hubiese algo que le interesara más, porque estaba rebuscando sin permiso en la billetera de Roseleen.

Como era natural, reaccionó indignada, pero tuvo que apretar los labios para contenerse. «Sea lo que fuese lo que le interesa —pensó Roseleen—, a la larga redundará en mi beneficio. Tengo que recordarlo, y también controlar mi temperamento.»

Enfadarse con un hombre que, sin duda, debía de ser la personificación del machismo era una pérdida de tiempo. A fin de cuentas, si era un hombre medieval, sus actitudes hacia las mujeres también lo serían, y la joven sabía exactamente cuál era el lugar de las mujeres en la época y para la edad de Thorn: el mismo que el del ganado y las reservas del aguardiente: el de cualquier propiedad. En realidad, en aquella época las mujeres tenían menos valor aún que las mercaderías que se podían vender.

Teniendo en cuenta ese panorama, ¿a Thorn le importaría si la ofendía? ¿Le importaría si se enfadaba? En lo más mínimo. Casi sonrió. El solo hecho de lidiar con ese hombre sería una lección de historia en sí mismo. Tenía que estar agradecida de conocer tan bien la historia, de conocer las actitudes de la gente en las diferentes épocas históricas, para poder acomodar su propia manera de pensar. De lo contrario, sin duda estaría furiosa todo el tiempo con este vikingo y no llegaría a nada.

En consecuencia, contuvo la lengua y esperó a ver qué le interesaría a Thorn. ¿El perfumero para llevar en el bolso? ¿La diminuta calculadora de batería solar? ¿O quizás el paquete de pañuelos de papel que trajo del aeropuerto?

Lo que emergió en la mano del hombre fue el lápiz de labios. Thorn examinó minuciosamente el tubo de metal, desde todos los ángulos. Por supuesto que eso le interesaba, pues el metal estaba relacionado con las armas. Hasta lo golpeó con la uña del dedo índice para asegurarse de que era metálico. Entonces, la punta se separó apenas, lo suficiente para que él lo advirtiese, y dilató los ojos mientras lo sacaba del todo.

Ahora sí estaba fascinado, y Roseleen comprendió de inmediato por qué contemplaba el tubo vacío de la tapa y trataba de meter el dedo dentro. Por supuesto, no pudo hacerlo.

—Aunque este metal es tan delgado, tiene una textura y una redondez perfectas —dijo, en tono excitado—. ¡Señora, los herreros de ustedes son ingeniosos!

La joven no pudo contener una sonrisa. Si un objeto insignificante como un lápiz de labios lo asombraba, se desmayaría cuando viese la televisión por primera vez o... ¡que Dios lo ayudase cuando viese un avión, pues le volaría la cabeza!

—En la actualidad, le resultaría difícil encontrar un herrero, Thorn. De algún modo, perdieron importancia en la misma época que el caballo... no importa, lo descubrirá en el camino de regreso a la casa de campo.

De pronto, se sintió ansiosa por hacerlo entrar en el automóvil. ¿Lo asustaría, o sólo se mostraría maravillado? ¿O acaso lo relacionaría con un medio de transporte más rápido para llegar a una batalla? Si no lograba dejar de imaginar cómo reaccionaría Thorn y se lo representaba blandiendo la espada por una ventanilla abierta mientras corría entre tanques y lanzacohetes, se pondría a reír a carcajadas.

—En cuanto al metal —continuó— se le puede dar casi cualquier forma y tamaño, como el plástico, la fibra de vidrio y... de todos modos, hay fábricas que hacen las partes, otras que las ensamblan, y de ello resultan las comodidades de la edad moderna, que nosotros, los que vivimos en ellas, damos por garantizadas. Usted verá algunas de esas maravillas con sus propios ojos. Pero no me pida que le explique cómo funcionan las cosas, pues no entiendo de tecnología.

Thorn se limitó a resoplar, y Roseleen tuvo que admitir que tal vez lo que decía no tenía mucho sentido para él. Seguía examinando lo que tenía en la mano, y sólo en ese momento notó lo que había en la base del tubo.

Roseleen rió. Lo señaló y le sugirió:

—Sostenga esa parte y gire el fondo.

Thorn lo hizo y abrió los ojos, sorprendido, al ver que la barra coloreada salía del tubo y volvía a desaparecer cuando él giraba otra vez el fondo en dirección opuesta. La hizo salir y entrar durante todo un minuto, jugando con ella como un niño lo haría con cualquier descubrimiento.

Por fin, se dio la vuelta y preguntó:

—¿Para qué se usa?

Al menos eso sí podía explicárselo en un nivel simple, que él pudiese comprender.

—Para dar color a los labios, los de las mujeres, quiero decir.

—¿Por qué?

La sonrisa de Roseleen fue para sí misma.

—Yo también me lo pregunté a menudo. Es uno de los cosméticos que usamos las mujeres para embellecernos.

Entonces, Thorn le miró los labios tanto tiempo que ella comenzó a sentir otra vez ese calor en el vientre. Era increíble la facilidad con que ese hombre podía excitarla, pero tenía que admitir que eso era lo que sus ojos le provocaban.

Estaba a punto de darse la vuelta para protegerse a sí misma de esos efectos, cuando Thorn miró la barra de color malva, luego los labios de Roseleen, y señaló:

—Usted no usa esto.

La muchacha se las ingenió para responder, casi sin aliento:

—No, rara vez lo hago.

Thorn se lo dio:

—Enséñemelo.

Fue una orden y, en verdad, esperaba que lo obedeciera sin discutir. En ese momento, a ella no le molestaba: haría cualquier cosa que alejara su propia mente de la tentación de arrojarse sobre él.

Con vivacidad y eficiencia, se pasó la barra por los labios, los frotó entre sí y, como lo había hecho sin espejo, de manera automática pasó un dedo por el centro del labio superior para quitar el color que pudiese haber sobrepasado la línea del labio.

Cuando lo miró otra vez, Thorn le lanzó otra pregunta:

—¿Qué sabor tiene?

Roseleen supo cuál era el rumbo de los pensamientos del hombre... si es que no habían llegado ya a destino.

—No lo sabrá —replicó, en tono de advertencia.

La respuesta de Thorn consistió en quitarle la barra y pasarla con mucha lentitud por el centro de su propia lengua. Mientras lo hacía, vio que ella embelesada, no apartaba la mirada de su boca.

Por fin, curvó los labios y mientras la mirada de la joven saltaba a los ojos del hombre, éste dijo:

—No es... desagradable, pero prefiero el sabor de usted.

Roseleen gimió y, en su desesperación, arrastró la cesta hacia Thorn:

—¡Tenga, coma! —casi gritó—. Iré a caminar.

¡Caminar, demonios, si casi corrió en dirección opuesta, internándose en el prado, mientras las carcajadas del hombre la seguían a cada paso!

11

Thorn la contempló caminar por el prado. Quería ver el cabello de Roseleen suelto en el viento. Quería ver otra vez sus labios entreabiertos para él, y ese calor sensual en sus ojos que era incapaz de ocultar. Quería sentir otra vez la suavidad de la muchacha debajo de él, y saber que a ella le gustaba mucho estar en esa situación.

Lo fascinaba que lo deseara y, al mismo tiempo, negase ese deseo por él. Ninguna de las otras mujeres que poseyeron la espada se negaron a sí mismas el uso del cuerpo de Thorn. Lo deseaban o no, pero nunca dijeron que no cuando era sí.

Si Gunnhilda supiera cuánto deseaba a esta mujer que ahora poseía la espada, se revolvería en su tumba. El placer que experimentaba Thorn no era el que la vieja bruja imaginó cuando lo maldijo y, al hacerlo, lo ligó para siempre a su propia arma.

La maldición de la bruja lo dejó en poder de las mujeres, a merced de ellas, sujeto a sus caprichos y, al suponer que no había nada que el vikingo detestara más, Gunnhilda tuvo razón.

Seguía detestándolo, pero en él ahora había una compensación por todos esos años de furia: esta mujer, con sus extrañas palabras y su nombre, también extraño, Profesora. Thorn luchó contra lo que Roseleen le hacía sentir, porque no le gustaba que ejerciese semejante control sobre él, como tampoco le había gustado el de las otras. Pero ya estaba harto de combatirlo. Desde la primera ocasión en que la besó, no podía pensar en otra cosa, y esta vez no tenía intenciones de dejarla, por más que ella se lo ordenara.

Era innegable que esa mujer era diferente de las otras. No quería usar su espada para matar a sus enemigos. No insistía en que la complaciera, sino lo contrario. No lo trataba como si él fuera su esclavo personal. Pero debía admitir que ella aún no conocía la parte de la maldición que lo forzaba a obedecerla, y que le impedía mentirle o hacerle daño. Tampoco sabía que tenía mucho más poder sobre él del que imaginaba, si no lo liberaba. De todos modos, cuando lo liberara Thorn estaría en condiciones de dar órdenes.

Las otras mujeres lo sabían, y Thorn las despreció a todas porque se aprovecharon de ese poder. Hasta aquellas que, al principio, fueron tímidas, pronto cobraron confianza y se volvieron codiciosas al comprender lo que él podía hacer por ellas.

Pero la mayoría eran ricas, consentidas y corruptas antes de entrar en posesión de la espada. Una de ellas, incluso, conociendo su secreto, mató para poseerla. A su vez, la mujer murió cuando su marido descubrió que quería sustituirlo por un noble más joven y de más alto rango; había cometido el error de no ordenarle a Thorn que guardara silencio al mismo tiempo que le dio orden de asesinar a su marido.

Por desgracia, Thorn tenía que matar al esposo, pues la maldición no le dejaba otra alternativa. No era que tuviese escrúpulos en matar. A decir verdad, disfrutaba mucho de una buena pelea, fuese por una causa noble o sólo para probar su habilidad contra otros. Pero despreciaba el asesinato, y luchar contra un hombre tan anciano como el marido de esa mujer no era otra cosa.

Pero aquello no había terminado en crimen, y prefería pensar que Odin intervino en ese resultado. Primero, informó al esposo de la verdad y, como esa mujer tonta y codiciosa quiso estar presente para ser testigo del asesinato de su marido, fue ella la que murió, lo que acabó de inmediato con el poder que tenía sobre Thorn y, por fortuna, salvó al marido. La *Blooddrinker's Curse* no cayó en manos de otra mujer hasta cuatrocientos años después, de los correspondientes a los mortales, y no hubo más convocatorias hasta 1723.

No le gustaba recordar esa época. Ninguna de aquellas ocasiones era agradable de recordar salvo, quizá, la convocatoria de Blythe. La causa de Blythe había sido justa, y lo único que pretendió de él fue que luchara junto a su señor feudal. Aquella vez, le dio pena partir y dejar a los amigos que conquistó allí.

Después de eso, en cada una de las ocasiones en que lo convocaron trató de volver a esa época, cosa que, según Odín, era posible. Pero las mujeres que lo controlaron no le permitieron ese lujo, pues tendrían que haberlo acompañado y temían no poder recuperarlo para su propio tiempo. Además, nunca dieron importancia a lo que él quería.

En lo que concernía a esta mujer, Thorn vacilaba incluso en abordar el tema, pues ella se apresuraba demasiado a negarle lo que quería, lo que hasta ella misma quería. Y no creía en la maldición ni en la existencia del sitio en que el vikingo residía cuando no estaba con ella. ¿Cómo, entonces, podía convencerla del único beneficio que, a su juicio, le confería la espada? Y aun en caso de que la convenciera, ¿por qué ella le concedería ese beneficio?

Era la primera vez en que alguien dudaba de él. Todos creían en la existencia de brujas, y la maldición de ellas era algo de temer, sin duda. Nadie ignoraba eso... al menos en el pasado nadie negaba esas simples verdades, y Thorn no podía menos que preguntarse por qué esta mujer sí. ¿Acaso en esta época ya no existían las brujas? ¿Por fin las habían destruido? ¿O estarían más ocultas?

En realidad, no le importaba si existían. Ya había intentado que otra hechicera con reputación de ser más poderosa que Gunnhilda rompiera la maldición, y lo que logró fue que lo trataran de tonto por creer que otra bruja lo ayudaría, aunque pudiese. En este momento, lo único que le interesaba era esta mujer.

Pero sí era posible vencer la maldición, aunque Thorn

no podía decirlo. Gunnhilda se había asegurado de ello. Sólo si le preguntaban podía explicar cómo recuperaría el control de su propio destino. Ninguna de las mujeres que lo controló tuvo interés en preguntar si la maldición podría romperse, pues no les importaba en lo más mínimo liberarlo de ese vínculo. Lo único que les interesaba era utilizar sus poderes.

Thorn vio que, cada tanto, la mujer se inclinaba a recoger una flor silvestre, pero ni una sola vez miró en dirección a él. Él, en cambio, no podía apartar de ella la mirada.

Comió lo que había llevado Roseleen, sin saber qué era. Se limitaba a meter la mano en la cesta y a tomar lo que encontraba. Si se topaba con algo que no podía masticar, no hacía más que escupirlo. No valía la pena el esfuerzo de observarlo, pues prefería mirarla a ella.

La poseería. De eso no tenía dudas, aunque no sabía cuándo. Aún no sabía qué quería de él, qué consecuencias tendría esa «curiosidad», pero sí que la muchacha estaba decidida a retenerlo hasta satisfacer sus inquietudes, fuesen cuales fueran.

Roseleen lo desenmascaró de inmediato en ese sentido. No le faltaba valor pues, aunque le temía, e ignoraba que él no podía hacerle daño, se mantuvo firme.

En ese momento, la espada le confería un poder absoluto sobre el vikingo. Pero además, el hecho de que Thorn la deseara también le otorgaba poder. Aunque nunca imaginó que pudiese pasarle, no le molestaba en lo más mínimo quedar vinculado por completo mientras fuese a esta mujer.

12

Roseleen no podía creerlo, pero era verdad: había dejado a Thorn Blooddrinker solo con la espada. Si él entraba en posesión del arma, no tenía idea de cómo podría recuperarla. ¿Y si cuando el vikingo la recuperase ella perdía el control sobre él? ¿Podría irse, y llevarse la espada?

En cuanto comprendió la tontería que había cometido al alejarse para calmarse un poco, corrió de vuelta. No esperaba encontrar la espada aún en la caja, la manta y la zona que la rodeaba cubierta de restos de comida, y a Thorn mirándola como si se estuviese muriendo de hambre, aunque era evidente que había liquidado toda la comida que ella llevó.

Fue la expresión hambrienta de Thorn lo que le entorpeció la lengua y le hizo decir, precipitadamente:

—Creí que usted habría... ¿No sabe hacer otra cosa que...? ¡Deje de mirarme así!

Pero cuando Thorn dejó caer la vista, Roseleen quiso que volviese a mirarla. «¡Oh, Dios, no sé qué es lo que quiero!», pensó. Sí, lo sabía. Quería que él le transmitiera su conocimiento del pasado. Tenía que concentrarse en eso, y dejar de sentirse abrasada por sus miradas.

Para lograr eso último, se concentró en el lío que había armado el vikingo, y chasqueó la lengua mientras comenzaba a recoger lo que estaba desparramado sobre la hierba.

—Sé muy bien que la limpieza no era una de las prioridades en su época, y que nunca ha oído hablar del control de los residuos, ni de las multas de quinientos dólares, pero tendrá que acostumbrarse a los cubos de basura mientras esté aquí. Aquí nos gusta que nuestro medio ambiente quede igual que como lo encontramos, y eso significa que tenemos que recoger la basura.

—Señora, ¿está regañándome?

Roseleen le lanzó una mirada suspicaz, pero en la expresión del hombre sólo había curiosidad, y ese anhelo de unos momentos antes había desaparecido o... estaba oculto.

—No se me ocurriría... —comenzó, pero de pronto, cambió de idea.

Si pensaba pasar un tiempo con él, no podía preocuparse de no ofenderlo en cuestiones menores, pues había muchas otras preocupaciones.

—Sí, creo que estoy regañándolo. Cuando termina con algo, no puede, sencillamente arrojarlo sobre el hombro. Lo pone otra vez en su lugar, lo devuelve o, si corresponde, lo tira.

—Lo que acabo de hacer, como puede ver, es precisamente tirarlo.

Parecía indignado, no porque le regañara sino porque no le explicaba las cosas con claridad, y eso lo hacía sentir injustamente reprendido.

Roseleen suspiró.

¿Tendría que pensar cada cosa antes de decirla? Eso sería una tarea imposible.

—Lo siento, hoy en día, «tirar» es el modo abreviado de decir «arrojar en el cubo de basura más cercano». Y, como no hay ninguno a mano, pondremos todo otra vez en la cesta y lo llevaremos con nosotros, de modo que este lugar quede como estaba.

—Las criaturas silvestres no se lo agradecerían, señora.

Ella detectó el reproche en su voz, y se sentó otra vez sobre los talones, sacudiendo la cabeza. ¡Así que ésa era la razón de la actitud descuidada del vikingo! Le gustaba alimentar a los animales. Jamás se le habría ocurrido asociar una actitud tan dulce y generosa con un vikingo y, por un momento, se sintió desconcertada.

No le gustó nada tener que admitirlo:

—Creo que en Inglaterra ya no hay animales silvestres, Thorn. Al menos, no del tipo al que tal vez usted está acostumbrado. Hágame caso y limpiemos aquí, ¿de acuerdo? Bastará con que recoja la manta con todo lo que está sobre ella y la meta en la cesta, mientras yo recojo lo demás.

Primero, quitó la caja de la espada de encima de la manta, por si le tomaba la palabra. Pero cuando la tuvo en la mano, confesó con toda sinceridad lo que la impulsó a correr de vuelta hacia él.

—Creí que usted se apoderaría de la espada, pero ni la ha tocado, ¿verdad?

Como ya se había levantado para recoger la manta, no la miraba cuando respondió:

—Lo que más deseo es recuperarla, pero no puedo tocarla sin su autorización.

—¿No puede o no quiere?

—La maldición no me lo permite. Sólo usted puede colocarme la espada en la mano.

Roseleen abrigó la esperanza de que estuviese diciéndole la verdad, pues eso aliviaría una de sus preocupaciones.

—¿Y si le dejo tenerla?

En ese momento la miraba con tal intensidad, que se le cortó el aliento.

—Entonces, yo tendría poder de control. ¿Usted haría eso por mí?

—Si eso le permitiese desaparecer otra vez de mi lado, no, de ninguna manera—dijo, negando enfáticamente con la cabeza—. Ahora la espada me pertenece, Thorn, y no la cedo.

Pareció tan desanimado, que ella tuvo la tentación de decirle: «Tome, aquí la tiene».

Aunque no pudo comprender el motivo, tuvo que resistir al impulso.

—¿Podría usted desaparecer?

—Si me cediera el poder completo, renunciando a su posesión sobre la espada, sí. Si sólo me diese el uso del arma, no; no podría irme sin la autorización explícita de usted.

Una vez más, lo complicado de la extraña maldición despertó la curiosidad de Roseleen.

—¿Y si yo sólo le prestara la espada por un tiempo, no para que la conservara, pero luego, sin saberlo, lo liberase a usted? ¿Se llevaría la espada para que yo no pudiese volver a convocarlo?

—Eso es imposible, señora. Podría irme, pero la espada no se iría conmigo. Sólo la conservaría si usted aceptara venir conmigo.

«¿Yo, ir al Valhalla? —pensó Roseleen—. ¿Estar rodeada de vikingos vocingleros y borrachos, en el mítico salón de banquetes de Odín? ¡Ni en esta vida ni en ninguna otra, gracias!»

Comprendió que Thorn tal vez estaba diciéndole lo que ella quería oír. Tal vez mintiera. No tenía modo de determinar la verdad hasta que fuese demasiado tarde, y hubiesen desaparecido el hombre y la espada. Eso, si estaba dispuesta a creer que Thorn vivía en el Valhalla, y que era quien decía ser. ¿Cómo podía creer semejante cosa? ¿Cómo podía creer lo que estaba sucediendo? Se pellizcó con fuerza, y lo sintió. Debía haber una explicación lógica...

Hechos. Necesitaba hechos, pruebas, y estaba resuelta a conseguirlos. Podía verificar al menos la mayor parte de la información que obtendría de él, ya que Thorn tendría que extraerla de su propia memoria. Eso probaría o sustentaría la afirmación de que en realidad vivió en aquellos tiempos, o que fue convocado desde esa época.

—Por ahora, basta de ese tema —argumentó Roseleen, mientras arrojaba el primer puñado de desperdicios en la cesta e iba a buscar más—. De paso, le diré que no me resulta cómodo que siga llamándome «señora». Sé que en su tiempo era un tratamiento de respeto absoluto, pero algunos norteamericanos suelen darle un significado diferente, en especial en momentos de frustración y, de todos modos, mi nombre es Roseleen. Puede llamarme...

—¿Rose?

En cuanto terminó de decirlo, rió, y la muchacha se sonrojó intensamente. ¡Hasta un... quién sabe qué de mil años era capaz de ver la relación entre los nombres de ambos...! ¿Era eso lo que lo divertía? Decidió averiguarlo.

—¿Le importaría compartir la broma?

—¿Broma? No, es que creí que su nombre era «profesora». ¿Qué es lo que profesa para que le digan «profesora»?

Fue el turno de Roseleen de reír, por haber llegado a una conclusión errónea. Si Thorn no veía la relación entre sus nombres, ella no pensaba mencionarla.

—Historia —dijo—. Estudié, y ahora la enseño.

—¿Toda la historia?

—Estoy más familiarizada con la Edad Media, en especial, con el siglo XI.

Thorn aún reía.

—Sí, conozco bien esa época. Disfruté mucho de las guerras que hubo en ella.

Oír eso fue casi tan fascinante como... bueno, no tan fascinante, pero muy parecido, y Roseleen sintió que la invadía el entusiasmo. Tenía miles de preguntas que hacerle, pero se las ingeniaría para contenerse hasta que llegaran al *cottage* y tuviese un cuaderno a mano.

Sin embargo, dijo con sonrisa generosa:

—No sabe lo contenta que estoy de oír eso, Thorn, y luego querré oír mucho, mucho más.

—Podría mostrarle...

Ella cortó de raíz el malentendido:

—No será necesario que haga demostraciones. Sólo me interesan los hechos.

No vio la expresión desilusionada del vikingo, pues estaba mirando lo que acababa de recoger: un emparedado envuelto en celofán que tenía la señal de un solo mordisco. Al ver que el mordisco atravesaba el celofán, se dio la vuelta y le preguntó:

—¿No se dio cuenta de que tenía que quitar el envoltorio antes de comerlo?

Como Thorn ya había terminado su tarea, estaba de pie mirando cómo terminaba. Echó un breve vistazo a lo que tenía en la mano, antes de que los ojos azules se toparan con los de Roseleen y quedaran fijos en ellos. Se encogió de hombros en un gesto casi imperceptible.

—Estaba mirándola a usted, no a lo que comía —le dijo el hombre—. Se lo advierto, Roseleen: me gusta mirarla.

El calor apareció otra vez, y gimió para sus adentros. ¿Cómo podía lograr que dejara de decir esa clase de cosas, y de mirarla de ese modo? Sabía que no podía. Ya había enunciado sus demandas: no tocar. No tenía ninguna otra cosa con qué regatear.

Por otra parte, era ella la que insistía en que Thorn se quedara, la que lo retenía más o menos contra su voluntad. No podía negarle todo lo que él quería. ¿Cómo podría sobrevivir a lo que ese hombre estaba haciéndole? Era probable que no sobreviviese.

13

Cuando llegaron a la cima de la cuesta y Thorn echó el primer vistazo al automóvil de David, Roseleen contuvo el aliento. Era un Ford flamante, negro resplandeciente, de aspecto formal, hecho para que un norteamericano condujese en Inglaterra, con el asiento del conductor a la izquierda, nada pretencioso. Lydia andaba por ahí con sus Bentley y sus limusinas, pero David prefería no proclamar el tamaño de su billetera a través del tamaño de su coche.

Y Thorn Blooddrinker no pareció maravillado ni aturdido al verlo.

Se detuvo a contemplarlo, pero sólo por un momento. En realidad, lo que más atrajo su atención fueron los postes de electricidad, y los miraba con notable curiosidad.

Roseleen no pudo evitar que esa reacción o, más bien, la falta de reacción, la desilusionara aunque, por supuesto, él aún no sabía lo que era capaz de hacer un automóvil.

Se reanimó con esa idea, y antes de que preguntara, le explicó:

—Thorn, ¿se acuerda de la luz que usted vio en el techo de mi aula? Se alimenta de energía eléctrica, y esos cables que usted ve ahora transportan electricidad a todos los lugares donde hace falta. Ya no se usan más esas pestilentes lámparas de aceite... salvo cuando hay un corte de energía.

Thorn posó sobre la mujer una mirada tan cargada de preguntas, que la muchacha suspiró:

—No me pida que le explique qué es la electri...

El vikingo la interrumpió:

—Ese corte de energía, ¿podría afectar también a mi espada?

¿Eso era lo que le interesaba? Roseleen sacudió la cabeza, más sorprendida que él.

—No —respondió—. Sea cual fuere el poder de la espada, es sobrenatural. Y la energía a la que yo me refiero proviene de la electricidad y hace funcionar los objetos mecánicos. Cuando lleguemos a la casa, verá muchas cosas de ese tipo. Pero hay otras fuentes de energía también: baterías, gasolina... y está usted a punto de descubrir otra de las cosas que recibe energía de la gasolina.

Siguió caminando hacia el coche, puso la espada en el asiento trasero y abrió el baúl para que Thorn guardase allí la canasta. Cuando al fin llegó la reacción del hombre, que Roseleen seguía esperando, pareció más bien exasperado:

—¿Qué es esta cosa?

—Usted estuvo en el siglo dieciocho. Vio exquisitos cuadros de ese período y seguramente vio coches mientras estuvo allí. El siglo dieciocho está considerado uno de los más extravagantes en materia de...

La interrumpió, impaciente:

—¿Eso que tiene que ver con esto?

—Esto es un automóvil o, en términos más modernos, un coche. Pero cuando se inventó, se llamaba carruaje sin caballos. Por eso hablé de los carruajes, para que usted comprendiese la transición.

—¿Carruaje sin caballos? ¿Eso significa que no se mueve?

—Sí se mueve.

Roseleen rió.

—Si lo alimenta con gasolina, lo llevará a cualquier lado.

—¿Está vivo?

Ella contuvo una mueca. Tendría que mejorar sus explicaciones, pues expresiones aparentemente ingeniosas como «alimentar» no hacían más que confundirlo.

—No, no está vivo. Es uno de esos objetos que hoy en día se pueden fabricar con metal. Es un carruaje moderno,

Thorn. Venga, le mostraré qué sustituyó a los caballos y hace posible que esto se mueva.

En pocos instantes, abrió el capó y dio una explicación breve:

—Éste es el motor. La gasolina de que le hablé es lo que lo hace funcionar, le da «caballos de potencia». Esa potencia hace girar las ruedas, y así es como se mueve. ¿Está listo para una demostración?

—Preferiría un caballo, señora.

Al llamarla otra vez «señora», expresaba su confusión, sus dudas y, seguramente, también su inquietud. «¿En verdad estoy tan ansiosa de hacerlo pasar por esto? —se preguntó Roseleen—. Pero no estoy dispuesta a caminar los casi cinco kilómetros hasta la casa, para que él se sienta cómodo con lo que le resulta familiar.»

—En la actualidad, los caballos se usan por placer, no como transporte —le dijo—. Cuando las personas quieren ir a algún sitio, utilizan el coche o... bueno, por ahora, atengámonos al coche, y éste nos llevará a casa en pocos minutos, si nos metemos dentro.

Con ese fin, lo tomó por el brazo y le hizo rodear el automóvil hasta el asiento del acompañante, abrió la portezuela, y tuvo que hacerlo entrar casi a la fuerza. Roseleen corrió el asiento hacia atrás para hacer sitio a las largas piernas del vikingo y éste gimió a causa de la sorpresa; fue necesaria otra explicación acerca de la comodidad, la conveniencia y los asientos automáticos.

Cuando, por fin, se sentó en el asiento del conductor, ya no esperaba maravillarlo sino calmar su inquietud y le advirtió:

—Cuando yo gire esta llave, el motor se pondrá en marcha. Podrá oírlo funcionar, así que no se alarme por el ruido. Y por favor, no se asuste cuando el coche comience a moverse, pues eso es lo que tiene que hacer. ¿De acuerdo? ¿Listo?

Hizo un gesto de asentimiento cortante y rígido. Se sujetaba con ambas manos al borde del asiento, y miraba por el parabrisas el largo camino que se extendía ante ellos, y el paisaje, sólo interrumpido por un cobertizo lejano. Estaba en un punto máximo de tensión y desconfianza.

Roseleen suspiró. Por unos instantes, pensó en demorar la partida para darle más explicaciones, pero comprendió que nada le facilitaría el primer viaje en automóvil. Por lo tanto, hizo girar la llave. Pero había olvidado apagar la radio, que se encendió ahora junto con el ronroneo del motor, y los enormes ojos azules del vikingo se fijaron en el aparato.

—¿Habla? ¡Usted me dijo que no estaba vivo!

No pudo evitarlo. El tono de Thorn era tan acusador y exasperado, y su expresión una mezcla tan cómica de indignación y susto, que no pudo menos que reír. La emisora que había estado escuchando pasaba en ese momento un noticiario, y sólo se oía una voz que hablaba, pero bastó para que él pensara que lo había engañado.

—No es el coche el que habla, Thorn, es una radio. Se oye música, y hay muchas para elegir.

Pasó por dos emisoras de ruidosa música de rock, hasta que encontró algo más dulce.

—¿Ve? Una radio no es más que otro adelanto, en este caso, para entretenernos.

Al parecer, Thorn no la escuchaba, sino que seguía observando la radio y trataba de discernir si podía creerle o no. La mujer bajó las ventanillas para dejar salir algo de calor, pero el vikingo ni lo advirtió, pues estaba totalmente concentrado en la radio.

Roseleen decidió que cuanto antes llegaran a la casa, sería mejor. Pero cuando dio marcha atrás y puso el pie en el acelerador, Thorn se levantó a medias del asiento y ella pisó instintivamente el freno, lo que los hizo deslizarse varios metros sobre el polvo, al costado del camino.

A esas alturas, no sabía qué hacer para calmarlo, teniendo en cuenta que ella misma necesitaba tranquilizarse, pues el nerviosismo de Thorn comenzaba a contagiársele. De pronto, supo qué hacer. La única causa por la que se le ocurrió tan pronto fue que estaba pensando en ello desde el instante mismo en que el vikingo reapareció, y no quería reprochárselo a sí misma.

Se volvió hacia Thorn, se inclinó sobre él y le puso la mano en la nuca, instándolo a acercarse. Los ojos del vikingo se volvieron de inmediato hacia la mujer, interrogantes y repentinamente cálidos, pues él mismo obtuvo la respuesta. La obligó a moverse más y a ser ella la que tomara la iniciativa, pues no quería correr riesgos con respecto al acuerdo entre ambos.

Pero no tenía importancia. En ese instante, ella no pensaba en acuerdos. Había dado con una excusa para besarlo que su propia moral no podía reprochar, y no quería tener tiempo de arrepentirse.

Por lo tanto, se inclinó más y hasta le rodeó el cuello con los brazos. Entre dos besos breves para comenzar, le dijo:

—Relájese. Esta no será una experiencia terrible para usted. Tendría que disfrutar con su primer viaje en un vehículo moderno.

Lo besó profundamente, y Thorn dejó de lado toda renuencia. En un segundo, se adueñó del control de ese beso, y aunque Roseleen pensaba hacerlo breve, él no estaba de acuerdo.

Su lengua fue tan agresiva como él mismo, la sondeó, jugueteó con la suya. «Juguetear» no era la palabra exacta. Ese beso tenía un salvajismo que proclamaba el deseo ardiente de Thorn que, sin duda, había pulsado una cuerda en la misma Roseleen, que devolvía el beso con el mismo fervor, como si no se saciara nunca de saborearlo.

Perdió la noción del tiempo que duró ese beso. Cuando concluyó, estaba como aturdida, y tardó bastante en recuperar el aliento. Sin saber cómo, había terminado casi sobre el regazo del vikingo, y sus brazos la rodeaban, pero lo único que la sorprendió fue que no la arrojara al asiento de atrás.

Claro que él no conocía la tradición de los asientos traseros, y Roseleen se juró que jamás lo sabría por ella. Lo que la asustaba era que si lo hubiese sabido, ella no habría podido negarse. Teniendo en cuenta la forma en que se había dejado llevar por el beso, podría haber sido desflorada y no darse cuenta hasta que hubiese terminado.

No podía mirarlo a los ojos, pues temía ver todavía en ellos ese deseo ardiente, y sentirse impulsada a besarlo otra vez.

Logró hablar:

—Bueno, creo que los dos estamos un poco más relajados.

Lo que ella sentía en ese momento no podía describirse precisamente como «relajada». Intentó salir de encima de él, pero Thorn no la soltó.

No tuvo más opción que mirarlo. Por fortuna, el fuego de esos ojos estaba un tanto... apaciguado. Sin embargo, la mirada aún era intensa, demasiado intensa para que ella pudiese sostenerla mucho tiempo.

—Tenemos que irnos, Thorn.

—Lo que tenemos que hacer...

—No lo diga —se apresuró a interrumpirlo—. Lo he besado para que dejara de pensar en el coche, pero nuestro acuerdo sigue en pie.

—No, no sigue del mismo modo, pues estoy tocándola con mis manos.

De repente, movió las caderas contra el trasero de la mujer, y luego añadió:

—Con mi cuerpo. Responderé a sus preguntas, pero usted no me negará otra vez lo que acaba de invitarme a hacer.

Cuando concluyó, Roseleen estaba intensamente ruborizada. Tenía razón: al besarlo, lo incitó a que la tocara... al menos así lo interpretaría Thorn, por mucho que ella dijese lo contrario. Sería una hipócrita si le repitiera que le quitara las manos de encima, pero tenía que hacerlo. Aunque no en ese preciso momento.

—Hablaremos de eso más tarde. Ahora, suélteme, así podremos irnos.

La obedeció de inmediato, y ella se apresuró a volver tras el volante. En lo que se refería a volver al camino, eso fue bastante lento, pero no miró a Thorn para ver cómo reaccionaba. En ese momento no quería saberlo.

Pasaron unos minutos hasta que Roseleen, con el cabello ondeando en el viento, comprendió que no llevaba las gafas, y que tenía el pelo suelto. Otra vez, Thorn le había quitado las gafas y soltado el pelo sin que ella lo advirtiese siquiera. Supuso que el vikingo habría arrojado las gafas por la ventanilla abierta, y por más que intentó recordar si llevaba otro par, no pudo.

En realidad, no tenía importancia. Lo que le resultaba en verdad fastidioso era la arrogancia de ese hombre. Como no le gustaban sus gafas a la primera oportunidad se libró de ellas, sin importarle un comino lo que ella opinara. ¡Típicamente medieval! En aquel entonces, las opiniones de las mujeres no tenían la menor importancia, pues eran los hombres los que tomaban las decisiones y controlaban cada aspecto de sus vidas.

No tendría por qué enfadarse, pues Thorn era lo que era: un varón medieval. El solo hecho de que lo hubiesen convocado al siglo veinte no significaba que fuese a cambiar alguno de sus hábitos ni a ser menos dominante de lo que...

Estaba tan abstraída en sus pensamientos que no advirtió al vehículo que venía por el camino, en sentido contrario. ¡Oh, Dios, un camión! Un camión grande. Había olvidado decirle a Thorn que esos coches sin caballo tenían diferentes formas y tamaños, y al echarle un vistazo vio que estaba tenso otra vez, peor incluso, los nudillos blancos de la fuerza con que aferraba la empuñadura de la daga.

—Cierre los ojos —le sugirió.

En realidad, no esperaba que le obedeciera, pero lo hizo. No alivió la tensión sino que la empeoró, de modo que se apresuró a continuar:

—No chocará. Pasará junto a nosotros por el otro lado del camino y en pocos segundos se habrá ido.

—Roseleen, libéreme.

¡Por Dios!, ¿cómo no había pensado en eso para evitarle tanto terror?

—Está bien, puede irse. Lo llamaré otra vez cuando no haya...

—Se lo agradezco —respondió el hombre, con rigidez— pero lo que necesito es abrir los ojos.

—¿Qué?

Él no lo repitió, y el camión pasó velozmente junto a ellos, llevándose consigo también la ansiedad de Roseleen.

—Ya puede abrir los ojos, Thorn. Se ha ido.

El hombre abrió los ojos y se volvió para mirarla, irritado:

—Mujer, no vuelva a negarme la oportunidad de enfrentarme al peligro. ¿Quiere convertirme en un cobarde?

—¿De qué habla? ¿Y por qué no se ha ido cuando le di permiso?

—Mientras usted está aquí, ¿por qué habría de irme?

14

El comedor era un modelo de la elegancia antigua. Las paredes estaban tapizadas en tela color vino, bordeada de un rico enchapado de caoba. Las luces de las velas arrancaban reflejos a los miles de prismas de la lámpara colgante, a las copas de cristal, a la platería pulida. Como Roseleen le había dicho a la señora Hume que llevaría a un invitado a cenar, la mujer se había esmerado.

En ese momento, Roseleen estaba sentada frente al invitado, y se sentía mucho más a gusto. Cuando al fin llegaron, Thorn quiso explorar la casa, y la muchacha estuvo de acuerdo, hasta cierto punto. No quería que descubriese la cocina, repleta de artefactos eléctricos, y fue bastante arduo mantenerlo lejos de ese sector.

Por fortuna, el resto de la casa era igualmente bastante anticuado y, en consecuencia, no demasiado diferente de lo que Thorn había conocido en la última convocatoria. Lo que más lo fascinó fueron los interruptores de luz. Y al pasar por cualquier habitación no podía remediar accionar los interruptores una y otra vez y, en cambio, el televisor casi no le llamó la atención. Roseleen no pensaba encenderlo. Tal vez lo hiciera unos días después, cuando se hubiese habituado a esta época, pero no tan cerca de la inquietante experiencia del viaje en coche.

Si bien dejó de lado el televisor y el equipo de estéreo, olvidó el teléfono. Sonó cuando pasaban, y ella lo atendió de modo automático y empezó a hablar. Era David, que la llamaba para decirle que volaría a Francia para reunirse con Lydia el fin de semana.

Thorn la contempló durante toda la conversación y, por supuesto, sólo oyó lo que Roseleen decía, cosa que llevó a una explicación de veinte minutos sobre las maravillas de la comunicación y cómo la gente podía hablar entre sí aunque estuviesen lejos, incluso en el otro extremo del mundo. Cuando ella colgó, Thorn observó el delgado cable que conectaba el receptor al aparato, luego, el cable que conectaba el aparato al tomacorrientes de la pared, y lanzó un resoplido escéptico.

Sin embargo, aceptó el sistema moderno de cañerías sin vacilaciones, después de haber hecho correr el agua del retrete unas diez veces, y de quemarse los dedos bajo el chorro del grifo de agua caliente. En cuanto a la ducha, quiso probarla de inmediato, pero logró convencerlo de que esperara hasta después de cenar. Agarró el secador de pelo, lo puso en marcha antes de que ella pudiese explicarle cómo usarlo, y ahora yacía en el cubo de basura, destrozado tras haberse caído al suelo.

En ese momento, Roseleen lo observaba manejar cuchillo y tenedor siguiendo su propio ejemplo, y no pudo menos que sonreír. A decir verdad, lo hacía bastante bien y, por lo menos, se mostró dispuesto a intentar hacerlo como ella. Para tratarse de una persona acostumbrada a comer un muslo de ave con la mano, era mucho decir.

—Usted ya se ha referido dos veces a los norteamericanos —dijo, mientras comía un bocado de budín de Yorkshire—. ¿Quiénes son?

A decir verdad, estaba tan interesado en los alimentos que había sobre la mesa, en todo lo que había sobre la mesa, incluso los recipientes de sal y de pimienta, que ella no esperaba que surgiera otro tema de conversación. Y, sin embargo, el mismo vikingo propuso uno que parecía bastante inofensivo para conversar.

—Los norteamericanos son el pueblo que se apropió de América del Norte y se libró del control de los ingleses —le explicó—. Me temo que también se perdió esa guerra.

Eso le ganó una mirada fastidiada, y la joven rió. Casi no pudo creer que le había gastado una broma y que había salido airosa. Si se atrevió fue porque, sin duda, se sentía más cómoda, cosa sorprendente a juzgar por el último comentario de Thorn en el coche.

«Mientras usted esté aquí, ¿por qué querría irme?»

En ese momento se quedó muy callada, no porque hubiese perdido el control sobre él y sobre el acuerdo de ambos, si era cierto que no tenía intenciones de irse, sino por lo que sentía al oírlo decir eso. Asustada y eufórica, al mismo tiempo. Desde el principio, ese hombre le provocaba emociones contradictorias.

Desistió de hurgar demasiado a fondo en los motivos de esas emociones y, para olvidarse del tema, se propuso lograr que él satisfaciera su curiosidad en otra materia. Todavía tenía muchas preguntas que formularle acerca de la espada y sus poderes insólitos.

—Por cierto, Thorn, ¿por qué el dueño anterior de la espada pensó que una maldición recaería sobre él si la espada caía en manos de una mujer?

Thorn alzó apenas la vista del plato para mirarla, y esbozó la sonrisa más autocomplaciente y de satisfacción consigo mismo que Roseleen hubiese visto:

—Mi advertencia debió dar resultado con Jean Paul.

—¿Jean Paul?

—El hijo mayor de la última mujer que poseyó mi espada. Estaba moribunda, y su hijo heredaría la *Blooddrinker's Curse*.

Lo contó sin darle importancia, y hasta se encogió de hombros, pero Roseleen no estaba dispuesta a dejarlo cambiar de tema.

—¿Usted en realidad tiene poder para hacerle daño a alguien? —le preguntó.

Thorn se limitó a sonreír. ¿Estaría bromeando? ¿Acaso un vikingo era capaz de bromear?

—Es una pregunta estúpida —afirmó la mujer, más para sí misma que para él—. Me aseguró que no es un dios.

Y luego se le ocurrió otra cosa:

—¿La espada me da otros poderes de los que no estoy enterada?

La sonrisa de Thorn pasó de agradable a radiante.

—Se los daba.

—¿Me los daba? ¿Ya no? —Frunció el entrecejo—. ¿Eso qué significa?

—Usted tenía el poder para darme órdenes. Yo no podía mentirle, lastimarla ni negarme a obedecerla. Por lo tanto, tenía poder completo sobre mí.

Ella lo miró sin poder creer lo que oía. No era de extrañar que hubiese cerrado los ojos en el coche cuando ella se lo dijo, y necesitó su permiso para abrirlos de nuevo. La idea de tener a este vikingo bajo su control era sobrecogedora, pero Thorn hablaba en pasado.

Lo miró con los párpados entornados, suspicaz:

—¿Acaso afirma usted que tenía ese poder y ahora ya no?

Aunque parecía imposible, la sonrisa se tornó más radiante y triunfal aún.

—Así es. Cuando me liberó, perdió poder sobre mí.

Roseleen se reclinó en la silla y suspiró. Tendría que estar enfadada por haberse perdido algo así, y porque el vikingo no lo hubiese dicho antes. Pero no tenía por qué esperar que él le diese informaciones por su propia voluntad. ¿Por qué habría de hacerlo? Se había tomado la molestia de entablar un acuerdo con Thorn, mientras que en realidad él estaba obligado a hacer cualquier cosa que ella le ordenara. Sí, debería estar enfadada, pero no lo estaba, porque realmente no quería tener esa clase de poder sobre él, ni sobre ninguna otra persona. Pero haberlo librado sin saberlo...

No pudo menos que preguntarse qué otra cosa no le había dicho.

—¿La espada me confería otros poderes de los que yo tendría que estar enterada?

—¿De los que tendría que estar enterada? No, todos los otros poderes son míos.

—¿Por ejemplo?

Antes de responder, Thorn dejó el tenedor y el cuchillo.

—Déme la espada y se lo mostraré.

—Sí, enseguida.

Fuera del siglo que fuese, un sarcasmo tan evidente no podía pasar inadvertido.

—¿Tiene motivos para negarme incluso el uso temporal de la espada?

Como parecía ofendido, Roseleen respondió con mucha cautela:

—No me entienda mal, Thorn, pero puede irse donde quiera, y mi única garantía es su palabra de que la espada no se irá. Prefiero no poner a prueba su confiabilidad, si no le molesta.

—¿Cree que soy capaz de mentirle?

—¿Acaso no le mintió a Jean Paul acerca de que se condenaría por toda la eternidad? —replicó.

Tras un prolongado momento de desconcierto en el que a ella misma le costó creer lo que acababa de decir, de pronto el vikingo rió, y hasta alzó la copa de vino en un brindis silencioso por ella.

Para aclararle el motivo de su buen humor, Thorn dijo:

—Me parece que me agrada que no me crea.

Roseleen parpadeó.

—¿Sí? ¿Por qué?

—No tengo obligación de responder a eso.

Esa respuesta y su sonrisa autocomplaciente la hizo fruncir el entrecejo, hasta que se le ocurrió:

—Pretende tomarse la revancha por haberme burlado, ¿no es así? Vamos, admítalo.

—Roseleen, si quisiera hacer eso, usted no tendría la menor duda al respecto.

Roseleen ya estaba enfadada con él, aunque no sabía por qué.

—Entonces, ¿cómo se va a tomar la revancha?

El hombre volvió a reír. La cólera de Roseleen subió y se puso a tamborilear los dedos sobre la mesa. El vikingo lo advirtió, le miró los dedos un momento y luego posó la mirada en sus ojos con tal intensidad que ella se quedó inmóvil de inmediato.

—Tal vez tendría que mostrárselo —sugirió Thorn, en tono ronco y sensual.

Repentinamente, resultó claro cómo pensaba ponerse a su altura: pensaba dominarla por completo en el terreno sexual. La aplastaría hasta que la misma Roseleen deseara hacer cualquier cosa que él quisiera, y ella ya sabía con cuánta facilidad podría hacerlo. Con sólo imaginarlo, se le cortó el aliento.

—Basta —dijo.

Thorn alzó una ceja.

—¿Qué?

Roseleen pensó en cambiar de tema, tenía que hacerlo. Pero esa expresión aparentemente inocente que él adoptó, hizo que se enfadara otra vez.

—Usted sabe bien qué. Le pedí que no me mire de ese modo.

—¿Acaso todas las mujeres de esta época esperan que los hombres las obedezcan?

¡Hablando de preguntas significativas...! Había muchas maneras de responderla, y Roseleen comprendió que lo más seguro era no intentarlo siquiera.

—No importa. Teníamos un acuerdo. ¿Piensa usted cumplirlo?

—¿El acuerdo incluía no mirarla? Es extraño, pero yo no lo recuerdo.

Estaba jugando con ella, y lo disfrutaba. Además, no había respondido a su pregunta, y empezaba a ponerse un poco nerviosa. Tendría que haber cambiado de tema, pero ya era tarde.

—El acuerdo, Thorn. ¿Lo cumplirá?

—¿Usted lo hizo?

Indignada, Roseleen se sonrojó.

—Intentaba aliviar su tensión y su estrés —maldición, no debía de saber lo que significaba «estrés»— para ayudarle a disfrutar con el primer viaje en automóvil. Hasta le di permiso para que se fuera, y no sufriera más. Creo que debería dárme las gracias en lugar de hacer que me enfade.

—Gracias —dijo Thorn, con un gesto breve y condescendiente.

Roseleen entendió que él no le contestaba porque no quería. No pensaba hacerlo. Prefería dejar que siguiera inquieta, nerviosa, y... Lo miró, ceñuda y, en respuesta, él le sonrió.

Por supuesto, para ella la cena quedó arruinada y el apetito fue sustituido por un nudo de consternación en el estómago. ¿O sería...? ¡No! ¡No se alegraba de que ese hombre ya no se sintiera cohibido de apoderarse de lo que quisiera!

Se levantó y apoyó las manos sobre la mesa para inclinarse hacia adelante.

—Espero que recuerde lo que le dije sobre la ley, y lo que aquí no se permite, pues quiero que en este mismo instante comprenda lo que le digo: que guarde las distancias. Y no me pida que se lo explique, pues sabe exactamente a qué me refiero. Si piensa ayudarme en la investigación, nos encontraremos en la biblioteca dentro de una hora. Si no, le agradecería que se fuera de mi casa.

Se sintió aliviada por haber podido lanzar todo ese discurso a través del nudo que tenía en la garganta. Pese a lo que dijo antes, no creía que él se quedara, y la decepción la ahogaba.

Si hubiese pensado en ello, sabría que no podía ser la pérdida de la oportunidad de material de investigación lo que le ocasionaba semejante torbellino emocional. Pero no lo pensó. Lo único que advirtió mientras salía de la habitación fue que Thorn no respondió nada.

15

Mientras esperaba a ver si Thorn iría a la biblioteca o se marcharía, Roseleen pasó una de las peores horas. No fue a la biblioteca a esperarlo, donde tal vez hubiese aparecido antes de la hora acordada, si es que iba, y ella se hubiese sentido mejor. En cambio, se encerró en su propio dormitorio, paseó de un lado a otro y se reprochó haberle dado semejante ultimátum.

¿Cuándo dejaría de confundirse, de esperar que ese vikingo pensara y reaccionara como un hombre del siglo XX? No era de extrañar que no le hubiese respondido: sin duda, debía estar otra vez indignado con lo que, según él, era una audacia fuera de lugar. En su época, las mujeres no exigían nada ni daban órdenes a los hombres, a menos que llevaran corona y se sentaran en el trono.

Cuando por fin se arrastró escaleras abajo hasta la pequeña biblioteca al terminar esa hora infernal, el cuarto estaba a oscuras y eso era lo que en verdad esperaba. Aunque él hubiese querido quedarse, se iría al menos para demostrar que no aceptaría órdenes de...

—¿Dónde está el interruptor para dar luz, Roseleen? No he podido encontrarlo.

Al oír su voz, casi se desmayó del sobresalto. Gracias a la luz que venía del vestíbulo, detrás de ella, localizó a Thorn sentado en una de las tres poltronas que había en la habitación. Se acercó rápidamente y encendió la lámpara de lectura que estaba junto a esa silla. El corazón le latía con fuerza, no sólo por el susto sino también por la presencia de él.

Pero al hombre no le interesaba su reacción ante el hecho de que él no se hubiese ido. Mientras Roseleen se regocijaba por dentro, Thorn no hizo más que espiar debajo de la pantalla de la lámpara la mano de la mujer que la encendía.

—Supuse que esa sería la fuente de la luz —dijo—. Pero no encontré un interruptor como el de las paredes.

—No, el de las lámparas es diferente. No se sube ni se baja, sino que se gira.

Thorn la miró con aire de reproche, como haciéndole notar que tendría que habérselo dicho antes. A ella le pareció increíble semejante conversación, y más aún la apariencia serena de los dos.

Pero estaba demasiado ansiosa para dejar pasar por mucho tiempo el tema que ambos tenían en mente, por lo menos ella.

—A decir verdad, pensé que se había ido.

—¿Para darle la oportunidad de hacer acuerdos otra vez cuando me convoque de nuevo? No, ahora yo tengo el control y pienso conservarlo.

Roseleen se quedó callada. ¿Cómo no se le ocurrió antes? Se había atormentado en vano, preocupada de que él se marchara cuando en realidad hubiese sido lo mejor para ella pues, en ese caso, ella llevaría otra vez las de ganar.

Pero había olvidado por completo el poder que le confería la espada, y que ya no tendría hasta que el vikingo se fuera. En ese momento... aún no sabía cuáles eran sus intenciones, pero el hecho de que ya no tuviese restricciones la ponía bastante nerviosa.

Aunque en realidad Thorn no se abalanzó sobre ella. Al contrario, parecía muy relajado, sin tensiones sexuales a la vista. Quizá se atuviera al acuerdo... no, se basó en que ella lo liberase y eso ya estaba hecho. ¿Qué motivos tenía para respetarlo?

La que en ese momento quería evitar ese tema era ella, y se apresuró a introducir otro:

—¿Dónde aprendió a hablar tan bien mi idioma? ¿La última vez que lo convocaron?

—Me vi obligado a aprenderlo cuando la tercera convocatoria me trajo a este país, y en años posteriores aprendí el francés normando.

—Pero debe haber sido el idioma antiguo que, por cierto, no se parece en absoluto al que se habla desde hace por lo menos seis siglos. Yo estudié durante un semestre la lengua antigua cuando estaba en la universidad. Es tan arcaico que resulta como una lengua extranjera. Y por eso no entiendo cómo es que usted habla ahora la versión moderna.

—Tuve tutores.

—¿Cómo dice? —El asombro de Roseleen le hizo sonreír.

—Los tutores de Jean Paul —le aclaró—. La madre insistió en que aprendiera, pues no quería que hubiese malentendidos cuando me... hablara.

A la mente de Roseleen acudió la imagen del hombre sentado en un pupitre infantil en una buhardilla atestada, donde solía enseñárseles a los niños de la clase alta en aquellos días, con un maestro varón de semblante severo de pie frente a él, con una regla en la mano, y tuvo ganas de estallar en carcajadas.

Se contuvo, pero no pudo evitar una sonrisa.

—Es evidente que tuvo un maestro excelente.

La sonrisa de Thorn se ensanchó un poco:

—Sí, ella fue muy diligente.

Roseleen se sorprendió otra vez:

—¿Ella? No me interprete mal, no es que dude de usted sino que, en aquella época, eran raras las maestras, si es que existían. ¿Cómo es que dio con una?

—La moza era una doncella del piso alto que se deslizaba en mi cama cada...

Lo interrumpió, antes de que sus mejillas se pusieran más encarnadas de lo que ya estaban.

—No importa, no quiero conocer los detalles. Pero su tutor verdadero era un varón, ¿no es cierto?

—Sí, y fue el ser más desagradable que vivió jamás, en cualquier siglo. Sin embargo, después de que le rompiera la nariz, su actitud mejoró mucho.

Lo dijo con aire simple, como fuese algo de lo más común.

—¿Hace usted eso a menudo? —preguntó la joven, vacilante—. Me refiero a romper narices.

Al ver que comenzaba a reír entre dientes, se apresuró a corregirse:

—Olvídese de la pregunta. No quiero saber cuántas narices ha roto.

—En el Valhalla, un banquete no estaría completo sin una o dos peleas. Es un buen deporte.

Al menos, no le proporcionó una cantidad exacta, pero como no se apartó del tema, la curiosidad de Roseleen la impulsó a preguntar:

—¿Usted participa en esas peleas?

—Siempre —respondió el vikingo con una sonrisa complacida—. Y nunca pierdo.

¿Se jactaba? ¿Por qué la sorprendía? Siendo tan grande y musculoso, debía de tener mucho de qué jactarse.

Pero ella le señaló:

—Me dijo que, en ocasiones, perdía peleando contra su hermano.

—Cuando Thor acepta mi desafío, es oficial y lo preside Odín. Y en estos momentos no es bien recibido en el salón de Odín. Están peleándose... otra vez.

«¿Cómo es posible que me interesen las acciones de los dioses míticos... que ni creo que existan? —se preguntó la joven—. Debo recordar que los vikingos tienen fama de mentirosos... y jactanciosos.» Relatar cuentos largos e increíbles debía de formar parte de la vida cotidiana de esa gente pues no tenía televisión para entretenerse.

La idea la hizo sonreír, y formuló otra pregunta sobre el tema:

—¿Y ahora por qué disputan?

Thorn se encogió de hombros.

—Esos dos no necesitan muchos pretextos. En esta ocasión, creo que mi hermano insultó los pies de Odín.

Eso no era lo que ella esperaba oír, y no tuvo más remedio que preguntar:

—¿Qué? ¿Le dijo que eran muy grandes o algo así? ¿Cómo se puede insultar los pies?

—Afirmando que son demasiado pequeños para dejar marca al pasar. Fue más... explícito al decirlo, pero preferiría no herir sus oídos.

Roseleen tuvo que contener la risa: podía imaginar los pintorescos insultos a un dios vikingo.

—Gracias por evitarme... —comenzó.

Pero Thorn la interrumpió al saltar de la silla, acercarse a una de las ventanas y preguntar mientras lo hacía:

—¿De dónde proviene ese ruido?

Roseleen fue hasta la ventana pero no oyó nada fuera de lo común... al principio. En efecto, era un aeroplano de una línea comercial, a juzgar por el sonido de los motores a reacción. Era un ruido tan común que la mayoría de la gente no le prestaba atención. En cambio alguien que nunca había oído ese sonido ni ninguno parecido, lo notaba de inmediato.

Y Thorn no sólo lo oyó con absoluta claridad sino que encontró la fuente de la que provenía y preguntó:

—¿Qué es eso?

Roseleen miró sobre el hombro del vikingo para ver qué era lo que veía, y dio gracias de que estuviese oscuro y apenas se distinguiera la silueta del avión recortado contra las nubes que cubrían la luna. Si lo viera con claridad, sin duda se impresionaría. Aun así, tendría que darle muchas explicaciones.

Se dispuso a empezar, pero luego lo pensó mejor: se imaginó que le daría un colapso nervioso si intentaba hacerlo subir a un aeroplano, y no lo intentó.

Y en lugar de explicarle esa maravilla moderna, dijo, encogiéndose de hombros:

—Es un pájaro. En esta época se crían muy grandes.

La miró, incrédulo, ya fuera porque no le creía o quizá

porque sí le creía, y la mujer no pensaba preguntar cuál de las dos alternativas era la verdadera. Lo apartó de la ventana, y añadió:

—No debe preocuparse. No atacan a las personas. En realidad, son bastante inofensivos... mientras no se estrellen —agregó para sí, y con la intención de desviar su propia atención a otra cosa—: En cuanto a esa investigación de la que le hablé...

Thorn se detuvo con brusquedad:

—Sí, debo confesar que siento curiosidad. ¿Qué es lo que quiere que yo la ayude a buscar?

—¿Qué dice?

—Usted quiere algo, buscar algo.*

A juzgar por la pose y la expresión del hombre, supuso que en realidad le agradaba que ella necesitara de su ayuda. Por el modo en que repitió la palabra. Roseleen advirtió que no la comprendía.

Pero antes de que pudiese corregirlo, Thorn dijo:

—Si yo encuentro lo que usted perdió, ¿estará dispuesta a darme una gratificación por eso?

¿Acaso intentaba hacer un trato con ella? ¿Sería otro modo de lograr que se acostara con él? Dejó de lado la corrección, para averiguarlo:

—Está bien, morderé el anzuelo —dijo, cruzando los brazos sobre el pecho igual que lo hacía el hombre—. ¿Qué es lo que quiere?

—Que me devuelva la espada.

Como ella esperaba una respuesta muy diferente, se desanimó un tanto al escucharlo.

—Ya le dije que no...

—Entonces, ¿qué es lo que quiere a cambio? —la interrumpió, ya en tono irritado—. ¿Quiere riquezas? ¿Esclavos? Si me da la espada, yo cumpliré su mayor deseo.

—¿De modo que ahora es usted un genio que arrojará a mis pies toda clase de tesoros? —ironizó.

* Juego de palabras entre «research», investigación, y «search», búsqueda. *(N. de la T.)*

Eso hizo reír a Thorn.

—No, lo único que haría sería robar a uno de los recaudadores de impuestos del rey.

—¿Qué rey?

—Cualquier rey que usted elija.

—¿Cualquiera? Eso no tiene sentido, Thorn. En estos momentos, Inglaterra está gobernada por una reina y, además, no estoy dispuesta a vender la espada a ningún precio.

Él adoptó una expresión de hondo desencanto. Y aunque intentó ocultarlo, fue difícil de pasar por alto pues dejó caer los hombros y frunció el entrecejo. ¡Paciencia! «No estoy dispuesta a permitir que me lisonjee y me haga olvidar de *Blooddrinker's Curse*, por mucho que desee borrarle ese ceño del rostro», pensó Roseleen.

—¿Podemos ocuparnos de la investigación, ahora? Y no significa que haya perdido algo sino que reúno información sobre un tema en particular.

Thorn rezongó. Era evidente que no le interesaba en lo más mínimo la explicación, y que todavía pensaba en la espada. Sin embargo, respondió:

—Creo que no debo ser muy diestro para reunir información.

—No, no quiero que reúna información, quiero que me la proporcione usted. Espero que el conocimiento que usted posee del pasado me ayude en la investigación para el libro que estoy escribiendo.

—¿Mi conocimiento? ¿Y si decido no dárselo?

Reapareció la tensión sexual, y fue tan intensa que Roseleen se vio impulsada a retroceder.

—Será mejor que se olvide de eso —dijo, lanzándole una mirada de advertencia con los ojos entrecerrados.

Thorn optó por no hacerse el inocente ni preguntarle a qué se refería, sino que rió entre dientes y su estado de ánimo mejoró notablemente, mientras que el de Roseleen empeoró.

—¿Está segura, Roseleen? —preguntó, bajando la voz hasta un tono ronco.

—Muy segura —replicó, sin hacer caso de la reacción en el interior de su vientre al tono incitante del hombre—. Si no quiere ayudarme, será una pena y significará que ya no tenemos nada más de qué hablar.

Thorn rió abiertamente:

—¿Piensa despedirme otra vez? Verá que no le resulta tan fácil. Pero no he dicho que le vaya a negar la información que busca, aunque todavía no me dijo de qué se trata.

Enfrentada de pronto con su buena voluntad, Roseleen no supo por dónde empezar, aunque sintió una mezcla de entusiasmo y alivio. Entonces, recordó el cuadro y supo por dónde empezar.

—Cuando vio ese cuadro medieval en mi clase, aquella noche, y creyó que era William el Bastardo, tuve la impresión de que lo conocía personalmente. ¿Fue usted convocado en la época en que él vivió?

Primero, pareció sorprendido, luego, él dijo entusiasmado:

—Sí, lo conocí. ¿Le gustaría conocerlo a usted también?

16

¿Que si le gustaría conocer a uno de los más grandes reyes de Inglaterra? La pregunta le sorprendió tanto que durante largo rato no pudo hacer otra cosa que mirar fijamente a Thorn. Y relacionó su sorpresa con la pregunta ridícula que le brotó de los labios a ella misma:

—¿Piensa traer aquí al fantasma de William de Normandía?

—No, pienso llevarla a usted a su presencia, cuando era de carne y hueso.

Al escucharlo, Roseleen suspiró: esos altibajos de euforia y desánimo empezaban a hacerse rutinarios. ¿Llevarla con el rey? Lo que sugería era imposible, y así se lo dijo:

—Eso es completamente imposi... —comenzó, y luego se interrumpió.

«¿Qué estoy diciendo? —se preguntó—. Tampoco es posible que él esté aquí, y sin embargo, aquí está, es más de un metro ochenta de vikingo, muy real.»

Se corrigió, algo dubitativa, casi con la respiración agitada:

—Está bien, ¿cómo lo logrará?

—Con *Blooddrinker's Curse* en mi mano.

—¿La espada? ¿Asegura usted que ése es otro poder que tiene; que en realidad le permite viajar a través del tiempo?

—Sí.

—¿Cómo?

—Bastará con que yo imagine un lugar en el que haya estado, y allí iré.

A esas alturas, el entusiasmo de Roseleen volvió:

—¿Eso significa que yo podría hacer lo mismo?

—No, la espada está ligada a mí. Salvo que yo esté presente, carece de poder.

El suspiro de Roseleen esta vez fue mucho más fuerte. Ahí estaba la trampa, tendría que haberla previsto. Comenzaba a creer que él era capaz de hacer o decir cualquier cosa para recuperar la espada... hasta de inventar una historia increíble sólo para ella.

Por el momento, decidió seguirle la corriente y preguntó:

—En otras palabras, ¿yo tengo que prestarle la espada y confiar en que usted y ella no desaparecerán de mi lado?

—No funcionará a menos que usted venga conmigo.

¿Por qué eso le resultaba tan familiar? Ah, ya se lo había dicho antes. Bueno, por lo menos no cambiaba las mentiras.

—Muy bien, supongamos que le doy la espada, y supongamos también que acepto ir con usted. ¿Qué pasaría en ese caso?

—Yo tendría el control y podría ir a cualquier sitio donde ya hubiese estado antes.

—Es una posibilidad bastante limitada, ¿no cree? ¿O acaso lo convocaron con tanta frecuencia a lo largo de los años que tiene usted muchas épocas para elegir?

—La cantidad de veces que me llamaron carece de importancia—le explicó Thorn—. Lo que sucede es que no hace falta que el tiempo sea el mismo, depende de lo que imagine. Si un sitio no cambió nada según como lo recuerdo, puedo avanzar o retroceder en el tiempo desde el momento en que estuve allí. No es imprescindible que la época sea la misma en que yo estuve ahí.

—¿Qué campo de acción le daría eso?

Thorn se encogió de hombros.

—Una semana, un año, cien años. Repito, está determinado por lo que yo imagine. Hay menos probabilidades de que se modifique con los años una playa o una zona de campo deshabitada que una calle de la ciudad.

—Y si usted intentara regresar a una época en la que no

ha estado, digamos, un año después de la última ocasión en que estuvo, y el sitio hubiese cambiado, ¿qué pasaría?

—Aparecería allí en algún punto entre las dos épocas, cuando ese lugar estuviese como yo lo recuerdo de la última vez que estuve.

—¿Y qué me dice de adelantar, digamos, una semana o un mes, a partir de ahora?

—No, la espada no va más allá de su propio tiempo presente. Sólo es capaz de viajar al pasado. No obstante, siempre regresará a su presente, por muchos cambios que se hayan producido.

¿Una cláusula de seguridad contra errores que los devolvería al hogar, pasara lo que pasase? Era grato saberlo. Y como en realidad a ella no le interesaba viajar al futuro, no se decepcionó. Lo que la fascinaba era el pasado e insistió en el tema.

—Por lo tanto, si nada cambió en el pasado, ¿usted puede elegir una fecha exacta a la cual regresar?

—Sí, y a cualquier sitio en el que haya estado antes.

Le sonrió.

—También puedo pelear en cualquier guerra que haya presenciado: Odín me aseguró que esto es posible.

¿Odín? Roseleen gimió para sus adentros. «¡Claro, acepta la palabra de un dios vikingo, aunque no creas que existan!» se dijo a sí misma. Tendría que haberlo detenido cuando empezó con ese cuento, en lugar de seguirle el juego. Pero de pronto entendió exactamente qué era lo que estaba diciéndole.

—Un momento —dijo la joven—. ¿Afirma usted que todavía no lo ha intentado?

—No, todavía no he tenido ocasión. Como ya le dije, la mujer que posea la espada debe acompañarme, pero hasta ahora ninguna aceptó hacerlo.

—¿De modo que aún no sabe siquiera si funciona?

—Odín me...

—Sí, sí, le aseguró —le cortó la mujer, sin poder ocultar del todo lo poco que le importaba la afirmación de Odín.

Todavía quería mantener la paz con el vikingo, y no sería muy conveniente insultar a su dios... aunque Thorn intentara quitarle la espada valiéndose de trucos.

—Está bien, pero para que quede claro —prosiguió— ¿lo que usted dice es que si en este mismo momento tuviese mi espada en sus manos podríamos ir a visitar al rey William?

—¿El rey William? Querrá decir el duque William.

—Llámelo como quiera. ¿Podríamos?

—Sí.

—¿O a cualquier otro rey de un siglo diferente?

—Sí... o cualquier guerra en la que yo haya luchado.

Roseleen frunció el entrecejo. Thorn se repetía, y si se refiriese a cualquier otro tema, no lo habría advertido, pero, ¿la guerra? Sabía que le gustaba mucho pelear, y su expresión indicaba a las claras cuánto disfrutaba de esa conversación. ¿Sería posible que él creyera en realidad que podía viajar a través del tiempo, que lo que le decía fuese verdad, y no una trampa para recuperar la espada?

Experimentó otra oleada de excitación. Si se dejaba convencer, aunque fuese por un instante, de que todo lo que acababa de decirle era cierto, las posibilidades eran increíbles. ¡Poder viajar por el tiempo, tener la oportunidad de conocer a las personas que habían cambiado el curso de la historia...! ¿Cómo podía negarle la oportunidad de demostrárselo, si eso era lo que estaba en juego?

Pero eso significaba darle la espada, o más bien, prestársela. ¿Cómo podía correr semejante riesgo? Y sin embargo, ¿cómo no? Si existiese la más mínima posibilidad de poder visitar el pasado, ver la historia real mientras transcurría, reunir información de primera mano...

—Espere aquí, que iré a buscar la espada —dijo, sin darse tiempo de cambiar de opinión.

Por supuesto, no lo hizo y se preguntó por qué había creído que lo haría. En cuanto salió de la biblioteca, Thorn estuvo pegado a sus talones. Incluso le pareció que cuando subían las escaleras estaba más pegado aún, pero era la conciencia de su presencia lo que le daba esa sensación. Eso le impidió vacilar cuando entró en su propio cuarto... por lo menos hasta que tomó la pesada espada en las manos.

En ese momento, la asaltó la indecisión. Su mente lógica se negaba a aceptar la existencia de una espada capaz de atravesar el tiempo. Era más probable que la primera conclusión fuese la correcta. Y no quería perder la espada, de verdad no quería...

—Démela, Roseleen.

Ella cerró los ojos y casi gimió. Lo que esas palabras dichas en tono ronco provocaron en su mente no fue la imagen de la espada. Thorn, en cambio, sí se refería a ella.

Se dio la vuelta para mirarlo: no estaba tan cerca como había imaginado. Y le tendía la mano en silencio, pidiéndole que colocara en ella la espada.

Resultó. Lo hizo. De hecho, casi se la arrojó. Y estaba tan ansiosa que casi se le escapó la transformación producida en la *Blooddrinker's Curse* cuando los dedos de Thorn se cerraron, reverentes, en torno a la empuñadura.

Creyó que la imaginación la engañaba, le hacía ver cómo las pequeñas muescas se llenaban en la hoja de doble filo, y el metal ennegrecido por el tiempo adoptaba lentamente aspecto de plata resplandeciente. Y las gemas ambarinas que no quedaban ocultas bajo la gran mano del vikingo ya no estaban opacas, sino que brillaban con claridad de cristal bajo la luz del techo.

Tenía que estar imaginándolo, un engaño inducido por la luz, su misma ansiedad que temía ver desaparecer la espada y el vikingo de su vida. No obstante, ahí estaba ese diminuto asomo de esperanza, de que si cerraba los ojos los abriría y estaría en otro siglo, de que, de algún modo, por milagro, todo lo que Thorn le había dicho sería cierto.

En efecto, cerró los ojos para darle la oportunidad de demostrárselo. Por supuesto, no sucedió nada: seguía oyendo el suave tictac del reloj de su dormitorio, sentía la brisa fragante del verano a través de la ventana...

—No podemos partir —dijo Thorn—. Antes es necesario que yo oiga sus palabras de aceptación, que usted irá donde yo voy... por su propia y libre voluntad.

Abrió los ojos de golpe. Todavía estaban en su dormitorio... claro que estaban, pues Thorn acababa de decirle que aún no podían partir. Y él estaba ahí, la *Blooddrinker's Curse* firmemente apretada en la mano, con aspecto un tanto... fastidiado. ¿Por el silencio de la muchacha? ¿Sería cierto que no podía marcharse sin su cooperación?

Esa idea alivió un poco su ansiedad. Incluso pensó en pedirle que le devolviera la espada para aliviarla del todo, pero no quiso ver la expresión desilusionada otra vez en el rostro de Thorn, o al menos no quería ser la causa. Y cuando la parte lógica de su mente se hizo cargo otra vez, recordó que tampoco quería sentirse desilusionada ella misma.

Confiaría en que Thorn pensaba realmente que era posible viajar por el tiempo. Pero de todos modos, pronto se sentiría desilusionado cuando él mismo descubriera que su Odín había estado tomándole el pelo. Pero antes tenía que oírla aceptar.

La angustiaba la idea, pues en verdad no quería verlo desanimado otra vez, aunque sabía que ninguno de los dos estaría seguro jamás hasta que ella expresara aceptación.

Por lo tanto, diría lo que él quería oír pero antes, para su propia paz de conciencia, dijo:

—Para que no haya malos entendidos, Thorn, sólo estoy prestándole la espada. Quiero que eso quede claro entre nosotros. Y me la devolverá cuando se la pida, ¿de acuerdo?

Su respuesta tardó en llegar, y no fue verbal. Lo único que logró Roseleen fue un seco gesto de asentimiento, hecho a desgana, pero se satisfizo con eso. Sin embargo, había otro punto que quería confirmar:

—Y quiero que me prometa que regresaremos cuando yo lo diga.

Aunque esta vez la respuesta fue un poco más fluida, no fue demasiado diferente.

—Prometido.

—Muy bien —continuó la joven, y hasta le sonrió a medias—. Acepto ir a donde usted quiera, y lo hago por mi propia y libre voluntad.

La sonrisa de Thorn fue inmediata y radiante, claro indicio de lo encantado que estaba. No fue necesario que Roseleen cerrara otra vez los ojos. De pronto, no hubo nada más que oscuridad en torno a ellos y la sensación de flotar en el aire. Pero segundos después hubo mucho más: entrechocar de metales, relinchos de caballos, y el ruido de miles de guerreros vestidos con cota de malla que trataban de matarse entre sí.

17

Al encontrarse en medio de una furibunda batalla, primero se sintió impresionada, y luego se quedó paralizada por el pánico. No atinó a hacer otra cosa que quedarse ahí de pie y mirar, mientras su mente buscaba desesperada alguna explicación lógica, aceptable, que diera cabida al ejército medieval que la rodeaba. De inmediato, pensó en una alucinación inducida por drogas, en imágenes holográficas, luego en un simple sueño... ¿Otra vez los sueños?

Para explicar la presencia de Thorn, no. Pero, ¿y esto? Esa idea le produjo un alivio inmediato, y agradeció a Dios de que uno no pudiese resultar herido en los sueños, pues ese vikingo suyo ansioso de peleas había aterrizado en medio de una batalla.

Aun así, le pareció increíble que hubiese tanto detalle en un sueño. Hasta sentía el hedor de la sangre y de la crin de los caballos... y llegó a la conclusión de que había demasiados caballos alrededor para no sentirlo hasta en sueños. Y todo ese estrépito de espadas producía un cruel dolor de cabeza.

Sin embargo, al parecer Thorn se la pasaba en grande. A decir verdad, *Blooddrinker's Curse* no se había quedado quieta desde el primer momento en que comenzó el sueño. Relampagueaba a la luz del sol, cortaba, seccionaba...

Roseleen cerró los ojos y se encogió al oír los gritos tanto de hombres como de caballos, decidida a ignorar las salpicaduras de sangre en su propia ropa. Cuando se despertara, habrían desaparecido. Por cierto, tendría que volver a clasificar este sueño como una de sus peores pesadillas. No recordaba haber soñado jamás detalles tan vívidos y espantosos...

Un caballo le dio un empellón en el hombro y la acercó más a Thorn. Cuando recobró el equilibrio, se dio la vuelta y vio un brazo robusto que trazaba un arco hacia abajo, con una espada en la mano que se acercaba a su cuello. No se movió, ni siquiera estaba asustada. Después de todo, no era real, y morir en sueños la despertaría, que era lo que en verdad quería en ese momento.

De todos modos, la muerte se alejó de ella. Otra espada chocó con la que estaba a punto de herirla, y la apartó, para luego hundirse rápidamente en el pecho del atacante. La salpicó más sangre. Si hubiese sido real, a estas alturas ya estaría enfadada. ¿A quién quería engañar? Si eso fuese real, estaría loca de terror.

Por supuesto, fue Thorn el que la salvó... de despertar. Resolvió darle las gracias por haber prolongado el sueño, pero el vikingo no esperó a escucharla. Tres hombres armados rodeaban a un caballero que, al parecer, había sido desmontado, y Thorn se precipitó a apoyarlo para que la pelea no fuese tan desigual.

Roseleen suspiró. Sólo le quedaban dos alternativas: o se atravesaba en la trayectoria de otra arma mortal, o insistía lo suficiente para que Thorn le prestara atención y le exigía que se marcharan. De hecho, si elegía lo último, era probable que lograse lo primero, pues el vikingo ya había hecho picadillo a los tres soldados, y ahora mantenía a raya a dos caballeros montados.

Para ser un sueño, era demasiado largo, y prefería pasar a otro más agradable. A decir verdad, cualquier cosa sería preferible, hasta una pesadilla diferente. Ya estaba harta de comprobar lo afilada que era la hoja de *Blooddrinker's Curse*.

Caminó los pocos pasos que la separaban de Thorn, que no se había alejado mucho de ella en ninguna de las refriegas en que participó, y apartó a otro soldado de a pie que se deslizaba detrás de él, para poder aferrar el brazo inactivo y hacerlo girar.

No dio resultado. En circunstancias normales, moverlo era difícil. En ese momento, cuando estaba ocupado, era por completo imposible, aunque sí se dio por enterado de su intento.

«¿Cómo se ha dado cuenta de que soy yo, si no ha dado la vuelta para ver quién es?» Pero le dijo en tono sorprendentemente sereno:

—Ahora no, Roseleen.

Debió de ser esa calma lo que exasperó su ira: aunque estaba luchando denodadamente, ni siquiera tenía la respiración agitada. Y el soldado que ella había apartado recuperó el equilibrio y dividía la atención entre la espalda de Thorn y el estómago de Roseleen, tal vez calculando si su larga lanza podría acertar dos blancos de un solo golpe.

La ira redujo sus opciones. ¡Al demonio con morir!... Ahora no quería hacerlo hasta no manifestarle su disgusto, y por eso cerró ambas manos y golpeó con los puños la espalda de Thorn. La enfurecía pensar que tal vez ni la sentía.

Gritó para hacerse oír por encima del estrépito:

—¡Sí, ahora! Abandono esta pesadilla, con o sin usted. Tal vez a usted le parezca divertido, pero a mí no... ¡y están a punto de atacarlo por la espalda!

Como si Thorn tuviese la vista puesta en el lancero en lugar de mirar al caballero que todavía trataba de eludir, blandió la *Blooddrinker's Curse*. El soldado de a pie había adoptado una decisión, la equivocada, y cayó lentamente a tierra.

En ese instante, Roseleen exclamó con gran indignación:

—Oh, claro, corte un par de cabezas, ¿por qué no? ¿A mí qué me importa? Me quedaré aquí, haciendo girar los pulgares, mientras usted se harta de esta diversión sangrienta. Pero la próxima vez que me arrastre a uno de sus sueños, ¿por qué no llevarme a uno más agradable, con velas, música suave...?

Los ojos azules se posaron en ella.

—¿Y una cama?

«Con qué facilidad me ruborizo últimamente», pensó la muchacha, sintiendo que le ardían las mejillas.

—Mientras sólo sea un sueño...

Se interrumpió, sin poder creer que en realidad le hubiese dicho semejante cosa... a él. Era lo mismo que mandarle una invitación impresa. Y Thorn sonreía con esa sonrisa maliciosa y sensual que proclamaba a todas luces lo que pensaba.

Por fortuna, en lo que se refería a la incomodidad de la joven, todavía tenía que terminar con uno de los caballeros, y no le prestó más atención a Roseleen. Pero por desgracia sólo le llevó unos segundos despacharlo, y a otro más que se acercó al galope para reemplazar al caído. Luego, Thorn montó a uno de los muchos animales que habían quedado sin jinete y la arrastró consigo.

Como al fin la sacó de allí, su ira disminuyó un tanto, y sólo quedó un ligero enfado, aunque a cada paso Thorn tuviera que detenerse para eludir otras lanzas que trataban de impedirles la marcha, lo que hizo que la ira volviera a encenderse. Pero cuando se detuvo junto a un árbol, en el límite del campo de batalla, la atrajo a sus brazos y la arrojó literalmente sobre la rama más baja, se puso furiosa.

—¿Qué está haciendo...?

—Estará a salvo por ahora —le dijo, y tuvo la audacia de reírse de su cara ceñuda—. Roseleen, permanezca inadvertida, y callada. Si llama la atención, yo no estaré complacido con usted.

—¿Ah, sí? —resopló, indignada.

Pero no obtuvo más respuesta y Thorn hizo girar a la cabalgadura e, ignorándola, se marchó al trote, aunque no fue muy lejos. Podría haberle gritado y tal vez él la hubiese oído, porque estaba prestando atención a sus posibles gritos. De lo contrario, no habría oído, pues el ruido en los límites de la batalla era tan intenso como en el centro mismo.

No se tomó el trabajo de hacerse oír, pues sabía bien que el vikingo no volvería por mucho que ella le gritase: había encontrado una guerra y la aprovecharía al máximo.

Desde el nuevo punto de vista, comprobó que no había tantos combatientes y, por cierto, no eran miles, como supuso. Los dos grupos, que apenas se distinguían uno de otro por la abigarrada variedad de armaduras que llevaban, serían unos cuarenta de un lado y cincuenta de otro. Si Roseleen hubiese usado la cabeza desde el principio, recordaría que el promedio de los choques armados medievales oscilaba en esa cantidad, o menos aún, salvo que estuviese involucrado un rey lo que, al parecer, no era el caso.

Por supuesto, ya no había tantos guerreros que estuviesen vivos para luchar. Unos pocos, heridos, lamentaban a gritos su destino, pero la mayoría de los cuerpos esparcidos por el campo estaban muertos, o al menos así lo proclamaban sus respectivas quietudes y las heridas que ostentaban.

Contempló la escena y se estremeció. Éste era el material de la fantasía masculina. Las mujeres actuales no soñaban con quedar atrapadas en batallas medievales. Y a decir verdad, esta pesadilla tardaba mucho en concluir, o en ser sustituida por otra cosa.

Se le ocurrió otra idea, y frunció el entrecejo. ¿Cuándo había podido controlar sus pensamientos en sueños? Claro que muchos sueños no los recordaba. Uno podía soñar toda la noche, y sólo recordar el que soñó antes de despertar, y hasta ése se fugaba de la memoria en pocos segundos si no se pensaba en él de inmediato. Llegó a la conclusión de que era posible albergar pensamientos, hasta los más profundos, coherentes, lógicos, y lo que sucedía era que ella hasta el momento no recordaba haberlos tenido en sueños.

Además, para ser un sueño, Thorn resultaba demasiado consistente. Y también ella misma. ¿Con cuánta frecuencia alguien se comportaba de manera normal, según su propio carácter en un sueño, y más aún, en una pesadilla? No mucha, al menos por completo, con excepción de unas pocas desviaciones.

Roseleen tenía conciencia exacta de lo que estaba haciendo: estaba tratando de convencerse de salir de la pesadilla y regresar a la realidad, y comenzaba a invadirla cierto temor alarmante. Quizá la breve conversación con Thorn acerca de viajar por el tiempo hubiese sido el sueño que la llevó a éste, pero también podría haber sucedido, y...

Se preguntó si sentiría dolor o se despertaría si saltaba del árbol y se rompía algo. De hecho, pasó medio minuto contemplando el suelo que estaba a poco menos de dos metros debajo de ella, pero al final desistió. Existía un modo más fácil y menos peligroso de descubrir qué pasaría si sentía dolor. Se mordió un dedo con tanta fuerza, que se le saltaron las lágrimas. El resto de su persona se llenó de terror.

«¡Oh, Dios! —pensó—. ¡No estoy soñando! Es cierto que Thorn nos trajo a los dos a un pasado lejano, tal como dijo que haría.» Y era probable que hubiese matado a alguien que, de otro modo, habría sobrevivido. Tal vez estuviese cambiando la historia que ella conocía, mientras permanecía ahí sentada, sin hacer nada para impedírselo.

Recordó una película acerca de viajes en el tiempo que había visto una vez, en la que las imágenes desaparecían de las fotografías a medida que la historia se alteraba. No era de extrañar que el pánico que tendría que haber sentido antes la asaltara en ese preciso instante. Comenzó a llamar a Thorn a gritos. Si la oyó, estaba demasiado ocupado para prestarle atención. No buscaba peleas de manera activa, pues no era necesario: le llegaban solas y casi siempre de a pares.

Roseleen llegó a la conclusión de que eso se debía a su corpulencia: nadie se atrevería a atacarlo sin ayuda. Sin embargo, no la preocupó que pudiese resultar herido en choques tan desiguales. Él le había asegurado que no podía morir, salvo por la mano de los que llamaba dioses, o por ese Wolfstan, que al parecer abrigaba contra él un odio eterno.

Cuando sintió la garganta en carne viva, dejó de gritar. Tenía que calmarse. Por asombroso que resultara, todo lo que le dijo Thorn era verdad y, aunque no pudiese explicarlo, de todos modos estaba sucediéndole. Habían aterrizado en medio de una batalla, porque ella, como una tonta, cuando aceptó ir con él, le dijo: «donde quiera». Desde la primera vez en que Roseleen lo convocó estaba buscando una batalla y ella, sin pensarlo, le dio el poder de encontrar todas las que deseara, en cualquier sitio que quisiera.

Tendría que quitarle esa idea de la cabeza. Si Thorn creía que ella lo seguiría cada vez que tenía deseos de derramar un poco de sangre en cualquier batalla antigua en que decidiera usar la espada, estaba muy equivocado.

Con cuidado, se bajó del árbol en que el vikingo la había dejado. Aún había unos veinticinco combatientes activos, si bien tenían menos entusiasmo que al principio. Sería por la fatiga, supuso. Ocho de ellos eran caballeros a caballo, y uno, que todavía montaba la cabalgadura prestada cruzaba su espada.

En su época, esa época, los llamaban caballos de guerra y eran mucho más grandes que los comunes. Grandes y de mal genio, se criaban especialmente para la guerra, y no eran la clase de animal al que Roseleen se acercaría de buen grado, aunque en realidad no tenía alternativa.

Entre ella y Thorn había cuatro cuerpos que tuvo que sortear, y un caballo sin su jinete que, por alguna razón, decidió seguirla después de que Roseleen diera la vuelta con todo cuidado. El hecho de tener detrás a una bestia semejante la hizo andar más rápido. Y de pronto estuvo lo bastante cerca de los que peleaban como para que la pisotearan... o la hirieran con un movimiento demasiado amplio de las espadas.

Otra vez, gritó el nombre de Thorn. El vikingo no pudo dejar de oírla pues estaba demasiado cerca... pero no quitó la vista de la espada del oponente, ni le dedicó aunque fuese unas palabras a la muchacha.

Aunque comprendió que era prudente que no se dejara distraer, pues eso podría costarle la cabeza, de todos modos estaba furiosa porque la aterraba que matara a hombres que no tenían que morir en esa batalla y que así impediría que naciera otra generación. ¡Hasta podía ser alguno de sus propios ancestros!

Tenía que detenerlo a cualquier precio y, en su desesperación, acudió a lo único que sería capaz de separar a Thorn del hombre con el que estaba peleando el tiempo suficiente para escucharla. Se volvió para montar al caballo de guerra que le echaba el aliento en el cuello.

Si bien tenía estribos, estaban tan alejados del suelo que dedujo que el dueño del animal debía de ser mucho más bajo que ella. No llegaba. Si lograba que el animal se quedara quieto en lugar de seguirla, la mejor solución sería tomar distancia y saltar sobre la montura.

Pero antes de alejarse para intentarlo, sintió que la alzaban por detrás y aterrizó sentada sobre los muslos de Thorn, con uno de sus brazos robustos y acerados rodeándole la cintura para que no se moviera.

—En nombre de Odín, ¿qué está haciendo, mujer? —preguntó con brusquedad—. ¿No sabe con cuánta facilidad podría matarla esta bestia?

Sin hacer caso de la expresión airada de los ojos del hombre, Roseleen replicó:

—Lo sé bien, gracias, pero como usted... no importa. Quiero partir, Thorn, rápido, en este mismo instante. Y si no nos saca usted de aquí ya mismo, entonces... yo recobraré mi espada y me haré a un lado para observar, muy contenta, cómo esos caballeros lo convierten en un alfiletero.

Teniendo en cuenta lo enfadado que él estaba, hubiera sido mejor que se lo pidiera, pero no había tiempo para amabilidades, y Roseleen no estaba dispuesta a quedar otra vez al margen. No miró hacia atrás para ver si el último adversario estaba derribado o fuera de combate, pues sencillamente no quería que hubiese más adversarios.

Thorn debió de tomar en serio la amenaza. No le respondió porque no fue necesario, pues los sacó de allí con la misma velocidad con que habían llegado.

18

—¿Tiene idea de lo peligroso que es manipular la historia? Uno de esos hombres que usted ha matado hoy podría haber sido el antecesor de alguien importante, que dejó huella en su propia época. Si usted cortara el linaje de esa persona antes de que tuviese oportunidad de tener hijos...

Roseleen paseaba de un lado a otro, a donde Thorn los hizo regresar. El hombre estaba de pie en el centro de la habitación con los brazos cruzados sobre el pecho, y se limitaba a observarla.

Cuando llegaron, ella maldijo y le lanzó miradas furibundas aunque hubiese preferido golpearlo por la angustia que le había causado. La irritaba suponer que, si lo hiciera, era probable que él se sintiera divertido.

Pero por fin se calmó lo suficiente para explicarle cuál había sido su error, aunque lo único que logró fue que la interrumpiera:

—Se preocupa por nimiedades.

«¿Nimiedades? —gritó para sus adentros—. ¡Si es probable que haya cambiado todo el curso de la historia!»

Lo miró con los párpados entornados, y le preguntó:

—De cualquier modo, ¿qué batalla era ésa? ¿Fue documentada?

—No fue más que una escaramuza sin importancia entre vecinos.

El tono del hombre fue tan indiferente que la irritó. Los vikingos glorificaban las batallas, constituían parte importante de sus vidas. Vivían para ellas, sin pensar en quién caía bajo las hojas de las espadas. Aun cuando la batalla fuese digna de ser relatada, no sentían remordimiento ni piedad por los perdedores, sino sólo orgullo y satisfacción porque el ganador tuvo bastante habilidad como para ser el que la contara.

—Se desvía del punto principal en esto, Thorn. Esa batalla sucedió hace cientos de años. Fue un hecho concluido, con resultados fijos, y con el tiempo hubo consecuencias de esos resultados. Pero si aparece alguien como usted, que no estuvo en la batalla original, y altera los hechos matando a una persona que tendría que haber sobrevivido...

Thorn la interrumpió otra vez, pero ya con una explicación:

—Odín me advirtió que no cobrase vidas que no estaban destinadas a perecer, y también que me evitara a mí mismo en las épocas que visitara.

—¿Que se evitara a sí mismo? —repitió la joven, sorprendida por algo que no tuvo en cuenta.

Pero el resto del consejo era demasiado pertinente y no tuvo paciencia de esperar una respuesta.

—¿Y por qué no hizo caso de la advertencia de su dios?

—Lo hice —respondió—. Los dos grupos que peleaban hacía mucho que estaban en guerra. Ese día quedaban pocos supervivientes del encuentro. Había un tercer vecino que detestaba a ambos grupos y lo aprovechó, sumándose a la batalla cerca del final, y liquidando a los que pudiesen haber sobrevivido. Todos murieron en esa batalla, Roseleen, por lo tanto, ¿qué diferencia hay si algunos mueren por mi mano o no?

En eso tenía razón.

—¿Porqué no lo dijo antes? Además, ¿cómo lo sabe?

Por primera vez, pareció disgustado:

—Ese día, yo me sumé al tercer factor. Eran los que retenían al que se apoderó de mi espada, un grupo de tipos bastante crueles. Jugaban con las víctimas antes de terminar con sus miserias.

—¿Usted participó en eso?

—No —replicó el hombre—. Pero vi cómo lo hacían sin poder evitarlo. Al menos, en esta ocasión algunos murieron por mi mano de una manera más noble y rápida.

Roseleen se preguntó si el hecho de matar podía resultar algo noble. Mientras intentaba digerirlo, Thorn dijo en tono que exhibía cierto matiz de ira:

—No quiero que vuelva a desobedecerme, Roseleen. Mi vida no estaba en peligro, aunque sobre la de usted no pesa una maldición. Ese caballo de guerra al que se acercó podría haberla aplastado en unos segundos.

Ella rió entre dientes, con la esperanza de disipar el enfado del vikingo:

—Más bien se diría que yo le gustaba a esa bestia.

No resultó, pues con un gruñido ronco, Thorn dijo:

—¿Y ahora, quién se aparta de lo principal?

—Oh, ya comprendo su punto de vista —señaló la joven, en tono seco—. Usted me dejó sobre un árbol, cosa que no me gustó nada, y no me dijo que esa batalla concluiría como un banquete para los buitres.

Continuó con una fuerte dosis de sarcasmo:

—Si lo hubiese dicho antes, quizá yo me habría quedado y disfrutado del espectáculo, aunque no hubiese palomitas de maíz.

Una fugaz expresión de curiosidad pasó por el semblante de Thorn cuando ella dijo «palomitas de maíz», pues lo que más necesitaba era expresar su enfado.

—Si usted hubiese hecho lo que yo le dije...

—Ni se le ocurra, vikingo —lo interrumpió—. Tal vez sea un golpe para su sistema medieval, pero en nuestros días las mujeres no saltan cuando el hombre lo ordena. Pensamos por nosotras mismas, hacemos las cosas por nosotras mismas, y no obedecemos... ¡por Dios, odio esa palabra!, a los machos arbitrarios que, para empezar, no tienen por qué andar dándonos órdenes.

—Si su vida depende de ello, lo hará.

Había recuperado la calma, si bien ella habría preferido que le gritara. En cambio, esa calma manifestaba que estaba seguro de tener razón y, si ella misma no hubiese estado aún muy enfadada, habría estado de acuerdo.

—Thorn, habría bastado con que se tomara unos minutos para explicarme las cosas, así yo no hubiese sufrido el pánico de suponer que usted estaba matando a los ancestros de reyes y presidentes, y cambiando así toda la trama de la sociedad, tal como la conozco. No creerá que yo arriesgaría mi vida por cualquier motivo, ¿verdad?

—¿Presidentes?

—En diferentes países... —comenzó a explicarle, pero luego agitó la mano, desechando la idea—. No importa, cuando usted estuvo ahí, la democracia aún no había llegado. Pero si usted volviese a viajar en el tiempo —hizo una pausa, casi sin poder creer lo que estaba diciendo, y luego continuó—: y la idea principal es sí, me gustaría saber de antemano qué sucederá. ¿Y qué pasó con el encuentro con William el Bastardo? Habría jurado que ése fue el argumento para convencerme de acompañarlo.

En ese momento, Thorn se rió:

—A lord William no le agrada que yo desafíe a los que lo apoyan, pero eso habría hecho de no necesitar ocuparme primero de la batalla. Ahora, podemos ir a visitarlo con seguridad.

—Ah, podemos, ¿no es cierto? —exclamó Roseleen, colérica—. Bueno, lamento decirle que no estoy en condiciones de soportar dos sacudidas emocionales en un solo día. El famoso conquistador de Inglaterra tendrá que esperar hasta mañana. En este momento, iré a acostarme para recuperarme de su derramamiento de sangre.

—Aunque la idea de la cama me resulta agradable, primero quisiera experimentar con esa «ducha» de usted.

Roseleen recordó que antes estaba ansioso por probarla... ¿acaso sólo habían pasado unas horas? Y no cabía duda de que necesitaba una ducha, y también cambiarse de ropa. De paso, también ella. Había olvidado que tenía la ropa salpicada de sangre, que lo que tendría que haber sido una pesadilla fue muy, muy real.

—Puede usar el cuarto que está ahí, en el pasillo. Mi hermano suele guardar algo de ropa ahí... y no se olvide de controlar la temperatura del agua antes de meterse bajo la ducha.

—Roseleen, usted podría ocuparse del agua, pues pienso compartir la ducha y también la cama esta noche con usted.

19

Antes de que pudiese detenerlas, en su mente aparecieron imágenes de Thorn y de ella misma bajo la lluvia humeante, las manos enjabonadas deslizándose por el pecho amplio del hombre, el cuerpo todavía húmedo, el de ella a horcajadas, y explorando con las manos cada centímetro de su piel.

Se le cortó el aliento, cerró los ojos y se le formó una espiral de calor en el vientre. Una súbita debilidad en las rodillas la hizo tambalearse. Necesitaba sentarse, sacarse esas imágenes de la cabeza. Necesitaba... ¡por Dios, lo necesitaba a él!

Abrió los ojos y lo halló frente a ella. Y Thorn sabía lo que ella sentía. Si no hubiese visto el efecto de sus palabras sobre Roseleen, la muchacha tendría una posibilidad de convencerlo de que no quería participar en lo que él pensaba hacer esa noche. Pero el hombre no estaba ciego. Y la fatiga emocional ya no le permitía seguir luchando.

Cuando la alzó en brazos, ella no esbozó una sola protesta, al contrario, le rodeó el cuello con los brazos mientras la llevaba hasta el cuarto de baño, donde la depositó directamente en la ducha. Él sólo se quitó la vaina de cuero, las botas y la daga antes de meterse en el cubículo con Roseleen, pero lo que le interesaba no era la ducha.

Posó las manos en las mejillas de la mujer y levantó la boca de ella hacia la suya. El cuerpo de Roseleen se movió por su propia voluntad y se pegó al de él. Permanecieron así, quién sabe cuánto tiempo, saboreándose, perdidos en una exploración sensual del otro con las lenguas, los labios y las manos ansiosas.

A cada segundo, Roseleen se sentía más ardiente y floja y Thorn, en cambio, inmutable, aunque el bulto que se apretaba contra el vientre de la mujer decía lo contrario.

En una transición muy natural, pasó de la avidez de sangre a la avidez sexual... aunque en realidad no se comportaba de modo lascivo. Parecía sereno, controlado, aunque absolutamente decidido. Ejercía una seducción metódica, sin dejar nada librado al azar: era Thorn el que guiaba, el que marcaba el paso, el que controlaba.

Y cuando la había dejado floja con sus besos, le dijo:

—Ahora puedes encargarte de la ducha, Roseleen, y de ese asunto llamado «temperatura».

¿Podría?, se preguntó la muchacha, aturdida. Pero lo hizo sin objeciones. Estaba demasiado atontada para hacer otra cosa que seguir al pie de la letra las indicaciones del hombre. Y hasta que el agua comenzó a derramarse sobre ellos, no se dio cuenta de que los dos estaban totalmente vestidos.

Según había leído, compartir la ducha venía después de hacer el amor, pero era obvio que un vikingo no haría las cosas de la manera habitual. Y este vikingo todavía apestaba por haber estado en la batalla.

Thorn echó la cabeza atrás para recibir el golpe del agua en toda su fuerza. Roseleen, en cambio, cohibida por la timidez, se apartó de él hasta que los brazos del hombre le rodearon los hombros y luego el pecho.

Mordisqueándole la oreja, le dijo:

—Tengo muchas ganas de arrancarte otra vez la ropa, pero como recuerdo que te disgustan los métodos simples y expeditivos, en esta ocasión me contendré. Para equiparar, te ofrezco a ti la misma oportunidad.

—¿Sugieres que te desgarre la ropa? —preguntó, con el aliento agitado.

—Si tienes ganas...

¿Sí? «No hay nada que desee más en este momento —pensó la joven—. No, no, es una locura. Este hombre, con sus modales bárbaros, está corrompiéndome. Cada uno puede quitarse su ropa o quitárnosla mutuamente sin necesidad de estropearla.»

Se dio la vuelta para decírselo, pero al ver la túnica que ya estaba pegada al pecho del hombre, preguntó:

—¿Estás seguro de que no te molestará?

La respuesta fue una risa. También ella rió, ya olvidada la timidez, pues reconoció en sí misma iguales deseos de arrancar y desgarrar. No obstante, después de un minuto de intentar romperle la túnica, se echó a reír y desistió. Eso no era habitual en ella: por lo general, cuando no lograba hacer algo que estaba intentando hacer, se sentía muy frustrada.

—¿Necesitas ayuda?

Al mirarlo, vio que no se burlaba de ella, que estaba serio.

—No, no... a decir verdad, se me ha pasado el ansia de estropear ropa que está en perfectas condiciones.

—Es muy fácil arreglar la ropa.

—¿Serás tú el que maneje la aguja y el hilo? —preguntó la muchacha, riendo.

—No, tú lo harás...

—No, yo no lo haré —le aseguró—. Sucede que hay muchas tiendas de ropa en todas las ciudades y, hoy en día es muy raro que alguien fabrique su propia ropa, Thorn. La mayoría, la compramos. Pese a que podríamos hacer una costura en una prenda para usarla un poco más, las desechamos cuando tienen grandes desgarros y roturas, irregulares. Cualquier prenda que esté tan dañada va a parar al cubo de...

Thorn comenzó a besarla otra vez, sin duda para poner fin a tanto parloteo nervioso pero, fuera cual fuese la razón, a Roseleen no le importó. Aunque, en efecto, sí estaba un tanto nerviosa. A fin de cuentas, Thorn era mucho más corpulento que ella, y el agua le reveló todos los planos de su cuerpo, de ese cuerpo tan grande... sabía bien qué haría el vikingo con ese cuerpo en cuanto terminaran de ducharse...

—Si no puedes desgarrarla, quítamela, pues —dijo, con la boca apoyada en la de ella.

Sí, claro que lo haría, no bien Thorn le dijera... ¿qué? El hombre se apoyó sobre una rodilla y, entonces, Roseleen apartó la atención del dormitorio, donde se había concentrado, y comprendió que él se refería a su túnica, y que adoptó una postura que le facilitaba lo que proponía.

Se inclinó para tirar de la prenda y, cuando lo hizo, los labios de Thorn le rozaron el cuello, y luego la mejilla. Sintió las manos del hombre en las caderas y, de repente, la falda húmeda se le deslizaba por las piernas. Comenzaron a temblarle los dedos al comprender que quizá la noción que él tenía de una ducha compartida era muy diferente.

No obstante, tal como se sentía, a la muchacha no le hubiese importado. A decir verdad, cuanto antes mejor aunque prefería una cama para su primera experiencia de amor, experimentar otra vez el peso del hombre encima de ella. Al recordarlo, casi se le escapó un gemido.

Resolvió apresurar la ducha y arrastrarlo a la cama, si era necesario. Alzó la túnica del vikingo de un fuerte tirón, obligándolo a apartarse de ella para que pudiese sacarla por la cabeza y los brazos. Aún no había tocado el suelo, y ya Roseleen tomaba el jabón y lo deslizaba por los hombros y el pecho del hombre. En ese momento, resurgió el cuadro que había imaginado antes, pero la realidad fue mucho más deliciosa de lo que hubiese podido imaginar.

—Es muy suave... tu jabón.

Thorn tenía las manos metidas debajo de la blusa de Roseleen y con las muñecas iba levantando la tela, pero cuando habló se detuvo en los pechos. Ella contuvo el aliento y Thorn dejó las manos quietas. Se arriesgó a mirar la expresión del hombre, vio que se reía y, por una razón incomprensible, ella también estalló en carcajadas y se sintió maravillosamente.

En verdad, no esperaba divertirse con un hombre como ése. Sin saber por qué, nunca asoció hacer el amor con la diversión, aunque era lo más natural del mundo el deseo de reír cuando uno se sentía bien y, en ese preciso instante, ella se sentía muy, pero que muy bien.

Sonriente, lo hizo darse la vuelta para enjabonarle la espalda y, al hacerlo, descubrió que Thorn era muy cosquilloso, y al mismo tiempo, él descubrió que ella también lo era. Antes de terminar de desvestirse, los dos rieron mucho y Roseleen hasta chilló. Tras eso, su timidez desapareció.

Mucho después, Thorn la alzó otra vez para sacarla del cubículo de la ducha, pero no la dejó en el suelo. Roseleen estuvo a punto de comentarle las ventajas de las toallas mientras él la llevaba al dormitorio, pero luego desistió pues, dijera lo que dijese, Thorn haría las cosas a su modo. Ya lo sabía. Por otra parte, comenzaba a gustarle ese modo.

Con cuidado, la depositó en el centro de la cama y, con el mismo cuidado, se tendió sobre ella con expresión de honda satisfacción pues, al fin, estaba donde él quería.

No le importó que él se mostrase exultante, pues ella misma lo estaba por la facilidad con que desechó aquellos viejos escrúpulos anticuados. Más tarde podría especular acerca de cuán fácil le resultó superarlos. En ese momento, en cambio, se limitaría a disfrutar de haber podido hacerlo.

En ese mismo instante, mientras el pelo mojado de Thorn goteaba sobre ella, le sonrió y comentó:

—Sabes que dejarás toda la cama mojada, ¿no es cierto?

—La cama se secará.

«Es cierto», pensó la muchacha. Luego, Thorn añadió:

—Y yo te secaré a ti.

Se puso a la tarea: lamió con la lengua la humedad y, mientras lo hacía, iba dejándole más gotas. Era una sensación extrañamente sensual que le provocaba ciertas cosquillas, pero muy erótica, en especial cuando la lengua de Thorn llegó a las zonas sensibles. En un momento dado, cuando alzó la cabeza y la sacudió, lanzando una lluvia de gotas frías sobre ella para empezar otra vez, la hizo reír a carcajadas y gritar.

Para el instante en que el lamer se convirtió en besos, Roseleen era una masa de nervios sensibles que reaccionaba al más leve contacto de Thorn. Además, su idea acerca del hombre medieval cambió para siempre.

Todas las investigaciones históricas la hicieron pensar que en aquella época el sexo representaba un deber fatigoso pero necesario, gobernado por la Iglesia, que se realizaba de manera rápida y eficiente. Por otra parte, en la época medieval se sostenía que la mujer carecía de valor a menos que tuviese propiedad. Ambos hechos apoyaban la conclusión de que las mujeres no recibían demasiada ternura por parte de los hombres y, por supuesto, nada de ese juego previo de estimulación que se había derramado con tanta generosidad sobre Roseleen.

Y él no había terminado. Si bien provenía de una era pagana, anterior a la intervención de la Iglesia en el dormitorio, los vikingos tenían una reputación peor aún en lo que se refería a las mujeres. La violación y el pillaje no sugerían precisamente imágenes de compañeros sexuales tiernos y sensibles, pero era así como estaba comportándose ese vikingo.

La lengua la estimuló, pero los besos fueron increíblemente ardientes. O quizá fuese la piel de Roseleen la que ardía. Se sentía quemar. Nunca se había sentido tan caliente... por dentro, y conocía el motivo: un deseo como jamás pudo imaginar.

Era algo que la consumía, era una necesidad primaria, urgente de unirse a él, que creció cuando Thorn metió primero los pezones y luego el pecho entero en su boca, y más aún cuando posó los labios en el cuello y en la oreja de la mujer. Al mismo tiempo que introducía la lengua en el pequeño orificio del oído, deslizó una mano entre las piernas y la penetró con un dedo.

El orgasmo fue instantáneo. Fue inesperado y explosivo, y liberó toda esa tensión enroscada dentro de ella. Gritó sin saberlo. Casi lo asfixió, también sin saberlo, por la fuerza con que le rodeó el cuello con los brazos.

Thorn sí lo advirtió y tuvo que apelar a toda su voluntad para no penetrarla en ese mismo instante y aplastarla con la fuerza de su pasión. El deseo casi lo enloquecía, por haberlo contenido tanto tiempo. No obstante, se negaba a infligirle el lado salvaje de su propia naturaleza que la misma Roseleen provocaba.

Pareció que pasaban siglos hasta que Roseleen aflojó el abrazo, y empezaron a regularizarse los latidos del corazón. Todavía estaba casi sin aliento cuando le dijo:

—Debo advertirte, para que no te sorprenda: es la primera vez que lo hago.

Las ganas de reír aliviaron un tanto la tensión del mismo Thorn.

—Lo sé —dijo.

El tono de complacencia consigo mismo hizo que ella alzara una ceja:

—¿Cómo lo sabes?

Thorn ya no pudo resistir la risa:

—¿Cómo se te ocurre que pueda pasarme inadvertido? No hay ningún hombre que consideres tuyo, tampoco eres una ramera pues no intentaste pedirme dinero. Por lo tanto, eres virgen.

—Entiendo —repuso la joven, asintiendo—. Es una deducción muy lógica, pero no se aplica a las mujeres de esta época. En el presente, las mujeres no son...

Volvió a besarla, que resultaba el modo más efectivo de acabar con esos largos discursos sobre las diferencias entre las respectivas épocas.

Lo regañaba más que ninguna otra mujer con la que se hubiese cruzado, aunque por lo general no le molestaba. «A decir verdad, resulta peculiar y divertido —pensó Thorn—, pues hasta ahora ninguna mujer se atrevió a reprenderme, ni aun aquellas que ejercieron poder sobre mí por medio de la espada.» Pero ése no era el momento para cosas semejantes, y la misma Roseleen debió de haberlo comprendido porque le devolvía el beso, rodeándole otra vez el cuello con los brazos y arqueando contra él el cuerpo del modo más provocativo.

Eso fue más de lo que el vikingo pudo soportar. Esa mujer era tan suave, y al haber experimentado placer, tan sumisa, que no pudo esperar un segundo más para poseerla. La penetró con lentitud, aunque el pasaje estaba lubricado por la esencia de ella y, con una leve embestida, logró derribar la barrera de la inocencia y empalarla por completo.

Ella no gritó. Cuando la miró para ver si la había lastimado mucho, lo único que vio fue pasión, y eso lo arrastró más allá del límite. Después de todo la aplastó, aunque ejerció un control que nunca había puesto en juego con ninguna mujer, y cuando sintió el orgasmo de ella su propio éxtasis se unió al de Roseleen.

Ahora, esa mujer era suya. La poseedora de la espada, por fin se había convertido en poseída.

20

Roseleen despertó y se estiró con placer. Se sentía desusadamente renovada, como si hubiese dormido varios días. También se sentía bien... muy bien. De hecho, no recordaba haberse sentido tan bien al despertar, y decidió saborear la sensación pues no tenía ninguna prisa por levantarse y enfrentarse al nuevo día.

Oyó caballos, relinchos, resoplidos, tintinear de clavos. Había un olor a cerrado que no pudo identificar, casi como moho, aunque no interfirieron con lo que sentía. Tampoco la leve aspereza de la cama que, por alguna razón le recordó a las mantas de lana del ejército más que al suave hilo...

¿Caballos?

Abrió los ojos de golpe, pero sintió la necesidad de parpadear varias veces y, aun así, dudó de lo que veía: ése no era su dormitorio, ni siquiera se parecía. Estaba en algo que parecía una tienda de campaña. El olor a moho provenía de las mantas y las almohadas, y la aspereza, de las sábanas de aspecto más basto que hubiese visto. El colchón, si podía llamárselo así, estaba tendido sobre el suelo, sin cama, y no tenía ni el tamaño de un lecho de una plaza.

El suelo estaba cubierto con la misma lona de que estaba confeccionada la tienda. Una piel hacía las veces de alfombra. Contra una de las paredes había un gran baúl de aspecto muy antiguo, con un gran candado que, en ese momento, estaba abierto. A cada lado, había dos baúles más pequeños que también tenían grandes candados, éstos cerrados y uno, incluso, rodeado de una gruesa cadena. Una olla de hierro o, mejor dicho, un caldero, colgaba de una especie de polea y debajo, carbón de leña.

¿Podía ser que...? No, Thorn no habría hecho algo así sin decírselo. Quizá sintiera aversión por dormir bajo techo y en algún momento de la noche se había trasladado afuera. ¿Y dónde habría hallado una tienda? Apartó las sábanas y salió del lecho para buscar su ropa. Como estaba completamente desnuda, vaciló y, de pronto, se precipitaron sobre ella los recuerdos de la noche pasada y se quedó inmóvil. Rió entre dientes. «Está bien: quizá no lo mate cuando lo vea —pensó—. Podría decirle, como de pasada, que sería grato recibir antes la información la próxima vez que quisiera acampar.» Pero, ¿dónde pudo encontrar una tienda en mitad de la noche?

Comenzó a buscar la ropa otra vez. Iba hacia el arcón abierto cuando la solapa de la tienda se abrió y entró un muchacho de unos catorce o quince años.

—Buenos días, milady —le dijo alegremente, al verla ahí, de pie.

Roseleen no le respondió como el muchacho esperaba: lanzó un grito y se zambulló en la cama para cubrirse con las sábanas. «Voy a matar a Thorn», pensó. La vestimenta del muchacho, una túnica que le llegaba a las rodillas y una espada que colgaba del cinturón que sujetaba la túnica le demostraba con claridad que Thorn no los transportó al patio trasero, sino a otro siglo.

Cuando reunió suficiente coraje para asomar la cabeza fuera de las sábanas, el niño aún estaba allí y, al parecer, no sentía el menor embarazo por haberla sorprendido en la única vestimenta que tenía el día que nació. Lo único que hacía era observarla con curiosidad.

Entonces, Roseleen recordó cuán poca importancia tenía la desnudez en la era medieval. Casi todos dormían desnudos, sin ropas que los estorbasen, y no era raro que muchas personas durmiesen en el mismo cuarto. Las señoras y las criadas de las casas ayudaban a bañarse a los extraños como señal de cortesía y bienvenida. Media docena de criados podían estar presentes mientras el señor y la señora del castillo se vestían, y los que trabajaban en las cocinas no tenían escrúpulos en desvestirse cuando el calor se hacía intolerable.

En aquellos tiempos, el pudor aún no estaba presente en relación con el cuerpo humano. Sólo en los últimos siglos el hombre cedió lugar a la vergüenza hacia lo que era una de las más estupendas creaciones, su propio cuerpo.

Por desgracia, ella era producto de su propia época, no de la medieval, y en ese momento sufría intensa vergüenza. Por más que intentó convencerse de que no debería ser así, no lo logró. Ni el hecho de contar con un jovencito medieval, vivo, que al parecer hablaba en el francés normando que le resultaba familiar y al que podía interrogar la ayudó para soltarle la lengua.

Roseleen prefería que se marchase, y con él su pudor, pero el joven permaneció ahí, de pie, esperando quién sabía qué. Por fin, la muchacha vio que tenía cierta clase de prendas, posiblemente vestidos de mujer, sobre el brazo. ¿Para ella? Así lo esperaba.

Pero como no se los ofrecía ni hacía ninguna otra cosa, se vio obligada a decir algo. Y aunque la principal preocupación debía de ser vestirse, en ese momento le pareció más importante averiguar dónde estaba su vikingo.

—¿Sabes quién es Thorn Blooddrinker?

—Por cierto: es mi señor.

Al oír la respuesta, Roseleen frunció el entrecejo y preguntó con suspicacia:

—¿De la clase de los nobles o de los dioses?

—¿Qué dice, milady?

El hecho de haberlo confundido le dio la respuesta que quería saber pero, para cerciorarse, le preguntó:

—¿Cómo que es tu señor?

—Mi hermana, Blythe, me dio a él en guarda —respondió el jovencito, inflando el pecho un poco, para luego agregar—: Seré su escudero cuando concluya mi entrenamiento.

Roseleen y Thorn acababan de llegar. ¿Cómo, entonces,

había sucedido todo eso? A menos que Blythe fuese una de las mujeres que había poseído la espada de *Blooddrinker's Curse*. Y eso podría significar que Thorn corría el riesgo de toparse consigo mismo en ese tiempo al que los había llevado a ambos.

—¿Cuánto tiempo hace que es tu señor?

—Casi dos años.

Roseleen empezaba a preocuparse. Thorn le contó que Odín le había aconsejado evitar encontrarse consigo mismo en el pasado, pero no le explicó qué sucedería en ese caso. Tenía que hablar con él, pronto.

—¿Sabes dónde está en este momento?

—Sí. Aunque es temprano, acaba de amanecer, se ha ido al muelle a conversar con el duque William.

De modo que, en esta ocasión, la llevó para conocer a William el Bastardo. Su entusiasmo creció junto con su enfado, porque él la había dejado en la tienda cuando podía haberla despertado. Podían haber ido juntos a encontrarse con el primer rey normando de Inglaterra.

—Lord Thorn me ordenó que buscara vestimenta para usted —prosiguió el muchacho— y que la ayudara a vestirse, pues no tiene usted doncella.

«Con que eso hizo, ¿eh?», pensó Roseleen, cada vez más enfadada. Pero no se desahogaría con el muchacho, pues tenía en mente un blanco mucho más grande.

—¿Cuál es tu nombre? —le preguntó—. A propósito, yo me llamo Roseleen.

—Yo soy Guy de Anjou.

—Bueno, Guy, te agradezco la ropa, pero no necesito tu ayuda. Si la dejas ahí, yo me las arreglaré muy bien.

—No, me dijeron que la ayude, y yo siempre hago tal como me ordena lord Thorn.

Aunque la expresión obstinada del muchacho le indicó que la esperaba una discusión, de todos modos lo intentó otra vez, con más severidad:

—Si necesito ayuda, te llamaré. Mientras, espera afuera, por favor.

En ese momento, el muchacho sonrió:

—Me necesitará, señora. En esta camisa hay casi cien lazos.

—¿Cien?—preguntó la joven, incrédula—. Enséñamela.

El muchacho separó las dos prendas y las sostuvo para que ella las examinara. La enagua amarilla no tenía ningún lazo a la vista, pero la camisa azul sí, tenía unos veinte y, por cierto, todos en la espalda. Magnífico. Por más que necesitara ayuda, no estaba dispuesta a tolerar que la vistiera un adolescente.

—Está bien, admito que tal vez necesite un poco de ayuda, pero antes necesito agua para lavarme. ¿Sería mucho problema que me consigas agua?

—No, se la traeré en un minuto.

Al ver que la muchacha cooperaba, Guy resplandeció.

—Puedes dejar eso ahí —le indicó Roseleen al ver que salía con la ropa en la mano.

—Claro, milady—dijo, y desandó el camino dentro de la tienda para dejar las prendas sobre la cama, junto a la mujer, y salió precipitadamente.

De prisa, la muchacha se puso la camisa antes de que Guy volviera con el agua: le quedaba ajustada. Las mangas eran largas y apretadas como una segunda piel: era evidente que estaba hecha para una persona de manos más pequeñas que las suyas, pues no tenían lazos. El resto de la prenda se ajustaría a las curvas cuando estuviesen atados los lazos; luego la prenda sin mangas que estaba abierta a los costados en la falda, y se colocaba encima, mostraba buena parte de la camisa.

Reconoció el estilo: no había duda de que se trataba de la vestimenta de los siglos X y XI. Y si el rey William todavía era duque, significaba que Thorn los había llevado a la época que precedía a la conquista normanda. Roseleen no tenía objeciones. No le importaba cuándo conocía al hombre, siempre que lo conociera.

Guy regresó a la tienda trayendo un balde con agua. No tenía sentido que le regañara por no llamar antes de entrar por mucho que quisiera, pues no había puerta en qué poder golpear. Y por fin se le ocurrió preguntarse por qué estaba en una tienda de campaña.

—Dime, Guy, ¿a qué distancia de aquí está el muelle al que fue Thorn?

—No muy lejos, milady: es una cabalgata corta.

¿A qué llamaría esta gente una cabalgata corta, teniendo en cuenta que el único transporte rápido con que contaban era el caballo? Si necesitaban días para llegar de un pueblo a otro, ¿cuánto sería, una hora, dos?

—¿Habrá... —intentó recordar cómo se llamaba a las hosterías en el siglo XI, y continuó—: mesones cerca de los muelles?

El muchacho rió y luego le respondió:

—Sí, pero no bastan para un ejército de seis mil.

¿Un ejército? ¿Acampado cerca de los muelles? ¡Por Dios!, ¿era posible? ¿La habría traído Thorn a ese sitio para que presenciara una de las batallas más famosas de la historia? ¿Estaban los normandos a punto de cruzar el Canal hacia la bahía Pevensey?

Se moría por preguntarle a Guy la fecha, pero comprendía que sería demasiado extraño, y quizá ya le parecía extraña con su rústico francés normando. Era a Thorn al que necesitaba preguntarle, y no podría hacerlo hasta que no lo encontrara... cosa que haría en cuanto estuviese vestida como era debido.

Con ese propósito, sin hacer caso del sonrojo que sentía arderle en las mejillas, se levantó el cabello y volvió la espalda desnuda a Guy:

—¿Puedes encargarte de estos lazos a los que tenías tantas ganas de ponerles las manos encima?

—¿Qué dice, señora?

Puso los ojos en blanco, y formuló la pregunta de otro modo:

—Átame los lazos, Guy, por favor. Tengo que encontrar a Thorn.

Sintió que la camisa era ajustada hacia atrás, mientras

Guy la cerraba, pero se abrió otra vez cuando el muchacho la soltó para decirle:

—No, tengo que cuidarla a usted hasta que él vuelva.

Roseleen se dispuso a discutir, pero tuvo la impresión de que si lo hacía no lograría que le atara la camisa, de modo que dijo:

—¿Eso te dijo él que hicieras?

—Sí.

—Qué... prudente...

Ese comentario debió de tranquilizarlo, pues sintió que las manos del jovencito volvían a los lazos de la espalda y, tras diez largos minutos, ató el último y dijo, con un suspiro:

—Ya está.

De inmediato, la muchacha se puso la otra prenda por la cabeza y la acomodó sobre la camisa. Era demasiado larga y unos tacones altos habrían ayudado, pero no estaban de moda en esa época. Tendría que arreglárselas con un cinturón, y miró interrogante a Guy.

—¿Te has acordado de traerme calzado y un... cinto?

—Sí.

Guy estaba radiante.

Metió la mano dentro de la túnica, donde había metido los objetos menores, sujetos por el cinturón. Sacó un par de botas de tela que sólo tenían suelas de cuero y una larga tira bordada que era el cinturón o, como ellos le decían, el cinto.

—Excelente —lo elogió Roseleen, al tiempo que se dejaba caer sobre el colchón para colocarse las botas de punta estrecha.

Cosa sorprendente, todo le quedaba bastante bien, teniendo en cuenta que sin duda debía de ser mucho más grande que la mujer medieval normal. Quizá demasiado bien, pensó, al ver que no lograba acomodar el talle bajo el cinto sin que quedara ridículo. Desistió. No tendría más remedio que alzar el frente de la falda para caminar, y dejar que la parte de atrás se arrastrara por el suelo, pues estaba diseñado así.

—¿Y el agua, milady? —le recordó Guy.

—Ya me ocuparé —le dijo—. Pero antes...

Sin terminar, corrió fuera de la tienda antes de que pudiese detenerla. Guy la llamó, gritó su nombre en tono angustiado, pero no se detuvo. Si los muelles estaban tan cerca, ¿sería muy difícil encontrarlos? La orientaría el olor del mar o la vista de los barcos: según los documentos, tendría que haber más de setecientos. Pese a que caminaba tan rápido que casi corría, no por eso dejó de mirar en todas direcciones, procurando divisar alguno de los mástiles altos, pero lo único que vio fueron tiendas por todos lados, cientos y cientos de tiendas. Empezaba a sospechar que la cabalgata breve a la que se refirió Guy debía de ser de las de varias horas.

Había muchos hombres, miles, desperdigados conversando, sentados, jugando a las apuestas, preparando la comida matinal sobre fuegos de campamento, practicando con las armas, limpiándolas. También había algunas mujeres, todas ellas prostitutas, a juzgar por sus vestidos desgarrados y su comportamiento grosero.

En realidad, la vestimenta tenía mucha importancia en la época medieval, pues era el modo de distinguir a las clases sociales a primera vista ya que sólo los nobles podían permitirse vestidos finos. Y aunque la ropa que usaba Roseleen era de buena calidad, tenía la impresión de que eso no le daría mucha protección en medio de un ejército compuesto de hombres provenientes de todos los niveles de la escala social. En las filas había tanto nobles como campesinos, y quizás algunos criminales, cosa frecuente cuando se reunía tanta gente en un solo sitio.

Ya se había dado la vuelta para regresar a la tienda de Thorn, convencida de que podría esperar a que él la buscara pero, por desgracia, no tenía idea del aspecto de la tienda por fuera, pues no miró atrás en la prisa por eludir a Guy. Su única esperanza residía en que el muchacho la hubiese seguido y pronto la alcanzara.

Pero no había andado más que unos pasos en el camino de regreso cuando un brazo se apoyó sobre sus hombros y la desvió en otra dirección. Su primera reacción fue sacudirse ese brazo, pero el individuo la tenía bien sujeta y no lo logró. La muchacha miró hacia él y gimió para sus adentros: un soldado raso, no más alto que ella, pero bastante corpulento. Aunque era joven se veía que le faltaban varios dientes, y la barba conservaba restos de comida y, tal vez, piojos bien alimentados.

Entonces, la joven vio a otros tres como él... y el primer soldado los guiaba hacia ella.

21

Quizás un poco tarde, se le ocurrió que aunque usara ropa de señora de la nobleza, su cabello estaba hecho un desastre porque estaba mojado cuando se acostó y, cuando salió corriendo de la tienda no pensó en ello. Casi nunca las damas medievales se mostraban en público con el cabello en desorden, por no hablar de salir con la cabeza descubierta.

Lamentablemente, cualquiera que la viese podría suponer que acababa de salir de la cama. Además, al estar caminando sin escolta en medio del campamento del ejército, daba lugar a la peor de las conclusiones: que tal vez hubiese tenido un encuentro secreto la noche pasada con uno de los soldados y, si podía reunirse con uno de ellos, ¿por qué no con otros más?

Esperaba que los hombres reunidos alrededor de ella no llegaran a semejante conclusión pero, a juzgar por las sonrisas malévolas, temió que era una esperanza inútil. Y éstos no eran hombres del siglo XX, dispuestos a desistir con una disculpa una vez que ella les aclarase el error.

Éstos eran campesinos ásperos, rústicos, sacados por la fuerza de sus hogares para sostener las ambiciones del duque, hombres ansiosos de obtener los escasos placeres con que se topaban en sus vidas que, por otra parte, carecían de ellos. Además, sabían que pronto se enfrentarían a la muerte pues si bien los normandos ganaron la batalla de Hastings, sufrieron muchas pérdidas.

Si no fuese porque pensaban convertirla a ella en uno de

esos escasos placeres, Roseleen habría sentido compasión por ellos y, a juzgar por las expresiones de los sujetos, eso era exactamente lo que pensaban hacer. Nada menos que a plena luz del día, y en presencia de todos los otros que andaban por allí. Este grupo debía de estar bastante desesperado... o simplemente no le importaban las consecuencias.

Tendría que haber empezado a gritar como una loca, pasara lo que pasase, en lugar de intentar convencerlos con un discurso sereno y haciéndoles una advertencia:

—Caballeros, gritaré y atraeré público si no desisten de inmediato y me dejan seguir mi camino.

Al oírla, uno de los hombres rió. Otro tomó un mechón del largo cabello de la joven y comenzó a frotarlo entre los dedos mugrientos. Él que la tenía por los hombros la apretó contra su costado: la pestilencia de su cuerpo sucio le provocó arcadas.

Pero las palabras que la congelaron fueron las del individuo que aplastó la mano contra su pecho:

—Si quieres más tipos que te monten, moza, empieza a gritar. A nosotros no nos molesta compartirte.

«¿Violada por muchos?», pensó Roseleen, espantada. No gracias, y tal vez tuviese razón. No había visto muchos nobles por ahí que le permitieran esperar una intervención heroica, y era bastante probable que cualquiera de los señores que anduviese cerca fuera tan rudo como sus subordinados, y se limitara a esperar turno como los demás hombres.

Después de todo, los vikingos no tenían el monopolio de la violación y el pillaje al terminar una buena batalla. Esos hombres se preparaban para la guerra, y la violación era una parte esperada del botín, algo así como una gratificación a los ganadores y un golpe más a los perdedores.

Que hubiese mantenido al ejército esperando para cruzar el Canal y los hombres no se dedicaran al pillaje de la vecindad era un punto a favor del duque William y de la generosidad de sus arcas. Pero el ejército de William sí se dedicó al pillaje y la violación cuando llegó a Inglaterra.

El tipo que la sujetaba apartó de un golpe la mano del

otro del pecho de Roseleen antes de que ella misma pudiese hacerlo. Pero no merecía agradecimiento, pues se limitaba a afirmar el orden de los turnos.

—Yo la encontré —le rezongó al compañero—. Yo la probaré primero.

Roseleen hubiese preferido que el amigo pusiera alguna objeción, pues una pelea entre ellos podría darle oportunidad de escabullirse. Pero el otro se limitó a reír y a encogerse de hombros: era cierto que no le importaba compartirla.

Comprendió que era momento de mentir, de dejar caer algunos nombres, y rogar que no fuesen tan ignorantes para no saber quiénes eran los personajes principales ahí:

—Soy invitada del duque William, y estoy aquí para reunirme con él. Su hermanastro Odo, obispo de Bayeaux, me acompañaba, pero nos separamos. Si alguno de ustedes tuviese la amabilidad de llevarme con el duque, me ocuparé de que lo recompensen.

—Te llevaré a donde quieras, moza... después de cobrarme mi recompensa—dijo el hombre que la sujetaba.

La volvió hacia él y acercó la boca para apoderarse de su botín.

Roseleen estaba segura de que si la besaba vomitaría, y daba gracias a Dios por ello pues no se le ocurría otro método mejor para detenerlo. La violencia no contaba como alternativa, y no porque nunca la hubiese ejercido contra nadie, sino porque lo único que lograría peleando sería atraer a otros como ellos a participar en el ataque, y ya la superaban en número.

De cualquier manera, en el momento en que la boca húmeda del hombre se estampó contra sus labios apretados, Roseleen impulsó la rodilla hacia la ingle del sujeto. Y aunque erró, otra persona acertó. Algo hizo caer al hombre, y la muchacha hubiese caído junto con él, pero alguien la aferró del brazo con tanta fuerza que casi se lo sacó de sitio, y la empujó hacia atrás.

El fallido violador de Roseleen gemía y se retorcía en el suelo, con la mano apretada contra la oreja. Sangraba tanto que la sangre se escurría entre los dedos del hombre: le habían pegado con un guantelete de malla. Al volverse, la muchacha vio ese puño y la sangre fresca sobre él. También vio que ese puño pertenecía a un espléndido caballero de armadura de acero, cuyos eslabones brillaban tanto bajo el sol matinal que deseó tener un par de gafas oscuras.

Era alto, de pecho ancho, el cabello rubio corto, según la moda normanda. Los ojos de color verde esmeralda estaban fijos en ella más que en el atacante que, en ese momento, trataba de escabullirse sin que lo advirtiesen, pero sin mucho éxito, pues Roseleen lo vio. Los compañeros ya habían desaparecido, dispersándose en distintas direcciones, y la dejaron sola con el caballero... y con Guy de Anjou.

Le llevó unos momentos ver al muchacho tras los anchos hombros del caballero y al verlo, y advertir su expresión ansiosa, comprendió que debía de ser Guy el que fue a buscar al salvador, pues él mismo no habría tenido más fortuna que ella misma en dispersar a los fornidos soldados. Estaba más cerca de ella de lo que Roseleen suponía y, al parecer, vio lo que sucedía y se ocupó de resolverlo de la única manera que pudo: buscando a alguien que pudiese rescatarla.

Le estaba inmensamente agradecida. También estaba algo trémula, y por eso no notó la expresión admirada con que la contemplaba el caballero alto. Entonces lo advirtió, y también vio que era muy apuesto, y que la brillante armadura contribuía a su aspecto magnífico.

Tuvo ganas de reír, pero eso habría sido muy poco apropiado y logró contenerse, aunque no fue fácil. ¿Con que un verdadero caballero de brillante armadura para rescatarla y, además, apuesto?

Ésa era una fantasía muy antigua, pero las mujeres del siglo XX no tenían esperanzas de verla realizada más que en sueños... claro, salvo que fuesen transportadas al pasado, como ella. Imaginó que no debía de haber muchas posibilidades de viajar en el tiempo, pues no habría muchos como Thorn, con espadas afectadas por maldiciones.

Tendría que preguntarle al respecto. También tenía intenciones de preguntarle qué había hecho para ganarse la maldición de Gunnhilda, la bruja. Mas en ese momento no estaba presente y ella tenía que expresar su gratitud, cosa que hizo con el caballero:

—Gracias —le dijo, sonriendo para subrayar su sinceridad—. Su intervención ha sido muy oportuna y se la agradezco muchísimo. Y gracias también a Guy, si eres responsable de la presencia de este buen caballero.

—Sí, pero sería innecesario —refunfuñó el muchacho— si usted se hubiese quedado donde...

—Ya sé, ya sé —lo interrumpió la joven antes de que empezara a regañarla—. Créame que no volveré a cometer el mismo error. Es que no imaginé que habría tantos soldados por aquí...

Roseleen dejó la frase incompleta para que no la creyesen una completa idiota, pero también para que no sospecharan que no pertenecía a ese siglo. En aquella época, las mujeres conocían sus limitaciones, y no era frecuente que se opusieran al sistema. Una de las cosas que casi todos daban por segura era lo que sucedería si anduviesen sin compañía en medio del campamento de un ejército.

—Aunque son unos rústicos, saben que no deben faltarle el respeto a una dama.

«Oh, claro, estos sujetos sabían muy bien lo que no tenían que hacer, se lo aseguro», pensó Roseleen, con amargura. Lo que decía el caballero sería cierto en circunstancias normales pero, ¿cuánto tiempo habían esperado estos hombres, alejados de sus esposas y sin dinero para pagar unos momentos con una de las mujeres que acompañaban al campamento? Pero como una dama no habla de esas cosas, no lo dijo.

Con esa afirmación tan segura, el caballero desechó cualquier posible riesgo de la situación, y Roseleen repuso:

—Fueran cuales fuesen sus intenciones, me alegro de que los haya usted interrumpido cuando lo hizo.

—Fue un placer, *demoiselle* —respondió el hombre, con galantería—. Si vuelve a necesitar ayuda...

—Está bajo la protección de Thorn Blooddrinker —lo cortó Guy.

—Por cierto, no necesita otra protección que ésa —dijo el caballero, suspirando, y agregó—: Es una lástima.

Sin saber por qué, Roseleen se sonrojó. Los ojos del caballero la contemplaban con demasiada franqueza, como si acabara de cambiar de idea y pensara en hacerse cargo de lo que los soldados habían abandonado. «Pero un caballero no puede pensar así —se dijo—. Los caballeros que rescatan a las damiselas no las ponen en situación de tener que ser salvadas de ellos mismos.»

Al parecer, Guy percibió que se avecinaba un problema, y se apresuró a tomarla del brazo, con la esperanza de sacarla de ahí sin mayores incidentes. De hecho, comenzó a tirar de ella para apartarla del caballero, que les obstruía el paso.

—Le doy las gracias, milord —fue todo lo que dijo como despedida.

Roseleen tuvo ganas de abofetear al joven por su grosería, pero no lo hizo, aunque resistió el tironeo dándose tiempo suficiente para decir:

—Adiós, señor caballero, y gracias otra vez. Quizás, algún día pueda devolverle el favor.

El hombre echó la cabeza hacia atrás y rió, cosa que la hizo sonrojar aún más.

22

—¿Qué es lo que le pareció tan divertido de lo que dije al despedirnos? —le preguntó Roseleen a Guy mientras éste la guiaba de prisa por el sendero angosto entre las tiendas.

Sin detenerse, el muchacho respondió:

—De lo que usted dijo se deduce que espera que lo ataque un grupo de mujeres para poder ahuyentarlas.

—Yo no dije semejante cosa —repuso la joven, indignada.

—Sí, lo dijo —insistió Guy—. De lo contrario, ¿cómo podría devolverle el favor, excepto que...?

No concluyó y, al ver que se ruborizaba, la muchacha comprendió que ese «excepto» debía de ser algo desagradable y se ruborizó ella también. Por lo menos, el caballero no había pensado en ese «excepto»... ¿o sí? ¿Fue por eso por lo que se rió?

Al instante, pasó del rosado al escarlata, cosa que la enfureció. A fin de cuentas, era una mujer sofisticada, y ahora que Thorn había acabado con su virginidad, también experimentada en todos los aspectos de la vida. En realidad, teniendo en cuenta el período en que se hallaba, quizá fuese la persona con mejor educación del mundo en ese preciso momento.

Tras las largas horas que pasó estudiando, sacrificando su vida social para lograr graduarse con notas sobresalientes, ésa era una idea muy gratificante. También era divertida. De todos modos, ¿qué podía hacer allí con una educación tan estupenda?

No obstante, la idea sirvió para disipar el enfado y también el embarazo lo suficiente para preguntarle al joven acompañante:

—¿Quién era el caballero que fuiste a buscar? ¿Es importante?

—¿Importante? —repitió el jovencito en tono condescendiente—. Cualquiera que sea escuchado por el duque es importante, milady, y Reinard de Morville es muy amigo de Robert de Mortain.

El hecho de que Guy no explicara quién era Robert de Mortain le indicó que se trataba de alguien al que todos conocían y, en efecto, ella lo conocía. Era otro de los hermanastros del duque William y estaba tan envuelto en esta campaña como Odo.

Si sir Reinard era amigo de Robert, sin duda iba en camino ascendente en la vida y si aún no era importante por derecho propio, lo sería cuando conquistasen Inglaterra y la distribuyeran entre los que apoyaban a William... salvo que muriera en alguna de las batallas que se aproximaban.

No era una perspectiva agradable, y Roseleen deseó recordar el nombre para saber qué le había sucedido. Pero no pudo recordarlo y como muchos de los barones de William cambiaron de nombre después de establecerse en Inglaterra, los verdaderos no quedaron registrados.

Por fin, llegaron a la tienda, pero Guy no le soltó el brazo hasta que entraron en ella.

—Se quedará aquí hasta que regrese nuestro señor.

«¿Nuestro señor? Thorn no es mi señor», pensó la joven. Se preguntó cuál pensaría Guy que era la relación entre ella y Thorn, o qué le habrían dicho acerca de ella, aunque no tenía intenciones de preguntárselo. Era probable que no le agradara la respuesta y ya había soportado suficiente incomodidad por ese día.

Sin embargo, el tono autoritario del joven la irritó, aunque sólo fuese porque era un muchacho de apenas catorce años que trataba de mandar sobre una mujer de veintinueve. Si bien en ese lugar los varones adolescentes tuvieran ascendiente sobre las mujeres, ella no pensaba obedecer esa convención social, además de todas las otras restricciones que, al parecer, se le impondrían en su corta estancia allí.

Le dijo en un tono que supuso inflexible:

—Guy, me quedaré aquí porque yo decido hacerlo. Pero no necesito una niñera y, por lo tanto, te sugiero que salgas a buscar a Thorn y lo traigas aquí pronto... es decir, lo antes posible.

Otra vez, las mejillas de Guy se pusieron encarnadas, pero de ira. El tono en que Roseleen se dirigió a él sin duda le hizo recordar a su propia madre, y seguro que ninguna otra mujer salvo aquella dama se atrevió nunca a decirle qué hacer. Los niños del medievo estaban bajo la égida del padre, y los de rango elevado, como éste, eran enviados a otros hogares desde pequeños para que otros caballeros los educaran.

Pero no discutió su orden: simplemente giró sobre los talones y se fue. Roseleen suspiró. Comprendió que no era muy astuto de su parte enemistarse con una de las pocas personas que conocía allí, y que el incidente con los soldados debió haberla perturbado más de lo que imaginaba, pues estaba muy sensible. Aun así, no tenía motivo para desquiciarse sólo porque un adolescente se comportara de manera normal... para la época. Más teniendo en cuenta que, por ser maestra, estaba entrenada para tratar con gente joven.

Estaba tan enfadada consigo misma como con Thorn y Guy, así que se paseó de un lado a otro de la tienda, esperando que el vikingo apareciera. Resultaba difícil con esas faldas largas que tenía que apartar de un puntapié a cada paso.

Pasó una hora, luego otra. Empezaba a sospechar que Guy no había ido a buscar a Thorn, como ella sugirió. Como se fue enfadado, debió de haber decidido que Roseleen hirviera en su propia salsa. Aunque más exacto sería decir que se cocinara, pues el sol estaba convirtiendo la tienda en un horno sin aire.

Hacia el mediodía, sudaba abundantemente y el estómago proclamaba que estaba muerta de hambre. Las dos molestias juntas le estropearon el ánimo y, quizá por eso, explotó contra Thorn apenas entró en la tienda.

No le dio siquiera la posibilidad de erguirse del todo después de haberse inclinado para entrar por la abertura, y le lanzó una mirada colérica:

—¡Ya era hora! ¿Cómo te atreves a traerme aquí y luego abandonarme? Si yo no conociera tan bien la historia, esta mañana podría haberme metido en serios problemas...

Se interrumpió en mitad de la frase porque Thorn la alzó del suelo por los antebrazos y la sacudió varias veces, hasta que se olvidó por qué estaba regañándole. El hombre, en cambio, no tardó en recordárselo:

—¿Cómo te atreves tú a salir de la tienda si yo te dije expresamente que no lo hicieras, mujer? ¿Acaso no te importa tu propia seguridad? ¿No imaginas lo que podría haberte sucedido...?

—Puedes cortarlo ahí —lo interrumpió la joven—. Sé muy bien lo que habría sucedido si el amable sir Reinard no hubiese llegado cuando lo hizo. Pero yo no me habría visto atrapada en una situación tan desagradable si tú hubieses estado aquí cuando desperté esta mañana. Estamos juntos aquí, Thorn, ¿recuerdas? No estamos aquí para que puedas ir a ocuparte de tus propios asuntos mientras yo me quedo aquí sentada, haciendo girar los pulgares. Y ese pequeño desgraciado me regañó, ¿sabes?

—¿Desgraciado?

—El muchacho, Guy.

Y continuó en tono más seco aún:

—En realidad, no esperarás que obedezca las órdenes de un adolescente, ¿verdad?

El vikingo le propinó otra sacudida, quizá porque no parecía demasiado contrita después de las primeras. Desde esa posición, con los pies en el aire, Roseleen respondió mirándolo ceñuda. A decir verdad, en ese momento la hacía sentir una niña porque Thorn era mucho más grande que ella y porque las personas, al menos las de su época, no trataban de ese modo a una adulta.

Aunque no debía conocer la palabra «adolescente», Thorn debió suponer que se refería a Guy.

—Esperaba que tuvieses la sensatez de hacer eso mismo —le informó—. Di a Guy instrucciones específicas respecto a tu bienestar. ¿Acaso no te advirtió que te quedaras en la tienda?

—A decir verdad, sólo dijo que tenía que mantenerme a salvo aquí hasta que tú volvieras.

El ceño sombrío de Thorn resultó mucho más efectivo que el de la mujer, pues la hizo sentirse inquieta, y deseó no haber repetido en forma tan literal la advertencia del muchacho. Los dos sabían que ella entendió que no tenía que irse de la tienda pero, de todos modos, lo hizo.

Thorn no se molestó en señalárselo, pero afirmó con sencillez y énfasis al mismo tiempo:

—Nunca más desobedecerás mis órdenes expresas, sea quien fuere el que te las comunica. A causa de tu capricho, ahora estoy en deuda con un hombre con el que no quería estarlo.

«¿Será eso lo que lo encoleriza tanto y no el hecho de que estuve a punto de ser herida de gravedad?», se preguntó Roseleen. Le dolió imaginarlo, y dijo en tono desdeñoso:

—Qué lástima.

Ese comentario le ganó otra sacudida, y comprendió que sería más prudente esperar a que la dejara en el suelo para recurrir a un sarcasmo tan pesado. Además, ya era hora de que la soltara. Estaba a punto de decirlo, pero él no había terminado de reprenderla:

—Sí, será una lástima para ti, cuando descubra que eres mi querida más que mi señora.

Roseleen conocía bien el significado de la palabra, que era el equivalente medieval de concubina, una clase de mujer que no recibía mejor trato en el pasado del que se le dispensaba en el siglo XX. Protestó con voz chillona:

—¡¿Qué?! ¿Cómo te atreves...?

—Ahora, si es lo bastante audaz, puede exigirte una compensación.

—¡No... no se atrevería! —escupió indignada, para señalar luego—: Y supongo que tú me entregarás a él sin más, ¿no es cierto?

—No. Si lo pide, lo mataré.

Eso la inquietó más aún:

—¡Ah, claro, ese hombre hace una buena acción y tú le cortas la cabeza por eso! ¿Qué clase de agradecimiento es ése, si bastaría con que le dijeras: no, no puedes?

—El insulto habría sido proferido...

—No quiero oír hablar más de esa basura machista, Thorn. Para empezar, ¿por qué dijiste que yo era tu querida?

—Me vi obligado a decírselo a lord William para poder presentarte a él, pues lo preguntó antes y le dijeron que yo no tenía señora.

—¿Por qué no le dijiste que era una dama en apuros con la que te topaste por casualidad? ¿O una hermana que vino a visitarte? ¿O, sencillamente, una amiga?

—¿Y cuando vea el modo en que te miro?

Roseleen exhaló una exclamación irritada, y forcejeó para que la dejara en el suelo, pero fue en vano, y le gritó:

—¡Bájame!

Thorn lo hizo, al tiempo que lanzaba un suspiro y se quejaba:

—¿Qué voy a hacer contigo?

Roseleen lo interpretó mal, como si ella fuese un deber fastidioso del que tuviese que hacerse cargo:

—Nada, maldita sea. No soy tu responsabilidad.

—Aquí eres precisamente eso. ¿Acaso conoces tan poco de esta época que no te das cuenta de que las mujeres están bajo el cuidado y la dirección del padre, el marido o el señor feudal? Nunca pueden salir solas. Las que no cuentan con la protección de un hombre no sobreviven mucho tiempo.

La muchacha lo sabía, y la enfureció no poder discutírselo. Así era, por mucho que le pareciese desagradable, machista e injusto. Y el hecho de que la igualdad entre los sexos hubiese llegado en su propia época demostraba lo mucho que había durado la edad media. Lo llamaban protección pero, para ella, tenía el hermoso nombre de esclavitud.

Como no podía discutirle lo que acababa de asegurar, atacó por otro frente, donde tenía justificaciones reales para quejarse:

—La próxima vez que decidas trasladarnos en el tiempo, te ruego me informes antes, Thorn, pues despertarme en un sitio extraño logra ponerme de pésimo humor.

—Ya lo he notado.

—No, no lo has notado —lo corrigió—. No has podido ver cuán malo era mi humor porque no estabas presente cuando yo desperté. El talante que ves ahora es el resultado de que no estuvieses aquí para presenciar el otro. «Está conversando con el duque», me dijeron. ¿Por qué diablos no me esperaste?

—Porque aún no había amanecido cuando me marché, y necesitabas descansar... después de la noche pasada.

Como la hizo ruborizar al recordarle lo que había sucedido entre ellos, le lanzó otra mirada colérica. «Qué táctica tan sucia —pensó Roseleen—, agitar recuerdos tiernos, dulces y sensuales en medio de una discusión. No pienso permitir que le dé resultado», se dijo, y apartó esos cálidos sentimientos tratando de convencer a su propio cuerpo de que no insistiera. Se apresuró a darse la vuelta para apartarse de Thorn.

Por desgracia, olvidó apartar con el pie la falda larga. Se tropezó con ésta y cayó al suelo, boca abajo, en un embrollo de faldas y con intensa vergüenza. ¿Cómo era posible que fuese tan torpe cuando se las había arreglado tan bien para presentar sus quejas? No pensaba moverse... hasta que él se fuera.

Pero Thorn no opinaba igual. Con una mano, la hizo darse la vuelta. Con la otra, tomó la de Roseleen y estaba a punto de alzarla cuando pareció cambiar de idea. Se arrodilló en el suelo, junto a la ella. De repente, la apretó contra su pecho. Y la boca, bueno, la boca le recordó a la muchacha que, en realidad, le encantaba el modo en que la besaba.

«Qué enérgicos mis quejas y mis malos talantes», pensó Roseleen. Con toda facilidad, Thorn le hizo olvidar por qué discutían. Pasó bastante tiempo hasta que fue capaz de esbozar un pensamiento coherente y, para entonces, en realidad ya no le importaba.

23

—Lo haces muy bien —dijo Roseleen, trazando círculos con los dedos en torno del duro capullo del pezón de Thorn.

No hacía falta que fuese más explícita: Thorn sabía que se refería al modo en que le hacía el amor. Sonrió al ver que el vikingo se ruborizaba, pues no estaba habituado a la franqueza del siglo veinte. Lo cierto era que ella tampoco lo estaba pero, por algún motivo, sintió que podía decirle cualquier cosa.

—Sabes que es cierto —continuó—. Acepto que no tengo demasiada experiencia en el tema —agregó, sonriendo—. Pero cuando me haces tener dos orgasmos en pocos minutos, te aseguro que ningún varón promedio de mi tiempo puede jactarse de un logro tan poco frecuente... salvo que mienta.

—Es impropio que hables de eso —refunfuñó el hombre.

¿Era cierto lo que veía: que el sonrojo de Thorn era más intenso? Estuvo a punto de reír. En verdad, era divertido ver a ese vikingo corpulento, valiente y endurecido por las batallas incomodarse porque ella hablaba de sexo.

Le preguntó:

—¿Cómo puedes decir que es impropio algo que fue hermoso?

—Es para hacer, no para hablar.

—¿Por qué?

Comenzó a levantarse como un modo de evitar el tema.

Todavía estaban tendidos sobre el suelo, donde transcurrió la bella experiencia, y Roseleen se inclinó sobre él para impedírselo. Y aunque Thorn la dejó salirse con la suya, adoptó una expresión disgustada.

En esta ocasión, la muchacha no pudo contener la risa.

—Vamos, dime que soy atrevida. Sé que te mueres por decirlo.

—Sí, lo eres. —Thorn resopló.

—Todavía no me has dicho por qué.

—Una conversación tan descarada es propia de prostitutas y...

Se contuvo antes de terminar. Y si bien fue prudente, resultó un poco tarde, pues Roseleen completó la frase por él:

—¿Concubinas?

La sorprendió no sentir enfado al decirlo esta vez. Hasta fue capaz de preguntar:

—Según tu manera de pensar, lo que acabamos de hacer, ¿no me convierte precisamente en eso?

—Te convierte en mi mujer.

—¿Es diferente?

—Sí.

Roseleen arqueó las cejas con expresión escéptica:

—¿Por qué?

—Un hombre no toma a su concubina en matrimonio.

Al oírlo, se quedó muy callada. La asaltó cierta clase de pánico y, a la vez, un sentimiento cálido, similar a la alegría... que la confundió. ¿Casarse con Thorn Blooddrinker? Por supuesto que no podía. Tenía mil años. Podía desaparecer de su lado a voluntad. Y era probable que ella estuviese completamente loca por imaginar toda esa experiencia, y a él.

Sin embargo, no existía fuerza en el mundo capaz de impedirle preguntar:

—¿Dices que te casarías conmigo?

—Sí.

Luego, con el aliento agitado:

—¿Estás pidiéndome que me case contigo?

—Roseleen, cuando te lo pida, no tendrás la menor duda.

Al oír eso, su expresión se tornó apenada.

—¿No me lo pides?

—Antes de que puedas convertirte en una buena esposa, tengo que domarte un poco —le informó, con aire despreocupado.

Ella retrocedió, hasta quedar de rodillas, junto a él, y los ojos de color chocolate chispearon de cólera:

—¿Domar? ¡Domar! No soy un animalito al que puedes chasquear los dedos para darle órdenes. Creí que eso había quedado claro en discusiones anteriores. ¡Y no me casaría contigo aunque fueses...!

No tuvo ocasión de acabar de instruirlo acerca de los hechos de la liberación. En menos tiempo que el que habría llevado chasquear los dedos, estaba tendida de espaldas otra vez, y el cuerpo de Thorn se cernía sobre ella. Era un modo sensual de recordarle que todavía estaban desnudos.

Pero no pensaba hacer el amor sino quejarse, y lo hizo sin vacilar:

—Claro que necesitas ser domada, muchacha. Eres una verdadera arpía.

Roseleen ahogó una exclamación:

—¡No lo soy!

—¿Ah, no? —repuso el hombre—. ¿Acaso no gritas a la menor provocación? ¿Acaso no me regañas por lo que a ti te parecen errores? Para serte franco, estás de mal humor con bastante frecuencia.

La cólera de Roseleen subió de punto pero, aun así, se las arregló para decir en tono moderado:

—Quítate de encima, pesado.

A lo cual el pesado le sonrió.

—No, así estoy muy cómodo. Estando tan cerca, puedo acallarte más rápido en caso de que quieras ponerte a gritar otra vez.

Se refería a besarla para hacerla callar. Ya antes había resultado, y sin duda debía suponer que siempre sería así. Si lo intentaba en ese momento, se llevaría una dura desilusión: quería levantarse y apartarse de él, pues se ahogaba de rabia por los insultos recibidos. Pero descubrió que mover ese cuerpo enorme y pesado era casi imposible a menos que él cooperase, cosa que, por el momento, no parecía estar dispuesto a hacer.

—Está bien, ¿qué hace falta para que te apartes?

Mientras le acariciaba la mejilla con un dedo, Thorn preguntó:

—¿Eso es lo que en realidad quieres?

—¿En este momento? Seguro.

Él se movió, pero no para dejarla levantarse. Al contrario, la cubrió por completo y dejó caer su peso lentamente sobre la mujer. Apoyó la cabeza en su pecho. Por alguna razón, no creyó en sus afirmaciones. De lo contrario, ese hombre estaba dispuesto a salirse con la suya sin importar lo que la mujer quisiese, y ella deseó que no fuese tan autoritario.

—Roseleen, ¿mencioné acaso lo atractiva que estabas con esa ropa?

La muchacha supo que cambiaba de tema intentando disipar su enfado. Por un momento lo logró, pues le recordó que Thorn estaba usando ropa nueva, no la que había quedado en la ducha de su casa aquella noche. Pero tampoco había tomado la larga túnica castaña y los pantalones sujetos con tiras cruzadas del guardarropa de su hermano.

—¿Fuiste al Valhalla a cambiarte? —le preguntó, sin pensar.

Se incorporó para mostrarle con una sonrisa que aún se divertía:

—Si así fuera, ¿cómo podría haber vuelto aquí sin que me convocaras?

En realidad, Roseleen odiaba las preguntas estúpidas, sobre todo cuando era ella misma quien las formulaba.

—Está bien, ¿dónde has conseguido ese atuendo que te queda perfecto en tan poco tiempo? No tienes el tamaño medio de los hombres medievales como para que te resulte fácil adaptar una prenda.

—Esta ropa es mía, de cuando estuve antes aquí. Hay más en ese baúl.

Entonces, recordó lo que había sospechado antes y las preguntas que quería hacerle. Y aunque no estaba de humor para recoger informaciones, algunas de esas preguntas eran muy pertinentes y no podía dejarlas de lado hasta que estuviese de ánimo...

—No corres peligro de toparte contigo mismo, ¿no es cierto?

—No.

—Pero ese muchacho, Guy, habló como si te conociera desde hace mucho tiempo.

—Así es.

—Muy bien, supongamos que hoy mi mente no funciona bien, porque no entiendo.

Pese a que Thorn reconoció el tono sarcástico, le costaba entender del todo el sentido.

—Yo tampoco entiendo a qué te refieres.

Suspiró, e intentó aclarárselo:

—Si pudiera pensar con claridad, tal vez yo misma podría entenderlo, pero como no es así, te pido que me lo expliques. Estuviste antes aquí. Guy te conoce. Entonces, ¿por qué no te chocarás contigo mismo?

—Porque, para este momento, ya había partido. Te traje a ti y me traje a mí aquí el mismo día que la anterior poseedora de mi espada dejó de existir, de modo que yo quedé libre de su tiempo y regresé al mío en ese día.

—¿Dejó de existir? ¿Quieres decir que murió?

—Eso supuse. Ése fue siempre el modo en que me liberé de ese mundo antes de que tú recibieras la *Blooddrinker's Curse*. Eres la única de las poseedoras de la espada que me dejó ir. Las otras aceptaron los poderes de la espada y me retuvieron en sus respectivas épocas. Tampoco se separaron de la espada, no la entregaron ni la vendieron, cosa que podría haberme liberado si el nuevo poseedor no fuese una mujer. Por lo tanto, quedé ligado a cada una de ellas hasta que dejó de existir.

—Pero en realidad, no estás seguro de que esa mujer haya muerto. No lo presenciaste, ¿verdad?

—No, ella vivía en Anjou.

Roseleen recordó lo que le dijo Guy: que fue entregado a Thorn para que lo entrenase.

—Fue la hermana de Guy, ¿verdad? —preguntó—. ¿Blythe?

—¿Guy la mencionó?

—Sí, esta mañana.

Thorn asintió.

—Sí. Tanto ella como su hermano son súbditos de lord William. La lealtad de esa mujer al señor feudal era admirable. Yo estaba aquí por orden de ella, como guardaespaldas de William y para apoyar su causa.

—¿Por qué lo aceptaste? Lo cierto es que no era tu causa... No, no me respondas —dijo, con cierto disgusto—. Es una pregunta tonta. Cualquier batalla inminente sería el lugar exacto donde querrías estar.

La risa sorda de Thorn se convirtió en franca carcajada.

—Creo que me conoces muy bien, ¿no?

—¿En lo que se refiere a pelear? —repuso Roseleen, en tono desdeñoso—. Sí, creo que te he clasificado en tu justo valor.

La expresión confundida del hombre la hizo corregir, antes de que preguntara:

—Quiero decir, que sé exactamente lo que sientes al respecto.

—Puede ser —concedió Thorn—. Pero en esta circunstancia la causa era buena. William es el rey apropiado para Inglaterra. Los ingleses lamentarán haber preferido a Harold Godwineson, el usurpador, en su lugar.

Al oírlo, Roseleen tuvo ganas de reír. Sin preparación previa, podía nombrar una docena de fuentes autorizadas que no estaban de acuerdo con el derecho de los normandos a la corona inglesa. William el Bastardo no era más que un hombre ambicioso de su tiempo. Aun así, la historia era la historia y no podía refutarse. Se convirtió en el primer rey normando de Inglaterra y ligó al país a ellos por una larga cadena de descendientes. Y era cierto que los ingleses lamentaron haberse resistido a su autoridad.

Pero no discutiría con Thorn al respecto, pues ella conocía los hechos que apoyaban a ambas partes en discusión, mientras que él no y hubiese sido aprovecharse injustamente de la ventaja. Por otra parte, recordó que quería saber de cuánto tiempo disponían hasta que los normandos zarparan para Inglaterra.

Lo que preguntó fue:

—¿Qué fecha es?

—Una fecha para celebrar.

El vikingo rió.

—La flota que se ha ido reuniendo durante todo el verano, por fin es lo bastante numerosa para trasladar a todo el ejército en un solo viaje. Ahora, está todo listo y sabemos que Harold Godwineson ha abandonado la vigilancia de la costa sur. Zarpamos mañana.

—¿Quieres decir que William se enteró de que Harold tuvo que deshacer su ejército por la falta de provisiones? —preguntó, excitada—. ¡Es increíble! —Por supuesto, estaba registrado que Harold tuvo que replegarse porque no hubo manera de contener al grueso de su ejército, compuesto de campesinos, al llegar el tiempo de la cosecha. Pero en ningún lado estaba escrito que William estuviese enterado.

Thorn se encogió de hombros.

—No tiene importancia.

—Claro que sí. Es la clase de información desconocida que esperaba averiguar al venir aquí.

Y luego, sonrió:

—Pero pudiste haber respondido mi primera pregunta diciéndome la fecha, y yo sabría exactamente qué sucederá. ¿Cómo supo William que Harold regresó a Londres?

—Se conoció esa información por un espía inglés que fue interrogado.

Roseleen se crispó al imaginar la tortura que habría soportado el pobre sujeto para divulgar algo tan fundamental para el enemigo.

—Asombroso. Claro que eso explicaría por qué William estaba tan impaciente e irritado contra ese viento del norte que le impidió zarpar de Saint Valery durante dos semanas.

—¿Saint Valery? Zarpamos de la boca del Dives, donde está reunida la flota.

—Sí, lo sé —repuso ella, sin poder evitar cierto matiz condescendiente por saber lo que iba a suceder—. Pero la flota se movió de Saint Valery al Somme para estar a mejor distancia de tiro.

—No, ¿por qué crees eso? ¿Por qué razón no navegaríamos directamente hacia la costa sur de Inglaterra si sabemos que, en este momento, está desprotegida?

—Porque en una travesía más corta hay menos posibilidades de toparse con la flota inglesa... ¡Espera un minuto!

Roseleen frunció el entrecejo.

—Si William sabe que Harold regresó a Londres, ¿sabe también que la flota inglesa fue dispersada? Está registrado que traslada la flota a Saint Valery el doce de septiembre, sin importar lo que averiguó acerca de los movimientos de los ejércitos ingleses.

—Será mejor que cambies ese registro —le aconsejó Thorn— porque este día es el primero de septiembre, y la flota zarpará por la mañana... hacia Inglaterra.

Roseleen palideció.

—Pero no puede ser. No fue así como sucedió.

24

Antes de aterrarse sin motivo, quiso comprobar los hechos.

—Podrías estar equivocado con la fecha, ¿no es así? —le preguntó a Thorn—. Tal vez nos trajiste aquí el día equivocado, y eso significa que tu otro yo todavía anda por aquí y podría toparse con nosotros en cualquier momento.

—No, el día es correcto.

—Pero no puede ser —repuso Roseleen, sintiendo que el pánico la atenazaba, pese a su resolución—. ¿Le has preguntado a alguien aquí? ¿Alguien te ha dicho que hoy es primero de septiembre?

—El mismo lord William lo mencionó —respondió el vikingo—, cuando informó a sus barones que partirían con la marea de la mañana.

Sacudió la cabeza buscando desesperada un modo de contradecir esa afirmación alarmante, y después de unos momentos de angustia, se le ocurrió:

—¡Una partida falsa! Claro, debe ser eso. Quizás el duque pensó en zarpar hacia Inglaterra mañana, pero sucederá algo que lo impedirá. Y nada de esto se registró. Zarpará el día doce, como estaba previsto, y... no sacudas la cabeza. Eso es lo que va a suceder.

—Si el momento de atacar está decidido, y los barcos están cargados y listos, ¿qué puede evitar que zarpemos?

—Otro viento del norte, por ejemplo —contestó—. Es lo que impide que la flota zarpe de Saint Valery el día doce y...

No concluyó. Eso no tenía sentido: si un viento estaba registrado, ¿por qué el otro no? Tuvo la misma importancia, y otro tanto sucedía con el espía. Se mencionaba a otro espía que había sido capturado y enviado de regreso al rey Harold, con un mensaje de William en el que se jactaba de que si no se apoderaba de Inglaterra en el plazo de un año, Harold podía dejar de preocuparse por esa posibilidad. ¿Por qué, pues, no se mencionaba a éste que, al confesar, casi...?

—Un minuto —dijo la muchacha, ceñuda—. Si hoy es uno de septiembre, eso significa que la información que se le arrancó al espía no puede ser cierta. Harold Godwineson no se fue del sur de Inglaterra hasta el ocho de septiembre. Si zarpan mañana, caerán en una emboscada que le costará a William la corona de Inglaterra.

—El espía...

—Es probable que lo hayan enviado aquí para que lo atraparan y diese información falsa.

—¿Y para morir?

Roseleen se encogió, aunque sabía que ese sería el destino de ese hombre.

—No te muestres tan escéptico. Esa clase de sacrificio se hizo antes, por diversos motivos. En ocasiones, el individuo se ofrece por simple lealtad pero lo más frecuente es que, de todos modos, vaya a morir por una enfermedad, o puede que sea un hombre que tiene familia al que le prometieron que se harían cargo de sus seres queridos.

—¿Estás segura de eso?

La muchacha suspiró:

—Por supuesto que no, pero sé que a Harold le encantaría que los normandos llegaran ahora que él todavía cuenta con todos sus recursos, incluso con un ejército mucho más grande que el de William, pues todavía no lo han llamado desde el norte para luchar junto a su hermano, Tostig, y la amenaza noruega.

—¿La amenaza noruega? ¿Al final Harold Hardrada de Noruega ataca?

Por un instante le sorprendió que Thorn no lo supiera,

dado que la batalla había sido el último gran ataque vikingo y el último triunfo importante del antiguo ejército inglés. Pero olvidaba que él había salido de su tiempo ese día, el uno de septiembre, y que la batalla tuvo lugar más avanzado el mes, días antes de que William, por fin, partiera hacia Inglaterra. De hecho, muchos estudiosos estaban de acuerdo en que si el rey vikingo, urgido por Tostig, no hubiese atacado Inglaterra en ese momento, el duque William no habría vencido en Hastings.

Al parecer, en las siguientes convocatorias, Thorn no se tomó la molestia de leer libros de historia para conocer el resultado de esas batallas y, en ese momento, ella no tenía ganas de impartir una lección de historia. Todavía no había conseguido que él la dejara levantarse, y como ahora comprendía que no se había hecho nada aún que no pudiese deshacerse, cosa que alivió un poco su pánico, otra vez tenía conciencia del peso del cuerpo desnudo del hombre, tan cómodamente apoyado sobre ella.

Le dijo:

—Sí, Hardrada atacó y perdió. Pero Harold Godwineson agotó a su propio ejército corriendo hacia el norte para enfrentarse con el rey noruego, y hay quienes dicen que de los hombres que convocó al saber que se aproximaban los normandos, sólo la mitad regresó a Londres cuando Harold se precipitó hacia el sur para enfrentarse a William y, por lo tanto, no contaba con la totalidad de sus fuerzas. Y las huestes que tenía estaban fatigadas por la precipitada marcha hacia el sur, mientras que el ejército de William estaba en mejores condiciones para luchar. De todos modos, eso sucedió muchas semanas después de esta fecha. Mientras William no zarpe mañana...

—Vuelvo a preguntarte, ¿por qué no iba a hacerlo?

—Porque le diremos que ese espía mintió, que el rey Harold sigue custodiando la costa sur de Inglaterra con un ejército mucho más numeroso que el suyo.

—¿Y qué prueba le daremos?

Roseleen gimió. Le pareció simple informar a William de la trampa, pero no había considerado cómo le sonaría al duque. Si intentaba decirle que conocía el futuro, en especial su futuro, William de Normandía la calificaría de bruja y la arrojaría al calabozo más cercano para que aguardase ser quemada por la Iglesia. Y, eso no impediría que la flota normanda zarpara hacia Inglaterra a la mañana siguiente.

—Está bien, no nos meteremos —corrigió—. De cualquier manera, decirle a alguien qué le sucederá antes de que ocurra también es manipular la historia, y no podemos hacer algo así. Pero algo sucederá para que esta guerra mantenga las fechas correctas. Supongo que nos bastará con esperar y ver de qué se trata.

—¿Y si no sucede...?

—Ni lo pienses —lo interrumpió—. No es que la historia haya cambiado en este punto, sino que no se registró este desarrollo inesperado, seguramente porque no resultó nada. Ahora, ¿puedes quitarte de encima, por favor? Me gustaría vestirme y conocer al gran hombre. Por eso estamos aquí, ¿recuerdas?

Thorn no se movió, y se limitó a responder:

—Tendrás que esperar para conocer a lord William, Roseleen. Hoy está demasiado atareado con los preparativos para la partida.

La muchacha no se esforzó por ocultar su desilusión.

—Y creo que mañana estará ocupado cancelando los preparativos.

—Si es que no zarpa.

Lo dijo con una sonrisa, cosa que la irritó bastante. Claro, ¿cómo no divertirse, si a él no le afectaban los cambios en la historia? Thorn no vivía de manera regular en el mundo de ella, sino de manera ocasional, y sólo cuando lo convocaban.

Había nacido antes de este tiempo. Pero Roseleen no. Un cambio en la historia del siglo XI podía afectarla a ella y a todo lo que conocía. Hasta era probable que dejara de existir, y eso daría libertad a Thorn para regresar al Valhalla, ¿verdad? No era de extrañar que riera. Quizás hasta esperara que los normandos zarpasen al día siguiente.

Si lo hacían... no, no quería ni pensarlo. No lo harían, y para ver el lado luminoso de las cosas, el espía y todo lo que sucedería para evitar que los normandos actuaran teniendo en cuenta la confesión, proporcionarían un estupendo material para su libro. Aun así, esperar a ver qué sucedía la enervaba pues, si bien le agradaba el misterio, no le gustaba tanto cuando ella misma estaba involucrada.

—Como tenemos todo el día por delante para matar el tiempo, ¿por qué no me muestras los muelles? —sugirió—. Me encantaría ver el *Mora*, el barco que le regaló la esposa a William para esta campaña.

—Primero, quiero que me digas qué se hace para matar el día.

—Es una manera de... no importa. Quise decir que, como tenemos tiempo para perder, y no tenemos nada que hacer...

—Roseleen, tendrás tiempo de sobra para ver los muelles. Se me ocurre algo mejor para mantenerte ocupada el resto del día.

Como ya estaba en la posición adecuada para enseñarle qué era lo que se le ocurría, no tardó en averiguar qué era lo que la mantendría ocupada. Él se lo demostró.

25

Le resultaba difícil enfadarse con Thorn. Un hombre capaz de proporcionarle placer infatigablemente, día y noche, era un tesoro. Tener un cuerpo tan magnífico como el de ese hombre para explorar a su placer la transportó al séptimo cielo. Perdió la cuenta de los orgasmos que le provocó. Sólo recordó vagamente que, en algún momento de la noche, comieron algo.

Había sido toda una experiencia, y nunca la olvidaría. Esa mañana, pese a los excesos, no se sentía exhausta ni utilizada. Thorn fue tan tierno que sólo le dejó recuerdos agradables.

Pero debería estar enfadada con él, pues sospechó que le había hecho el amor todo el día y toda la noche para distraerla de lo que iba suceder... o no. Tendría que haber empleado el tiempo en analizar la situación, en conjeturar todos los resultados posibles, en lugar de sumergirse en deleites sensuales.

Y en ese momento, apenas una hora después del amanecer, cuando sólo gozó de breves lapsos de sueño que capacitaran su cerebro para funcionar, por fin se hizo evidente que estaban levantando el campamento y que, quizás, hubiesen estado haciéndolo toda la noche. Un breve vistazo afuera se lo confirmó: casi no quedaba nadie allí. El ejército de William había embarcado. Zarparían.

No sintió pánico... aún. Pero salió corriendo de la tienda de Thorn. Guy tenía la desagradable tarea de desarmarla y transportar todas las posesiones de Thorn en una carreta de equipaje que consiguió, aunque había contratado a varios campesinos para que lo ayudasen. Éstos ya sabían en cuál de los barcos irían, y él los seguiría.

Intentó decirle al muchacho que no se molestara, que volverían todos, pero Thorn la interrumpió y, cuando galopaban hacia la costa, le recordó que tenían que actuar como si no supieran cuáles serían los resultados. Al menos, dijo algo por el estilo, y aunque se le perdieron algunas palabras por la velocidad a la que iban, supo que tenía razón.

Una vez más, Roseleen había olvidado atenerse al plan de acción, pero en esa ocasión tenía una excusa: tenía la mente obnubilada por la falta de sueño. Sin embargo, recordó que no podría tolerarse ninguna excusa, pues viajar en el tiempo era un tema serio. El menor error por parte de ellos podría alterar millones de vidas, y uno grave podría destruir muchas más... incluida la suya.

El sol aún no asomaba por el horizonte cuando llegaron a los muelles, todavía atestados. Roseleen esperaba que los cientos de barcos que aguardaban en la desembocadura del río tuviesen que ser cargados, pero era una esperanza muy tenue. En realidad, todos los barcos que estaban todavía anclados tal vez fuesen los últimos en recibir su carga de hombres y caballos, y los otros navíos sólo aguardaban que la marea les permitiera zarpar.

Era evidente que todavía no había sucedido nada que impidiese la partida prematura del ejército de William. Y si de verdad llegaban a zarpar...

No, todavía quedaban muchas posibilidades que podían hacer regresar al ejército al campamento. Por ejemplo, una tormenta repentina en el mar. Podría soplar otro viento oportuno desde el norte. O quizás apareciera uno de los espías del duque en el último momento, y proporcionara informes reales con respecto a la posición del ejército del rey Harold.

Pero hasta que los barcos zarparon nada sucedió, y el hecho de que ella estuviese a bordo de ese barco se debía a la tozudez del vikingo. Como se avecinaba una batalla, Thorn se negó a quedarse, aunque Roseleen le aseguró que no habría tal batalla hasta un mes después, pues estaba convencida de que ocurriría algo.

Nunca había navegado en un barco moderno, y menos aún en un navío antiguo como ése. El mal de mar no se contaba entre sus preocupaciones. En cambio, insistió en contemplar el cielo, esperando ver nubes oscuras, y las velas, para ver en qué dirección soplaba el viento. Por desgracia, no se podía pedir un día mejor para navegar. Y el viento seguía soplando con firmeza en la dirección equivocada... según ella.

No obstante, no perdió la esperanza y por eso casi se desmayó al divisar las costas de Inglaterra. Al mismo tiempo, los buques ingleses aparecieron desde el norte para atacarlos por los flancos: esos barcos no tendrían que haber estado ahí si la historia siguiera su curso. Pero no era así, y en cuanto llegaran, los normandos descubrirían que los ingleses, en la plenitud de sus fuerzas, eran casi imposibles de derrotar.

Tal vez no. Tal vez ocurriese un milagro. Quizá sólo se hubiesen alterado las fechas, pero no el resultado final. Pero no estaba dispuesta a quedarse ahí para comprobarlo por sí misma. Había quedado atrapada en una batalla en la que Thorn participó, pero no pensaba presenciar ésta, más aún teniendo en cuenta que le bastaba abrir un libro de historia para saber las consecuencias.

Se volvió hacia Thorn que, durante la travesía, no se alejó de su lado, y le dijo:

—Llévame a casa.

Pensó que debía ser natural que él mirara en la dirección de la que provenían, y cuando volvió hacia ella el rostro ceñudo, la muchacha añadió:

—No a Normandía. A mi hogar, a mi tiempo.

—¿Te irías antes de la batalla?

—Sin duda —le aseguró, pese al tono asombrado de Thorn, y se apresuró a continuar—: Mira, lo siento. Sé que te encantaría estar en esta batalla, pero no podemos. Incluso ahora, mientras hablamos, la historia está cambiando. Aquí nunca hubo una batalla naval, pero estos barcos ya están enzarzados en la lucha. Y, en realidad, el duque William no tiene posibilidades de ganar ahora. El mes que viene, las circunstancias le darían ventaja. Ahora, el rey Harold la tiene.

—Si una cosa cambió, ¿no podría ser que también hubiesen cambiado otras?

Roseleen supo que tenía razón. Ya todo era posible, pues la historia se reescribía a sí misma, y dijo:

—Sí, y lo sabremos dentro de unos minutos, en cuanto busque mis libros de historia. Con ellos puedo averiguar qué fue lo que estuvo mal aquí, qué cambió las cosas. Llévame de vuelta, Thorn.

El vikingo contempló la costa inglesa que estaba ante ellos, como si no pudiese decidir, como si él tuviese la opción de hacer que se marcharan o se quedasen en la batalla. Roseleen le señaló que no era así.

—Thorn, me prometiste que regresaríamos cuando yo lo pidiera. Vamos, pues, pronto.

—¿Qué quiere decir ese «pronto» tuyo, que dices a cada...?

—Quiere decir ya —casi le espetó, ya agotada la paciencia—. Como ayer, como... tú hazlo.

Lo hizo. Suspiró para que ella supiera lo contrariado que estaba, y esgrimió la espada. Un instante después, los dos estaban en la Inglaterra de la actualidad, pero no en el dormitorio de Roseleen en Cavanaugh Cottage ni en ninguna otra habitación de la antigua y encantadora casa que la muchacha heredó.

Estaban en campo abierto, y soplaba un viento fuerte. Unos pocos árboles rompían la monotonía del lúgubre paisaje. No se veía una casa, un cobertizo, ni caminos ni postes de electricidad. Ni el menor signo de vida. Sobre sus cabezas se movían nubes gris oscuro, que amenazaban con deshacerse en lluvia en cualquier momento.

Horrorizada, Roseleen murmuró:

—Thorn, ¿dónde nos has traído? Por favor, dime que es un error.

Pero el vikingo le dijo lo que ella no quería escuchar:

—Te he traído a tu casa, en tu tiempo, como antes... pero no está aquí.

26

Para ser una afirmación tan alarmante, Thorn la enunció con simpleza. No, Cavenaugh Cottage no estaba allí. «Pero, ¿por qué?», se preguntó Roseleen. ¿Habría sido destruido, o quizá nunca se construyó? Comprendió que ése era sólo un cambio. ¿Cuántas otras cosas serían diferentes?

Era evidente que el mundo que ella conocía se había alterado, pero la cuestión era cuán drásticamente. Era obvio que sus ancestros habían sobrevivido, pues ella misma aún existía, y supuso que no estaba cambiada porque Thorn no la miraba con extrañeza. ¿Se habrían ido sus padres a América, como lo hicieron en la historia original? ¿Sería inglesa ahora, o seguía siendo norteamericana? ¿Existiría Norteamérica, o sería un país con un nombre diferente?

Las posibilidades y las preguntas eran infinitas, y sin sentido. Hasta que encontrara un teléfono, no obtendría ninguna respuesta. Llamaría a David o a Gail. Cuando les hiciera las preguntas que necesitaba formular, creerían que se había vuelto loca, pero no tenía otra opción.

En cuanto a los cambios ocurridos en la historia del mundo, evidentemente sus propios libros no debían estar disponibles para suministrarle las respuestas. Quizá no hubiese tales libros de investigación de su autoría en este mundo cambiado. Tal vez, no fuese siquiera profesora, podría ser que no hubiese asistido a la Universidad, que no...

Tenía que conseguir un teléfono, y también una biblioteca. Y contener sus temores y el miedo de que no hubiese nada que hacer para volver las cosas a su estado original.

—¿Qué ha sucedido aquí, Roseleen?

Thorn sólo parecía curioso y ella, en cambio, se acercaba al límite en la escala del pánico.

—Lo que te advertí que sucedería. Todo es diferente porque la batalla no tenía que librarse en ese día. Pero así fue, y el resto de la historia prosiguió como consecuencia, en una reacción en cadena de cambios en todos los siglos posteriores, cosa que nos ha dejado a nosotros... quién sabe cómo. Es probable que las personas que conozco y con las que trabajo no existan ahora... ¡oh, Dios, no puedo creer que esto haya sucedido, y sólo por la falsa confesión de un espía!

De repente, los brazos de Thorn la rodearon, la atrajeron hacia sí, y le ofreció su amplio pecho para llorar sobre él. Pero Roseleen no lloró. Esa simple acción le recordó que no estaba sola. Sin la menor duda, sabía que su vikingo no permitiría que nada ni nadie le hiciera daño, cosa que la hacía sentir segura, protegida, y disipaba los otros sentimientos negativos que comenzaban a escaparse a su control.

Se apoyó en la fuerza de Thorn, que tenía mucho para dar. Suspirando, dijo:

—Necesito conseguir un teléfono para llamar a mi hermano, pero me parece que aquí no hallaremos ninguno. ¿Estás seguro de que nos has traído al siglo correcto? —agregó, esperanzada—. ¿Y si te has equivocado en unos cientos de años?

—No, ya te dije que la espada regresa a su propio presente, aunque ese presente esté alterado.

—Muy bien, entonces no has cometido errores en esto de saltar en el tiempo.

Suspiró otra vez.

—Al parecer, nos espera una larga caminata para encontrar a alguien que nos ayude, o nos indique dónde hay un teléfono o una biblioteca... si es que existen aún.

Antes de que esa idea le provocara más pánico, se le ocurrió otra que iluminó su expresión de entusiasmo:

—¡Espera un minuto! —dijo—. Quizá sólo en este país

se hayan producido cambios drásticos. Dijiste que podías viajar a cualquier lugar en que hubieras estado antes, ¿no es así, Thorn? Y no importa en qué país estés cuando lo haces, pues con el último salto fuimos a dar a Francia.

—Sí.

—Entonces, llévanos a mi clase, a la noche en que te convoqué por primera vez. Si mi colegio sigue existiendo, ahí hallaremos todos los libros de historia que necesitemos.

—Roseleen, si te llevo allí, te toparás contigo misma —señaló Thorn.

La joven lanzó un fuerte gemido.

—¿Te dijo Odín qué pasaría en ese caso?

—No, sólo señaló que no tenía que ocurrir. —En ese caso, ¿podrías adelantar un poco el tiempo, al día siguiente en que yo te convoqué, pero en mi clase, de todos modos? Ni tú ni yo estábamos ahí ese día.

—Es cierto —respondió el hombre— ¿No dije que eso era posible?

¿Acaso esperaba que Roseleen recordara cada detalle de lo que le había dicho acerca de viajar en el tiempo, ahora que estaban en medio de una crisis? Pero antes de que pudiese decirlo, ya estaban en camino... y los esperaba otra sorpresa.

Si bien el aula estaba allí, no era la de Roseleen... más bien, era más pequeña de lo que tendría que haber sido. Pero se veía el mismo paisaje por las ventanas: los prados iluminados, aunque fuese sábado por la noche. Eso fue lo que ella supuso, que era la noche siguiente al primer encuentro con Thorn.

Y había electricidad, pues había suficiente luz para ver el interruptor junto a la puerta, que Roseleen accionó de inmediato. Daba gracias al cielo por esos pequeños progresos. Una de las posibilidades de ese mundo alterado era que no hubiese sucedido la Edad de los Inventos.

—Muy bien, por lo menos esto es terreno conocido —le dijo a Thorn con gran alivio—. Al parecer, el fundador construyó el Westerley College, a pesar de todo.

—Pero no está igual —señaló él.

—Ya lo he notado —dijo la muchacha, mientras se encaminaba hacia su escritorio, o así esperaba que fuese—. Y gracias a Dios, es sólo un cambio técnico de poca monta que, sin duda, se debe a una falta de fondos en este momento, por eso deben de haber reducido el tamaño de los salones...

—Roseleen, habla claro para que yo te entienda.

La muchacha se interrumpió bruscamente, y se volvió hacia él al notar su tono quisquilloso. ¿Ahora era él el que se enfadaba? Cuando vio que contemplaba las paredes donde debían de haber estado las figuras medievales, pero no estaban, adivinó qué le molestaba. El mismo Thorn se lo confirmó, antes de que ella pudiese preguntar:

—Empiezo a comprender que lord William no logró su objetivo —dijo el vikingo.

—Ya te dije que si los normandos atacaban en ese momento, las posibilidades estaban en contra de su victoria. ¿No me creíste?

—Teníamos mayor número.

—Harold Godwineson tenía mayor número —le recordó.

—La causa de William era justa.

—Hay quienes no están de acuerdo...

—Roseleen, ¿por qué sucedió esto? —preguntó, impaciente—. Dijiste que se hizo rey.

—Sí, en el curso normal de los acontecimientos, se convirtió en rey, pero ese ataque prematuro que presenciamos debe de haber cambiado ese curso normal. Y como ese ataque fue resultado directo de la falsa confesión del espía inglés, supongo que fue algo relacionado con eso lo que salió mal.

—¿Qué cosa?

—Algo con el espía. Quizás, en la historia original no lo atraparon. O quizá sí, pero el hombre decidió no mentir, o William descubrió que mentía, o... Ya estoy especulando otra vez, y lo que tendría que hacer es consultar un libro de historia de los que hay aquí. Yo guardaba los libros de texto que usaba para enseñar en el primero y segundo cursos en el último cajón del escritorio. Si tenemos un poquito de suerte...

Abrió el cajón de un tirón, y había dos libros. Eran de diferente tamaño y autor, pero la materia seguía siendo la historia medieval. Y estaban grabados del mismo modo que ella habría grabado su nombre, sólo que el nombre en éstos era...

—¡No puedo creerlo! —exclamó, casi gritando—. ¿Roseleen Horton? ¡Roseleen Horton! ¿Me casé con ese canalla mentiroso, tramposo, confabulador?

—¿Quién?

—Barry Horton —se lamentó, disgustada—. ¿Te acuerdas? *Blueberry.*

—¿El mismo cuyos retratos destruiste?

—Exacto. Lo desprecio. Me robó. ¿Cómo pude ser tan estúpida en esta versión revisada de la historia para casarme con él?

—¿Estás casada?

Agitada como estaba, no advirtió el tono exasperado de Thorn.

—No por mucho tiempo —le aseguró—. Tiene que haber un modo de corregir lo que haya salido mal y que las cosas vuelvan a su cauce normal, porque enloquecería si pensara que tendría que estar casada con Barry. Sólo es necesario que adivinemos qué es lo que hay que corregir, y comenzaré ya mismo. Trae una silla, Thorn, pues tal vez nos lleve cierto tiempo.

Habría tardado mucho menos tiempo si los autores no fuesen tan detallados en los sumarios de los capítulos, o si no hubiesen sido tan buenos escritores. Roseleen, fascinada, quedó atrapada en todas las diferencias entre ambas historias, y en las cosas que no cambiaron. Al final del segundo volumen, había una breve reseña de los siglos posteriores a la Edad Media hasta la actualidad, donde se hacía una lista de los sucesos más importantes.

Pasaron más de dos horas hasta que cerró el segundo libro, y sólo había estado hojeando los sumarios de los dos volúmenes, y no los capítulos completos. Todo el tiempo,

Thorn permaneció sentado, en silencio, observando cómo leía. Fue una demostración de paciencia que los hombres comunes no solían tener. Claro que él no tenía nada de común, cosa que Roseleen había descubierto desde el comienzo.

Tendría que comunicarle la mala noticia de que el héroe, el señor feudal de Thorn, había muerto mucho antes de lo que tenía que haber muerto. Pero no era necesario que entrara en detalles, y podría evitar que Thorn se extendiese en el tema, hablándole de los otros sucesos increíbles sobre los que acababa de leer.

Le dijo:

—Thorn, es lo que había sospechado que pasaría. Que Harold Godwineson fuese directamente a la batalla con otro ejército, lo que antes fue una ventaja para el duque William, se convirtió más bien en una ventaja para Harold Hardrada. El rey noruego pudo derrotar a los ingleses y convertirse en el nuevo rey.

«La casa de Hardrada gobernó Inglaterra por más de un siglo, y luego estallaron lo que llamaron las Grandes Guerras Escandinavas. En lugar de que Inglaterra se volviese más poderosa con el aporte de la fuerza que recibió de la línea normanda de William, se convirtió en un país menor que proporcionaba soldados a las guerras del norte, que duraron varios siglos.»

«América fue descubierta mucho después de lo que tendría que haberlo sido, y le dieron un nombre ridículo que no quiero repetir —dijo, disgustada—. Siguió siendo un crisol de razas para los países tiranizados, y sí obtuvo la independencia, pero no en 1820.»

«Europa retornó a los estados feudales, en sistemas muy similares a los antiguos, con los que tú estás familiarizado. A la larga, la nueva "América" se hizo democrática, pero más de cien años después. Aunque tal vez sea mejor tarde que nunca. Teniendo en cuenta todas esas guerras grandes y pequeñas, y tantas otras que ya perdí la cuenta, no me extraña que la Edad de los Inventos no haya existido, y sólo hayan aparecido unas pocas maravillas de mi época en este nuevo tiempo. A este ritmo, pasarán otros cientos de años antes de que el mundo llegue a donde tendría que estar en materia de tecnología.»

Tomó aliento tras esa larga explicación, y esperó la reacción de Thorn. Esperó. La irritó que se limitara a mirarla, sin hacer el menor comentario.

Dejó pasar varios segundos, y por fin, preguntó:

—Bueno, di algo.

La obedeció, no sin antes echar otra mirada al muro vacío donde tendrían que haber estado los cuadros de la época medieval.

—Esos libros, ¿hablan del espía inglés?

Roseleen suspiró: ¡qué bien había logrado distraerlo de la derrota prematura de William de Normandía!

—Sí, está documentado esta vez, y la confesión del espía, fue la causa de la derrota normanda. Hasta ese punto, la historia es tal como yo la conocía, y todo lo demás sucedió como debió ser.

—Como debió ser —repitió el vikingo, pensativo—. Y en ese caso, no hubo espía, ¿verdad?

—Al menos, no fue documentado. Pudo haber participado en la escena original, pero carecer de la importancia suficiente para mencionarlo.

De repente, frunció el entrecejo:

—Creo que ese incidente no registrado tal vez no hubiese sucedido en absoluto si tú y yo no hubiésemos estado ahí, pero no sé cómo podríamos haber cambiado nada relacionado con el espía. Yo, por mi parte, seguro que no lo conocí. Ayer por la mañana, cuando fuiste a ver a William, ¿lo viste?

—No, ya lo habían hecho desaparecer.

—Entonces, antes de que nosotros llegáramos, ya era un hecho concluido... ¡aguarda un minuto! ¿Qué me dices del otro Thorn?

—¿Qué otro Thorn?

—Me refiero a ti —dijo Roseleen, impaciente—. Cuando fuiste convocado al siglo XI por primera vez, por medio de la espada. Tampoco tendrías que haber estado en aquel tiempo, pues llegaste a través de un recurso sobrenatural, por la maldición de la espada. Pero cuando estuviste ahí en aquel entonces, ¿tuviste algo que ver con ese espía? ¿Fuiste tú el que lo capturó, o el que lo interrogó?

—No, no lo conocía siquiera, hasta que sir John du Priel lo mencionó.

—¿Sir John?

—Estaba presente cuando el espía confesó. No le gustaba ocuparse del interrogatorio, y pensaba hacerlo otra vez a la mañana siguiente, pero lo desafié a beber esa noche, y perdió. Creo que, a la mañana siguiente, aún dormía.

Los ojos de Roseleen se dilataron.

—Y fue esa mañana cuando estuvimos ahí, ayer, ¿no es así? ¿Cuando el duque decidió zarpar?

—Sí.

—De modo que se deshicieron del espía antes de que sir John pudiese hablar otra vez con él. ¡Es eso, Thorn! Ese sir John tal vez hubiese arrancado la verdad a ese hombre, y todo habría continuado luego como tenía que ser: primero lucharían los dos Harold, y William no zarparía hacia Inglaterra hasta finales de septiembre.

—Pero, ¿cómo pudo cambiarse eso? —dijo Thorn—. Yo no tenía control sobre lo que sucedió antes ahí, la primera vez que estuve, Roseleen.

—Sí, podías —contestó ella, riendo.

—¿Cómo?

—Bastará con que regresemos allí un día antes, antes de que te mandaran al Valhalla, y evitemos que tu otro yo desafíe a sir John a beber.

La miró como si le hubiese pedido que se cortara su propia cabeza.

—No puedo enfrentarme conmigo mismo. Eso ya te lo dije. Los cielos se sacudirían...

—No apeles a exageraciones al estilo vikingo —se burló—. Y no te pido que te encuentres con tu otro yo. Yo puedo ocuparme de eso. Tú puedes encargarte de que esa noche sir John vaya a acostarse temprano.

Thorn se levantó, apoyó con fuerza las manos sobre el escritorio y se inclinó hacia ella. Los ojos azules estaban tan entornados que Roseleen retrocedió, intimidada. Aunque no imaginaba qué lo provocó, no cabía duda de que el vikingo estaba enfadado por algo. No la dejó en suspenso por mucho tiempo:

—Roseleen, ¿de qué manera piensas ocuparte de él?

La pregunta fue enunciada de manera lenta, en tono acusador, como para que le quedase claro que pensaba lo peor, y eso la enfureció:

—Thorn, ¿de qué me acusas y por qué me condenas? ¿Acaso piensas que yo... o más bien tu otro yo, te haría daño físico, sólo para... prevenir...?

Dejó la frase sin terminar, pues en ese instante Thorn parecía tan asustado por lo que ella decía, que supo que había sacado la conclusión equivocada. El mismo se lo confirmó:

—Eso no se me había ocurrido.

—¿Entonces, qué...?

Otra vez, no concluyó. Se echó a reír cuando comprendió cuál podía ser el único motivo para provocar semejante reacción. Estaba celoso, y nada menos que de sí mismo. Era ridículo. Además, emocionante. Hasta entonces, nunca nadie había estado celoso por ella.

—No es divertido —refunfuñó el hombre.

—No, claro que no —concedió Roseleen, sin poder contener la risa—. Pero lo único que tenía en mente era distraer al otro Thorn el tiempo necesario para que tú llevaras a acostarse a sir John.

—Pero, ¿cómo lo distraerás?

—¿Nunca has oído hablar de la conversación?

—Sólo dos cosas le interesaban, y ninguna de ellas era la conversación.

—¿La pelea y... las mujeres? —adivinó la muchacha, y tuvo ganas de reír otra vez, recordando conversaciones anteriores acerca de las necesidades de Thorn—. Y en todos estos siglos, el único interés que añadiste a ésos es... la comida.

Thorn se encolerizó tanto con la jocosidad de Roseleen, que dijo:

—No, ahora tengo otro interés: entrenar bien a mi mujer.

Fue una provocación deliberada. Ella lo supo y, aun así, la sorprendió. Se levantó, furiosa, y también se inclinó sobre el escritorio como él, mirándolo ceñuda, las narices de los dos pegadas.

—Estás provocándome, grandullón, al usar la palabra «entrenar» en un contexto ajeno al trabajo. ¿Cuándo entenderás que hoy en día las mujeres están en pie de igualdad con los hombres?

—Si hay igualdad entre hombres y mujeres, quiero que me lo demuestres ahora —replicó Thorn. —No me refiero a músculos y tamaño, y creo que lo sabes.

—No, te refieres a tener siempre la última palabra. ¿Eso es igualdad?

Eso la hizo vacilar. ¿Acaso sin saberlo estaría adoptando una actitud de superioridad? ¿Podía ser que confundiera el hecho de que Thorn no sabía casi nada de su mundo con que no fuera inteligente? Sólo pensaba como un bárbaro en ciertos aspectos, en lo relacionado con las mujeres, pero eso era muy normal teniendo en cuenta que habían pasado más de doscientos años desde la última vez que fue convocado. Por cierto, en el siglo dieciocho no existía la igualdad entre hombres y mujeres.

Le debía una disculpa, pues había herido su orgullo en más de un sentido, aunque sin quererlo. Sin embargo, no estaba ansiosa de hacerlo en ese momento, pues todavía estaba furiosa por eso del «entrenamiento». Una interrupción habría sido muy oportuna, si no fuese quien era: el enemigo de Roseleen, Barry Horton.

27

—Rosie, ¿qué estás haciendo aquí? ¿No te dije que hoy te quedaras en casa?

Aunque había leído el nombre impreso en los libros, la desconcertó confirmar que en realidad estaba casada con este hombre, en este mundo cambiado. Y este Barry era muy diferente del que ella conocía. Por supuesto, tenía los mismos ojos grises, pero el cabello claro estaba largo y descuidado, la ropa informal, sucia, a diferencia de la pulcritud y el aspecto sofisticado de estilo académico que solía llevar.

Además, le hacía preguntas que no sabía cómo responder. ¡Qué bueno! No podía decir: «Veo que estás ocupada, así que hablaremos luego.» No, el viejo Barry tenía que ser grosero hasta último momento, y dirigirse a ella en un tono que no podía menos que irritarla.

—¿Me lo dijiste? —repuso Roseleen, con rigidez—. No lo recuerdo.

Y no resistió la tentación de continuar:

—Y aunque me lo hubieses dicho, Barry, ¿no te parece que...?

—¿Necesitas otra lección de obediencia? —la interrumpió, al tiempo que se acercaba a ella.

Tanto la expresión como el tono eran amenazadores, y de lo que dijo se deducía que ya antes le había dado esa clase de lecciones. Increíble. ¡Barry Horton golpeaba a su esposa! Al parecer, tampoco le importaba que se supiera, si decía algo así delante de Thorn. Pero no había echado un solo vistazo al vikingo, como si no existiera. Tampoco le llamó la atención la vestimenta medieval que tenían ambos, pese a que el vestido amarillo de Roseleen no era tan fuera de lo común como los calzones de Thorn, sujetos con tiras cruzadas, y la espada. Sin embargo, cualquiera pensaría que Barry, con lo despectivo que era, haría algún comentario...

¿Como si no existiese?

Roseleen lanzó una mirada brusca a Thorn y se preguntó si alguna persona de su tiempo podía verlo. Aunque la señora Hume hubiese servido la cena para dos, aquella noche en la casa de campo, no recordaba que la mujer hubiese mirado a Thorn o le hubiese hablado. Le dijeron que serían dos a cenar y se limitó a poner la mesa para dos personas, pero no era la clase de mujer capaz de decir que en la otra silla no había nadie. Un ama de llaves norteamericana, en cambio, no habría vacilado en decir:

—Usted se da cuenta de que está comiendo sola, ¿no es cierto?

Pero la reservada señora Hume no haría más que aceptar la excentricidad americana que, tal vez, comentara luego con su esposo, pero no con su patrona.

Sólo había visto que la gente hablara a Thorn en el pasado.

Por otra parte, Thorn Blooddrinker tenía un aspecto que intimidaba, con la espada en la cadera. Cualquier hombre contemporáneo con sentido común querría pasar inadvertido, hasta hubiese llegado a cualquier extremo para evitarlo, y quizás ignorarlo fuese uno de esos extremos.

Decidió resolver la duda y preguntarle a Barry directamente si veía a Thorn, pero al mirarlo vio que levantaba el puño contra ella. Ahogó una exclamación, pero no tuvo tiempo de eludir el golpe, sino sólo para encogerse y cerrar los ojos.

Pero no sucedió nada. Sin duda, Barry lo pensó mejor, o decidió esperar a que estuviesen en la intimidad del hogar de ambos. O quizá la amenaza de violencia resultaba eficaz con esa Roseleen cambiada. ¿Sería ahora sumisa y dócil?

Poco probable. Al contrario, estaba enfadada y furiosa por el susto que le había dado.

Sin embargo, al abrir los ojos comprobó que todas las suposiciones eran erradas: Barry no desistió de pegarle, sino que otro decidió por él. Era Thorn el que le sujetaba el puño, y por más que Barry se esforzaba para soltarse, no lo logró. Thorn, por su parte, no hacía el menor esfuerzo. Cuando al fin Barry lo advirtió, y se hizo evidente que podía ver al vikingo, se dio por vencido.

Lanzando una mirada de impotencia a Roseleen, le ordenó:

—Rosie, dile a este imbécil que me suelte, o lo lamentarás...

—Yo, en tu lugar, no proferiría amenazas —dijo la joven, cruzando los brazos sobre el pecho—. Creo que a mi amigo no le gustaría.

—No me importa qué... —comenzó a fanfarronear, pero Roseleen tuvo la satisfacción de que también eso se cortara.

—También te aconsejo que pidas disculpas por decirle imbécil. A los vikingos no les agrada que los traten de idiotas y, aunque no creo que lo hayas dicho en ese sentido, y sólo te refirieras a su considerable tamaño, él podría no tomarlo así.

En favor de Barry habría que alegar que palideció, aunque no estaba en su temperamento el retroceder, más teniendo en cuenta que... no le hizo ningún daño, y no parecía dispuesto a hacérselo. Eso bastó para enfadarla: podría haberse mostrado un poco molesto, pues Barry sí tenía intenciones de hacerle daño a ella. Sin embargo, tenía una expresión inescrutable, que no dejaba traslucir ni sus pensamientos ni sus sentimientos.

Sin duda, Barry debió envalentonarse por eso pues, sin cambiar el tono, la acusó:

—Has perdido la sensatez, ¿no es cierto?

—Sí, creo que sí, o la perderé si sigo hablando contigo. Barry, di a qué has venido y luego, vete. ¿O acaso piensas robarme otra vez? Porque suponías que no estaría aquí, ¿verdad?

Entonces sí, Barry pareció inquieto. ¿Tal vez había dado en el clavo?

—No sé de qué estás hablando —insistió, pero sin la convicción que exigía una afirmación semejante.

—Claro que no. Por casualidad, yo no guardaba aquí mis notas de investigación, ¿no? ¿En esta ocasión no has venido a robármelas?

—¿Esta ocasión? Yo nunca...

—¡Oh, cállate, Barry! —lo interrumpió—. No te explicaré cómo ya pasé por esto antes. Pero esta vez has sido prudente al esperar hasta que estuviésemos casados, pues me da la posibilidad de detenerte si quisiera, pero no. Prefiero volver a la época en que no estábamos casados.

Por supuesto, él no tenía idea de a qué se refería. ¡Cuánto deseaba Roseleen que el que estaba ahí delante fuese el Barry que ella conocía, en lugar de este golpeador de esposas! Era irónico que ambos Barry fuesen unos pesados.

—¿Divorcio? —fue su conclusión—. Si crees que te lo concederé...

—No será necesario —le dijo la muchacha con una sonrisa tensa—. Tengo un modo mucho más rápido de librarme de ti.

Y sin demora, se volvió hacia Thorn:

—Ya podemos regresar a la fecha que hemos elegido. Tengo todo lo que necesitaba de aquí.

Como era característico, el vikingo hizo un lacónico gesto de asentimiento. Hubo aún un momento glorioso al observar a Barry que palidecía cuando Thorn lo soltaba para tomar la *Blooddrinker's Curse*. Sin duda, debió suponer que ese «modo más rápido» consistía en matarlo. Pero fue breve, pues Thorn le tendió la mano y Roseleen la tomó. No obstante, a eso le siguió un instante más fugaz aún, invalorable: la expresión del rostro de Barry cuando los dos desaparecieron ante sus propios ojos.

28

No tardó en comprender que estaban de regreso en el siglo XI. Estaban afuera del mesón, del que salía ruido de peleas, y el olor típico de los muelles llegaba de cerca. La muchacha seguía disfrutando de la expresión incrédula de Barry y pensaba que era una pena que no volviese a ver a ese Barry para seguir gozando de la situación. Pero era mucho más importante que la historia volviese a su propio cauce, mucho más importante.

Seguía sonriendo cuando miró a Thorn y le dijo:

—Si impresionamos a alguien con nuestra desaparición, me alegro de que haya sido a él.

Thorn refunfuñó:

—Tu marido Blueberry no me agrada.

Roseleen recordó su expresión inescrutable instantes atrás, y le señaló:

—Bueno, podrías haberme engañado al respecto. Pareció que no te importaba ni mucho ni poco. Y cuando hayamos corregido las cosas aquí, ya no será mi marido. En lo que se refiere a ese latoso, «ex prometido» me suena mucho mejor.

—Sí, me importó, Roseleen—dijo Thorn en tono afilado—. Si yo hubiese hecho lo que quería, la *Blooddrinker's Curse* se habría dado un festín con...

La muchacha lo interrumpió con una reprimenda:

—No hacía falta matar, Thorn.

El vikingo suspiró:

—Estaba seguro de que dirías algo tan femenino.

Como no preguntó sino que afirmó, Roseleen no pudo menos que pensar que se había contenido por ella.

Eso la hizo sonreír, y comentó:

—Pero no me habría molestado que le dieras un puñetazo.

—¿Un puñetazo?

—Que lo golpearas un poco.

Thorn se miró las manos.

—Cuando yo golpeo, no existe «un poco». Pregúntale a mi hermano Thor. Soy el único que puede...

—Thorn, ¿acaso estás jactándote de nuevo?

El vikingo se encogió de hombros, y respondió:

—Los vikingos nos jactamos... pero sólo con la verdad.

De repente, muy complacida con él, Roseleen rió a carcajadas. ¿Así que sólo había contenido la ira? Y la defendió, la salvó a su manera. Aunque no usara armadura, ante sus ojos era un caballero de brillante armadura.

—Bueno, creo que ya es hora de que me encuentre con el otro vikingo. Espero que no me digas que ya está adentro, bebiendo. ¿O acaso se permite la entrada a las damas...?

—No, éste no es lugar para damas, sino para...

—No necesito detalles —lo interrumpió—. Ya he comprendido.

—Yo no te permitiré entrar en un lugar semejante —agregó Thorn.

—Gracias... creo. Supongo, entonces, que tu otro yo aún no ha llegado.

—No, pero esa noche, cuando yo llegué, sir John ya estaba aquí. Ahora, le daré prisa para que se acueste, y de ese modo tú no tendrás que enfrentarte con mi otro yo.

—Espera un minuto —dijo ella, sorprendida—. Yo ansiaba conocerte a ti... quiero decir, a tu otro yo.

—No quieres conocerlo, Roseleen. Él no te conocería a ti, y...

—Sí, sí, lo sé, sólo tiene dos cosas en mente. Pero, ¿estás seguro de que no aparecerá mientras tú estés ocupado adentro? ¿Y si sir John no quiere marcharse todavía? Recuerda que mañana por la mañana tiene que estar bien despierto, y no tienes que lastimarlo si se pone difícil.

Al comprender que no tenía muchas alternativas si quería sacar de ahí a sir John, Thorn se puso ceñudo.

—Sí, había elegido la mujer más bonita para esa noche. Ahora recuerdo que por eso lo desafié a beber, pues la quería para mí.

De manera inesperada, el puñal de los celos se clavó en Roseleen. ¡Pero era absurdo! No era este Thorn el que ahora quería a la otra mujer sino el otro, y... y al parecer eso no pesaba en lo que se refería a los celos.

—Ten cuidado de no caer en la tentación esta vez —musitó.

Su tono hizo sonreír a Thorn y, de pronto, la apretó contra sí, la rodeó con los brazos y sus labios hicieron estragos en los de ella. Le bastaron pocos segundos para cautivarla, y se sintió frustrada cuando acabó ese beso fascinante y él la soltó.

Tardó unos instantes en recordar dónde estaban y qué tenían que hacer. Cuando recordó, decidió buscar la revancha con Thorn, por hacerla desearlo tanto cuando, en realidad, no tenía intenciones de hacerle el amor.

—A decir verdad —afirmó el vikingo con suavidad— en este momento existe sólo una mujer capaz de tentarme.

Eso la hizo ruborizarse, y tuvo que esforzarse por no sonreír como una idiota... y por olvidarse de la revancha.

—Bueno, ahora será mejor que pongas manos a la obra. Y creo que no nos vendría mal que sir John siga como tenía intenciones. Si le deslizaras una o dos monedas a la mujer, quizá le daría prisa para sacarlo de ahí.

—Es una excelente sugerencia —respondió.

—Yo me esconderé dando la vuelta a la esquina, por si te lleva mucho tiempo y yo tengo que distraer al otro.

Thorn se detuvo para decir:

—Este sitio tiene una puerta trasera. Espérame allí. Así, no será necesario que distraigas a nadie.

—Está bien, está bien, vete.

Él se fue, pero Roseleen no.

Fue hasta la esquina del edificio, donde había sombras para ocultarse, y se apoyó contra la pared a esperar. Cuando terminase, él advertiría dónde estaba y la llamaría para que se reuniese con él. Estaba segura de eso, y si Thorn se enfadaba porque ella no le obedecía, se preocuparía por eso más tarde.

Entre tanto, no pensaba correr el riesgo de que el otro yo apareciera demasiado pronto y entrase en el mesón mientras Thorn aún estaba ahí. No imaginaba qué sucedería si se encontrasen ni quería averiguarlo.

Pero el destino dispuso que, pasado cierto tiempo, oyese pasos que se aproximaban antes de haber oído que Thorn la llamaba desde el mesón.

29

Roseleen atisbó por la esquina conteniendo el aliento, esforzando la vista y, ¡ahí estaba el otro Thorn! No le alcanzaba todavía la luz que daban las antorchas que estaban fuera del mesón. Cuando llegó, a la muchacha se le dilataron los ojos.

Le pareció más grande que el real, pero eso debía de ser por su nerviosismo. Y aunque era Thorn, no era como el que ella conocía.

El cabello castaño claro de éste era un poco más largo y un poco más hirsuto, a diferencia de los mechones cortos que usaban los normandos. Y no se conformaría más de lo que había hecho el otro Thorn... «¿qué estoy pensando?», se dijo Roseleen. Eran el mismo hombre, aunque en diferentes momentos de sus vidas.

Y éste no la conocía.

Su nerviosismo se convirtió en aprensión. ¿Por qué Thorn habría insistido tanto en que ella no se encontrara con el otro yo de él? ¿Éste sería tan diferente? Y de pronto, lo supo: claro que era diferente. Los dos distaban varios siglos entre sí. El Thorn que Roseleen conocía había vivido mucho más y, sin duda, debió de ablandarse, madurar, aprendió a controlar sus emociones...

Si no se detenía, llegaría a convencerse de no hacer lo que sabía que tenía que hacer. Y el sujeto estaba llegando a la puerta. Salvo que corriese a pararse delante de él para que no pasara de largo, y parecer un tanto trastornada, no sabía qué otra cosa podía hacer para impedirle que entrara en la taberna. Esperaba no tener que retenerlo mucho tiempo.

Con esa intención, exclamó:

—Disculpe, necesitaría ayuda.

Cuando observó que el hombre se daba la vuelta pero tendía la mano hacia la puerta del mesón, comprendió que no la veía, y se apresuró a salir de esa esquina oscura del edificio.

Al caer la luz sobre el vestido amarillo, atrajo la mirada del hombre, y dejó caer la mano al costado. Al parecer, por el momento contaba con toda su atención.

Su nerviosismo creció, pues todavía no se le había ocurrido qué decir para retenerlo. En su propia época, una manera sencilla de hacer tiempo era preguntar una dirección hacia algún lugar, y hacerse la tonta para que el buen samaritano tuviese que repetirla varias veces. Pero eso no le servía en la Edad Media, en la cual las damas no andaban solas de un lado a otro por la noche. ¿Acaso no le habían regañado por salir sola, incluso de día?

Los ojos azules la recorrieron por completo en una lánguida inspección, de un modo que, en la época de Roseleen, constituía una ofensa pero, al parecer, en esta época los hombres lo hacían sin inconvenientes. Al pensarlo, recordó que había hecho lo mismo antes... es decir, Thorn lo hizo. Pero ése no era su Thorn, y no debía olvidarlo. Éste no la conocía, la veía por primera vez, y esa inspección la hizo ruborizarse lo que, por fortuna, no se veía a la luz de las antorchas.

Cuando al fin los ojos del hombre se posaron en los suyos, no fue para preguntarle qué clase de ayuda necesitaba.

—Señora, ¿dónde están sus acompañantes?

Roseleen suspiró, aliviada: acababa de darle una excusa para demorarlo, y si ella no estuviera tan confundida por este encuentro, se le habría ocurrido.

—Los he perdido —le dijo, intentando dar a su voz un tono desasosegado.

—¿Los ha perdido?

—A mis acompañantes. Nos separamos. Hace horas que

estoy buscándolos, pero me da miedo seguir sola. No conozco esta zona, y me parece muy... desagradable.

—¿Dónde tendría que estar?

—Tenía que asistir a la fiesta del duque.

El hombre respondió con un parco gesto de asentimiento. «¿O sea que siempre tuvo ese hábito?», pensó, conteniendo la sonrisa.

—Sin duda, debe de haber hombres de sir William en el mesón. Iré a buscar a algunos de ellos para que la acompañen a donde tiene que ir.

—No, no haga eso —se apresuró a decir, mientras se exprimía los sesos en busca de un motivo. Lo único que se le ocurrió fue—: Se sabe que los soldados del duque son unos chismosos, y no puedo permitir que se difunda que me encontraron perdida y sola, cerca de los muelles, pues eso arruinaría mi reputación. Ahora sólo lo sabe usted y, por supuesto, mis acompañantes anteriores. Pero ellos estarán tan avergonzados que no lo dirán.

Aunque ese Thorn se conformó con la excusa, no pareció dispuesto a ayudarla.

—No tengo tiempo...

—¿Tiene un compromiso?

—No, pero...

—Ah, tiene prisa por comenzar con su... diversión. Lo entiendo, Thorn, pero en realidad esto es una emergencia. Y el duque sabrá valorar...

Ceñudo, el hombre la interrumpió:

—Señora, ¿cómo sabe mi nombre?

Roseleen gimió para sus adentros. Ése sí que fue un desacierto involuntario. Pero ese intercambio de palabras con él le resultó tan familiar que, por un momento, olvidó con cuál de los Thorn estaba tratando. Como no se le ocurrió ninguna excusa aceptable para ese error, se vio obligada a improvisar otra vez, añadiendo una dosis de misterio que esperaba captase su atención un poco más de tiempo.

Dijo:

—Sé muchas cosas sobre usted.

—¿Cómo? —preguntó el otro Thorn—. Si nos hubiésemos conocido, yo no la olvidaría.

El halago le provocó extrañas sensaciones y la hizo olvidar otra vez que ése no era «su» Thorn. Se quedó contemplando sus labios tanto tiempo, que él tuvo que repetir la pregunta.

—Señora, ¿cómo es que me conoce?

Con un sobresalto, volvió la vista hacia los ojos del hombre y suspiró. Hubiese preferido que su Thorn no la hubiese besado con tanta pasión unos momentos atrás, dejándola llena de deseos y... ahí estaba su doble, con la misma apariencia que la atraía, el mismo cuerpo endurecido en las batallas, los mismos labios que sabían tan bien devastar sus sentidos... Era afortunado de que la muchacha no se le arrojara encima en ese mismo instante.

—Digamos que la reputación de usted se ha extendido —dijo, sin poder mantener el tono gruñón.

Nunca esperó conocer en carne propia la frustración sexual.

Precisamente su tono hizo que este Thorn arqueara una ceja y, tras un momento, rió. No fue difícil imaginar a qué clase de reputación supuso que se refería la joven, y sin duda no serían sus proezas en el campo de batalla.

Pasada la risa, el hombre hizo otro breve gesto de asentimiento, aunque sin dejar de sonreír, y señaló:

—Si yo la acompaño a donde está lord William, no le garantizo su seguridad.

Roseleen resopló:

—No diga eso. Basta con mirarlo para saber que puede pelear con cualquiera...

—No puedo defenderla de mí mismo, señora.

Ella parpadeó:

—¿Qué dice?

No le explicó nada. Se limitó a arrinconarla contra la pared del mesón, apoyó un brazo a cada lado de la mujer y se inclinó hacia adelante para demostrarle cuán insegura estaba con él.

La besó igual que Thorn... claro, ¿cómo no? Y eso le hizo más arduo todavía mantener intactos sus sentidos, mientras esa boca se apretaba contra la suya de ese modo sensual que le fascinaba. El cuerpo del hombre entró en juego, apretándola contra la pared, de modo que lo sintiera en toda su extensión... como si ella no estuviera ya familiarizada con ese cuerpo.

Había recibido la advertencia de no enfrentarse a este Thorn. Tendría que haber escuchado, pues no parecía que el hombre pensara detenerse en la demostración, y pronto la muchacha deseó que no lo hiciera.

Se esforzó por oír la llamada que la libraría del dilema, pero no oyó otra cosa que su propia respiración agitada, y la del hombre. Seguramente su Thorn debía de tener dificultades para llevar a sir John a la cama y, en consecuencia, tendría que seguir entreteniendo a este Thorn: esperaba que no fuese en el sentido que el hombre pretendía.

Sin embargo, no tenía muchas alternativas. O aceptaba sus atenciones cosa que, por otro lado, no tenía demasiados inconvenientes en hacer, o se manifestaba indignada y ofendida.

¿Qué podía hacer? Ciertamente, sería bastante arduo fingir indignación de manera convincente después de haber permitido que la besara durante tanto tiempo. Tenía que presentar una mínima objeción, pues el objetivo era demorarlo, y no terminar en el callejón, con las faldas levantadas.

Logró apartar la boca y empujarlo un poco. Y hasta se las arregló para volver al tema que había dado lugar a la demostración. Sólo él tenía la culpa de que la voz de Roseleen sonara agitada y ronca. Tal como el otro yo, ese hombre consiguió excitar sus pasiones casi sin esforzarse.

—Ya veo que trata de mantener viva su reputación, ¿verdad? Pero en este caso, ¿no podría contenerse por una vez? —le preguntó—. Por lo menos, el tiempo suficiente para acompañarme a donde está William.

Otra mirada ardiente la recorrió de arriba abajo.

—No, creo que no.

La muchacha comprendió que se habría desilusionado si él hubiese respondido lo contrario pero, aun así, ¡maldición, ése no era «su» Thorn! En verdad, no quería seguir besándolo; sólo tenía que hacerle creer que quería.

—Me gustaría saber su nombre.

Sin saber bien por qué, se le ocurrió Dalila. Cuando lo dijo, tuvo que morderse la lengua para no reír ante lo apropiado del nombre: la engañadora sexual clásica, que era en lo que ella estaba a punto de convertirse.

Con ese propósito, le dirigió una sonrisa provocativa con la que esperaba mantener su interés, pero como no había tenido práctica en eso, no estaba segura de haberlo hecho bien. A juzgar por la expresión curiosa con que la miró, supuso que la sonrisa había resultado más bien enfermiza, y se dio por vencida.

—Thorn Blooddrinker, es impaciente. En algunos aspectos, eso no es malo, pero en otros...

Miró alrededor, hacia la zona cercana.

—Éste no es un lugar muy adecuado para que nos conozcamos mejor.

Ante una afirmación tan provocativa, el hombre la tomó del brazo y se echó a andar por la calle a tanta velocidad que Roseleen se asustó. ¡Había fallado! Su intención era entretenerlo, no que la arrastrara quién sabía a qué sitio, donde no podría encontrar a su Thorn... si acaso podía librarse de este otro.

—¡Espere!

El hombre se detuvo, pero su expresión indicó que no tenía intenciones de hacerlo por mucho tiempo, y Roseleen, desesperada, exclamó:

—Como es evidente que ya no me encontraré con el duque y su gente esta noche, ya no hay prisa, ¿verdad? Y ahora... —Se interrumpió para reunir coraje y agregó—: Tengo un gran deseo de saborearlo otra vez.

Si no fuese porque sentía pánico, jamás habría sido tan audaz, pero ese atrevimiento logró lo que pedía. El hombre la acercó a él, le cubrió las mejillas con las manos y la boca comenzó a abatirse...

En ese instante, Roseleen oyó que alguien pronunciaba su nombre desde el callejón oscuro.

Su gesto fue veloz y decidido, y con una pequeña dosis de pesar. En el mismo momento en que los labios del hombre rozaban los suyos, deslizó el pie debajo del de él y empujó con toda su fuerza. El sujeto cayó al suelo. La muchacha corrió como el viento por el callejón, hasta chocar con un pecho muy duro.

—¡Salgamos de aquí, rápido! ¡Debe de estar siguiéndome ya sabes quién!

—Sí, te seguirá —respondió Thorn, mientras le sujetaba la mano con cierto exceso de entusiasmo, haciéndola crisparse—. Tengo el recuerdo de eso y, a decir verdad, te busqué mucho tiempo, Roseleen.

La muchacha abrió la boca pero, por fortuna, estaba en otro lugar y en otro tiempo, lejos de la amenaza de que los dos Thorn se encontraran. Deseó poder dejar atrás también su propia alarma e incomodidad, pero lamentablemente todo eso se transportó con ella.

30

Se sintió mortificada. A decir verdad, nunca se había sentido tan avergonzada hasta ese momento, y lo único que quería era encontrar un agujero profundo y oscuro y ocultarse en él. No miró a Thorn. Aunque todavía la tenía de la mano, le dio la espalda tratando de esconder lo más posible el furioso sonrojo de sus mejillas.

«Lo recuerdo ahora.»

¿Cómo no se le había ocurrido? Era lógico que todo lo que le sucediera al Thorn más joven en el pasado, o se agregara a ese pasado por medios sobrenaturales como en ese encuentro con ella, pasara a la memoria de este Thorn.

Y eso fue exactamente lo que sucedió. Era probable que Thorn tuviese un recuerdo nítido de todo lo que Roseleen dijo e hizo con el otro. Hasta podía ser que hubiese adquirido esos recuerdos en el mismo instante en que sucedían y, por lo tanto, fuesen tan frescos para él como para el otro yo... que, en ese instante, debía de estar buscándola en el pasado.

Gimió para sus adentros. Era demasiado esperar que ese recuerdo se esfumara con rapidez sólo porque hubiesen pasado novecientos años más desde el hecho real. No podía ser tan afortunada, y Thorn estaba a punto de demostrárselo.

No permitió que lo ignorara mucho tiempo. Le apoyó las manos sobre los hombros, cosa que hizo más pesada la culpa de Roseleen, y se le quebró la voz de ira:

—Se te advirtió...

—No —lo interrumpió—. Sé que lo manejé... a ti, de manera equivocada, así que no hables más del tema.

Pero no pudo detenerlo:

—Lo único que tenía en la cabeza era llevarte a la cama, y tú le animaste a hacerlo.

Ella giró para enfrentarse a él y apeló a todos los recursos de defensa que tenía:

—¿Qué otra cosa querías que hiciera, que conversara con él sobre espadas malditas y convocatorias sobrenaturales? Eso lo habría espantado. Tal vez habría pensado que yo era una bruja, y me habría dejado ahí... para ir a toparse contigo. Te salvé de una catástrofe temible, fuera lo que fuese lo que sucedería si ambos os encontrarais lo bastante cerca para saludaros. ¿De qué te quejas?

—Eres una mujer inteligente. Al menos, eso es lo que afirmas —le dijo, en tono bajo y gruñón—. No te resultaría difícil distraerlo con tu incesante charla. Conmigo lo haces a menudo.

Roseleen se sonrojó por partida doble. ¿Thorn estaba en lo cierto? ¿Acaso permitió que la curiosidad por el otro yo la convenciera de que no tenía más recurso que provocar el interés sexual del individuo?

Era fácil encontrar ideas cuando no se estaba frente a la crisis misma: podría haberle dicho que estaba lastimada, quizá que se había torcido un tobillo. Podría haberle dicho que otra persona ya había ido a buscar ayuda, y pedirle sólo que se quedara con ella hasta que llegara esa ayuda. No podía ser tan poco caritativo como para negarse a una dama en apuros. Y sin embargo, tal vez se hubiese negado, teniendo en cuenta que sólo lo guiaban dos intereses, y que ella estaría privándola de uno de ellos.

—¿Acaso detecto cierto orgullo herido porque yo logré embaucarte y apartarte de mí... quiero decir, a él? ¿Por eso estás tan enfadado?

—¡No, estoy furioso porque dejaste que te tocara! —refunfuñó.

Roseleen parpadeó y luego se echó a reír, sin poder evitarlo.

—¿Estás celoso de ti mismo? ¡Oh, vamos, Thorn!, ¿no te parece un poco ridículo? Piénsalo: seguías siendo tú... por lo menos para mí. Hasta carecía de importancia el hecho de que hubiese siglos de diferencia entre vosotros, porque tenía la misma apariencia que tú.

—Aunque sólo nos separen unos siglos de edad, existe entre nosotros una diferencia que no puedes negar: yo te conozco plenamente, Roseleen. Él no. Aunque estaba ansioso de hacerlo, nunca saboreó los placeres de tu cuerpo. ¿En qué sentido, pues, somos el mismo?

Roseleen se ruborizó otra vez.

—Está bien, lamento no haberlo abofeteado cuando me besó. Lo pensé, pero tuve miedo de que se fuera y se chocase contigo. De todos modos, es culpa tuya que le dejara besarme —concluyó, dándole un empujón para enfatizar.

A su juicio, fue bueno que hubiese un sofá detrás de Thorn y que él cayera sobre el brazo de éste, pues le dio la posibilidad de subirse encima de él:

—Vikingo, la próxima vez que me beses como lo hiciste —continuó— asegúrate de permanecer el tiempo suficiente para apagar el fuego que encendiste.

Para demostrar a qué se refería empezó a besarlo apasionadamente, de una manera más agresiva que nunca, y al parecer la ira de Thorn no fue tan intensa ni duradera para que fingiera desinterés. No pasó mucho tiempo hasta que sus grandes manos se posaran sobre el trasero de la mujer y la apretaran con fuerza contra el sitio que ella misma había elegido, y ella iba dejando una estela de suaves mordiscos en el cuello y en todo el espacio que le permitía la abertura de la túnica de Thorn.

Aunque fuese el momento más inoportuno para interrumpirlos, eso no impidió que David entrara en la habitación y se aclarase la voz para dar a conocer su presencia. Roseleen alzó la cabeza, la giró hacia el recién llegado y tras unos instantes de reflexión, bastante prolongados, por cierto, se sintió encantada.

—¡David! —exclamó, y se volvió al instante hacia Thorn para decir—: ¡Hemos vuelto a la normalidad!

—Reclamo mi derecho a no estar de acuerdo —dijo David, en tono más bien seco—. Hermana, lo que tú haces dista mucho de lo que sueles hacer normalmente.

Ella no se ruborizó demasiado, pues estaba encantada con el éxito obtenido en el intento de corregir la historia. Por otra parte, se distrajo tanto con lo que Thorn le decía que no se había dado cuenta de que estaban el ambiente familiar del Cavenaugh Cottage.

Pero David seguía contemplándola con cierto matiz desaprobatorio en su expresión, cosa que la sorprendió. ¿Acaso no la había azuzado siempre, como buen hermano, para que encontrase al hombre apropiado y sentara cabeza?

El sonrojo se intensificó mientras se alejaba de Thorn para que éste pudiera sentarse, y para darse tiempo de reunir coraje y hacer las presentaciones. De ningún modo sería fácil explicar quién era el vikingo, y en ese momento su hermano no parecía en disposición de escuchar el increíble relato que tenía que narrarle.

Comenzó diciendo:

—Thorn, este es mi hermano David, si es que no lo has adivinado ya hasta ahora. David, te presento a Thorn Blooddrinker.

Esperó un comentario chistoso como:

«Con que ahora traemos fantasmas a cenar, ¿no?», pero no se produjo.

De hecho, David se limitó a dirigirle a Thorn una ligera inclinación de cabeza, como si jamás hubiese oído mencionar su nombre.

Roseleen volvió a sorprenderse. Era evidente que no los relacionaba, ni recordaba los sueños que ella le había contado... o lo que creyó que eran sueños.

Decidió darle oportunidad de que recordase, y le preguntó:

—¿Cuándo has vuelto de Francia?

—¿Francia?

—Sí. ¿Esta vez has traído contigo a Lydia?

David se puso ceñudo:

—¿Qué te pasa, Rose? No he vuelto a Francia desde que estuvimos juntos allí, el último verano. ¿Podría saber quién es Lydia?

Mientras sentía un frío que la paralizaba, Roseleen no pudo hacer otra cosa que mirarlo con fijeza. Nunca la llamaba Rose. Y el verano anterior no habían ido juntos a Francia. La última vez que estuvo en Francia, sin contar la reciente visita junto a Thorn, fue para la boda de David, que se celebró en la mansión de Lydia, en la costa meridional. Pero este David no sabía siquiera quién era Lydia. Era evidente que todavía no la conocía y menos aún se había casado con ella.

Arrojó los brazos al cuello de Thorn con tanta fuerza que casi lo ahogó, mientras le murmuraba al oído con voz frenética:

—Ése no es mi hermano, quiero decir, sí lo es, pero como el Barry que conociste, no actúa como de costumbre. Me parece que algo ha salido mal, Thorn. Aunque hayamos vuelto al *cottage*, todavía hace falta corregir algo en el pasado, pues mi presente no es como debería. Thorn le apartó los brazos para poder mirarla:

—¿Estás segura?

La muchacha asintió, pero lo que hizo que él la rodeara con los brazos fue que estaba al borde de las lágrimas. Detrás de ellos, David lanzó una exclamación de disgusto.

—¿Podrías reservar eso para cuando estéis solos? —preguntó, en tono de desaprobación.

Roseleen se puso tensa y se dio la vuelta, enfadada:

—Oh, basta, David. Hasta tu llegada estábamos solos. Pero no te molestes en salir. Nosotros nos vamos.

Tomó la mano de Thorn y tiró de él para que se levantara del sofá y salieran de la habitación. Por cierto, este David era un mojigato, y hasta se preguntó si le agradaba. No tenía intenciones de gastar saliva explicándole qué le había sucedido. Tenía la esperanza de que la próxima vez que encontrara a su hermano fuese el que ella conocía, no esa imitación puritana que dejaron ahí, sacudiendo la cabeza.

Pero, ¿cómo haría para lograr recuperar a «su» David? Se había quedado sin ideas, no imaginaba qué otra cosa podía haber resultado mal en el pasado para provocar estos cambios en el presente. Además, estaba agotada. La noche anterior, en la tienda, casi no había dormido. La última vez que durmió bien fue la primera que despertó en la tienda de Thorn, en Normandía. Pero con todo lo que le había pasado en los dos últimos días, tenía la sensación de que hubieran transcurrido semanas desde entonces.

Llegó a su habitación, cerró la puerta, se apoyó contra ella y le dirigió a Thorn una sonrisa opaca.

—No quiero hablar de ello siquiera. Por la mañana, lograré deducir qué salió mal, o qué otra cosa hizo mal alguna persona, pero ahora lo único que quiero es dormir. Vámonos a la cama.

Thorn hizo un floreo con el brazo hacia la cama, pero no pareció muy dichoso:

—Nos encontraremos ahí —dijo—. Incluso haré un esfuerzo para olvidar lo que estabas haciendo antes de que llegara tu hermano.

Ese modo sutil de recordarle que ella misma había provocado su pasión la hizo reír. Y a fin de cuentas, no estaba tan agotada.

—Es muy tierno de tu parte, Thorn, pero no es necesario que lo olvides —dijo, retirándose de la puerta—. Creo que no necesito ir a dormir... con tanta prisa.

Le oyó reír un instante antes de tomarla en brazos. Momentos después, cuando la tendió con cuidado sobre la cama, también ella reía.

—No hace falta mucho esfuerzo para incitarte... a ti o al otro, ¿verdad?

—¿Si la recompensa eres tú, Roseleen? No, no hace falta la menor incitación.

Se preguntó si sería un halago o si se mostraba sincero. Fuera lo que fuese, sus palabras la fascinaron, y pasándole un brazo por la nuca, lo atrajo hacia ella para agradecérselo con un beso. Pero Thorn no tenía interés en besos tímidos. Le deslizó la lengua entre los dientes y encendió la magia que sólo él podía provocar.

Pasaron escasos momentos hasta que Roseleen no pensó en otra cosa que en el placer.

La besó durante largo tiempo, a la vez que sus manos asolaban las zonas más sensibles del cuerpo de Roseleen. A su vez, la mujer descubrió que tenía muchas más de las que había imaginado hasta que conoció al vikingo. En verdad, en cualquier parte que la tocara obtenía espléndidos resultados. Era como si su cuerpo estuviese sintonizado al de Thorn, y él conociera todas las formas de hacerlo cantar.

Mucho antes de que el hombre diese por terminadas las exploraciones sensuales, la mujer estaba lista para él, y cuando al fin la cubrió y la penetró, hundiéndose en sus profundidades y permaneciendo allí por un largo y exquisito momento, fue una sensación gloriosa, en nada parecida al orgasmo que Roseleen supo que sobrevendría. Jadeó. Thorn lo hizo otra vez: la penetró con un impulso tan lento y profundo que la mujer sintió vibraciones de placer, como si su sangre canturreara.

Sin embargo, no se apresuró y saboreó su propio placer, al mismo tiempo que aumentaba el de ella. Sólo cuando la llevó al borde del éxtasis, y Roseleen se aferraba a él con todas sus fuerzas mientras cabalgaba en la cima del orgasmo, aumentó el ritmo para unirse a ella en esa cúspide espléndida de satisfacción.

Incluso mientras una bendita languidez la arrastraba al sopor, Thorn la besaba, la acariciaba, demostrándole de la manera más tierna que ella era especial para él. Más que ningún otro gesto, ése pulsó las cuerdas de su corazón.

31

Roseleen todavía estaba en la casa de campo, despertándose, y Thorn estaba tendido junto a ella, con un brazo sobre los ojos para protegerse de la luz matinal. Le sonrió y se inclinó sobre él para depositar un beso suave sobre el pecho. Él no se movió. La noche pasada, debía de estar tan fatigado como ella, pero a la hora de dar placer, no lo dudaba.

Suspiró. Deseaba acurrucarse cerca de él y volver a dormir, en lugar de tener que enfrentarse al mismo dilema del día anterior, aunque ahora que estaba bien despierta, no podía seguir postergándolo. Si bien tenía otra vez el *cottage*, algo había cambiado en el pasado, pues David no era el que ella conocía.

Y si la vida de David había cambiado de manera dramática, no podía menos que preguntarse por su propia vida otra vez, y también si su carrera era la misma. Si no era así, no contaría con los libros de consulta que necesitaba, y tendría que salir a buscar las respuestas que le explicaran qué otra cosa había salido mal.

Se sentó en la cama y, al ver ante ella toda la ropa esparcida sobre el suelo, no tuvo más remedio que sonreír. Con lo difícil que resultaba ponerse ese vestido amarillo, Thorn no tuvo la menor dificultad para quitárselo. No recordaba siquiera el momento en que lo hizo...

—Espero que esa sonrisa sea para mí —dijo Thorn a sus espaldas.

Antes de que pudiese responder o mirar hacia atrás, siquiera, su brazo le rodeó la cintura para impedirle que se fuera a ningún lado, y comenzó a depositar besos sobre la espalda de la muchacha, lo que le provocó una corriente de estremecimientos y ensanchó su sonrisa.

—Bueno, si no lo era —dijo Roseleen, riendo, dándose la vuelta y apoyándose en el pecho de Thorn para darle el primer beso del día— ahora sí lo es.

Thorn la estrechó contra sí:

—¿Estás contenta esta mañana?

Roseleen alzó una ceja y bromeó:

—¿Acaso esperas escuchar que eres un gran amante?

—No, una vez, una muchacha llamada Dalila me contó que mi reputación estaba muy extendida... ¡uf! —terminó con un quejido porque ella le dio un golpe en las costillas.

Pero Thorn fue rápido en revolverse.

De pronto, la tendió de espaldas y le hizo cosquillas hasta que empezó a chillar. Poco después, sin aliento, Roseleen movió la cabeza al descubrir la veta juguetona de Thorn, y le apretó la cabeza contra su pecho. Poco a poco, ese hombre la sacaba de la cáscara de disciplina en la que se había encerrado tanto tiempo, y a ella le pareció que no era tan malo.

Pesarosa, encaró el tema que tenían que enfrentar:

—Tenemos que hablar, Thorn.

—Sí.

El hombre suspiró, y rodando, se sentó en el borde de la cama. Rebuscó entre la ropa tirada en el suelo hasta encontrar sus calzones y empezó a ponérselos. Al verlo allí de pie, en ropa íntima, con el pecho desnudo, Roseleen se sonrojó al ver la marca roja de un mordisco debajo del pezón izquierdo del hombre. Siguió contemplando el cabello revuelto sobre los hombros, y comprendió que le resultaría muy difícil concentrarse en el tema que tenían que tratar: en ese momento, prefería que volviera a la cama.

Pero haciendo un esfuerzo, se sentó, se abrazó las rodillas y comenzó por preguntarle:

—Después de encontrarse conmigo, tu otro yo no hizo nada diferente, ¿verdad? Por favor, dime que ese encuentro no alteró nada, porque no me gustaría tener que pasar otra vez por eso.

—No. Él te buscó, le preguntó por ti a William, pero no hizo ninguna otra cosa. Roseleen, no tuvo tiempo de provocar más inconvenientes, pues regresó al Valhalla ese mismo día.

—Pero debió hacer algo diferente esa noche, pues antes emborrachó a sir John y luego se quedó con la muchacha ésa de la taberna que, en realidad, estaba destinada a sir John. Pero si tú sacaste a éste de allí, se quedó con la muchacha, ¿no? ¿O eligió a otra?

—Como no te encontré, volví al campamento, pues no estaba de humor para estar con otra mujer.

Roseleen parpadeó:

—¿En serio?

Thorn se puso ceñudo y la muchacha lanzó una risita:

—De acuerdo. Eso significa que lo único diferente es que tú no pasaste la noche con esa chica...

Fue su turno de fruncir el entrecejo cuando comprendió:

—Si eso es lo que hay que corregir, prefiero quedarme con este presente alterado, aunque tenga que lidiar con ese hermano de ideas atrasadas.

Thorn rió.

—Te olvidas de que, en la historia original, el que se quedaba con la muchacha era sir John, no yo. Eso ahora está corregido, de modo que no hay que cambiarlo otra vez.

—Me alegro, pues no me agradaría quedarme con este David. Pero si no cambiamos nada más... creo que ha llegado la hora de buscar en los libros. ¿Por qué no bajas a la cocina y traes algo para comer, mientras yo voy a la biblioteca, donde espero encontrar mis libros de consulta?

Thorn asintió y salió. La muchacha revisó el guardarropa y comprobó que su gusto en materia de vestimenta no había mejorado en este presente modificado, pues había pasado de la extrema sencillez a colores ridículamente brillantes. Como ahí no había nada que le interesara ponerse, ni siquiera de manera temporal, tomó una bata que, al menos, era blanca, y fue hacia la puerta.

Cuando la abrió, allí estaba David, a punto de golpear, y antes de que ella pudiese siquiera lanzar una exclamación de sorpresa, dijo en tono cargado de censura:

—Ese hombre con el que te sumergiste en el pecado toda la noche está destruyendo nuestra cocina. Tendrás suerte si no pierdes al ama de llaves, cuando vea el desastre que ha provocado.

—La señora Hume no...

—¿Quién?

«¡Maldición! —gimió Roseleen para sus adentros, y corrió por el pasillo—. ¿De modo que no hay ninguna señora Hume? ¿Para qué habré mandado a Thorn precisamente a la cocina?»

Cuando llegó, encontró la batidora eléctrica destrozada sobre el mostrador; tres latas de vegetales cortadas por el centro, y los respectivos contenidos desparramados por todos lados, un cuchillo eléctrico girando sobre el suelo; la parte superior de un envase de cartón de zumo, nadando en un charco. También había una huella del tamaño del pie de Thorn en el refrigerador que, por desgracia, tenía tirador con pestillo, que no pudo abrir. Y en ese momento, Thorn estaba ahí blandiendo la espada, y mirando de soslayo otras latas que había en el armario, porque no se le ocurría cómo abrirlas sin destruir el contenido.

Al ver el desastre, Roseleen movió la cabeza: ahí se encontraban todas las maravillas modernas, e incluso algunas que no reconoció. Era evidente que Thorn había presionado algunos botones, puesto en marcha algunos aparatos, y luego los hizo pedazos con la espada cuando empezaron a hacer cosas que, según él, no debían hacer.

—Creo que no servirías como cocinero —dijo, con una mueca.

Thorn se dio la vuelta y se quejó:

—Roseleen, aquí no hay comida que sirva.

—Sí, hay.

Riendo, la muchacha fue hacia el frigorífico:

—Sólo tienes que saber cómo conseguirla, así.

Hizo girar los tiradores y abrió las puertas.

—¿Lo ves? Hay muchas cosas. ¿Qué te parece si preparo el desayuno? Podría ser una tortilla, tocino, salchicha, tostadas y mermelada... ¿Te gustaría? Debes de estar tan hambriento como yo, y los libros pueden esperar para más tarde.

Preparar el desayuno para Thorn fue una de las tareas más placenteras que había hecho jamás, y también era divertido verlo observar cada cosa que le ponía delante. La última vez que lo convocaron las tostadas no eran tan delgadas y parejas, el tocino no estaba cortado de antemano y envasado, las gelatinas nunca fueron tan cristalinas y, por cierto, la mantequilla no se presentaba en una caja doscientos años antes. Pero estaba dispuesto a probarlo todo y, antes de dar por terminada la comida, dio cuenta de una montaña de alimentos.

Lograron ir a la biblioteca sin tropezar otra vez con David. Y la buena suerte de Roseleen continuó, pues encontró los libros de consulta. Ninguno le resultaba conocido, pero de todos modos la tranquilizó encontrar algunos. Aunque la esperaba una sorpresa desagradable.

Se acurrucó en una silla de leer y se limitó a hojear uno de los libros de historia. Por lo tanto, no tardó mucho en lanzar una mirada a Thorn, sentado en otra silla y le contó:

—Es peor de lo que imaginaba, pues se trata de un cambio grande, no menor. Los noruegos perdieron en el norte, como originalmente, y los normandos zarparon en las fechas correctas. Y aunque todo parecía igual, los normandos perdieron otra vez. Por increíble que parezca, los ingleses ganaron las dos guerras.

»Harold Godwineson incluso gobernó Inglaterra durante veinticuatro años. De él descendieron dos reyes que hicieron mucho por su país, fueron un par de tiranos, uno de los cuales fue asesinado por su propia reina, y el otro fue un hombre mediocre que no hizo otra cosa que disfrutar del poder.

Thorn suspiró.

—¿De modo que lord William murió otra vez de manera prematura?

—No, esta vez no. Pero volvió a su patria derrotado y nunca volvió a atacar Inglaterra. Algunos de sus descendientes iniciaron otra guerra contra Francia unos siglos más tarde, y perdieron, convirtiendo a Francia en la mayor potencia de Europa durante un tiempo. Inglaterra prosperó, y la Era Industrial empezó antes. Siguió guerreando con frecuencia, pero más cerca, contra los escoceses y los galeses, lo cual no es ninguna novedad.

»Pero luego aparece un cambio mayor, que se extendió por todos lados y al que podemos culpar por la gazmoñería de mi hermano. La secta puritana que se formó en el siglo XVI no emigró a América, sino que conquistó tanto poder aquí en Inglaterra que lo retuvieron hasta la actualidad. Y como era tan fuerte, América nunca tuvo necesidad de independizarse. Por increíble que resulte, Inglaterra todavía la gobierna.

Ese tema no interesaba a Thorn. Como antes, sólo lo preocupaba una cosa, y preguntó:

—Pero, ¿por qué William perdió en esta ocasión, si tú dijiste que los ingleses llegaron agotados a esta batalla después de luchar contra los vikingos en el norte?

Roseleen negó con la cabeza:

—No lo sé. Aquí todo figura tal como fue en la historia original. Se habla del viento del norte que retuvo a William varado durante dos semanas, y de que zarpó la tarde del veintisiete de septiembre, y hasta cuenta que el *Mora* se separó de los otros buques esa noche. La fecha de llegada es la misma, a la mañana siguiente en la bahía de Pevensey, mientras Harold todavía estaba en el norte. De inmediato comenzaron la construcción de fortificaciones, pero Pevensey aún estaba demasiado expuesta, y los normandos se desplazaron hacia el este, cerca de la costa, para capturar el puerto de Hastings.

»En esta ocasión, Harold estaba en el norte y había dispersado a su ejército, de modo que en realidad no llegó al sur hasta el catorce de octubre. Ocupó una fuerte posición defensiva en un arrecife alto, y se quedó allí, obligando a los normandos a atacar. Estos no lograron romper las apretadas filas de los ingleses.

Roseleen suspiró y continuó:

—Hasta las retiradas son las mismas, la primera real, porque los normandos se desmoralizaron por la falta de éxito. Aunque estaban exhaustos, los ingleses los persiguieron y los normandos se dieron la vuelta para luchar y los masacraron. Los normandos retrocedieron dos veces más, pero ésas fueron retiradas fingidas, no reales, destinadas a sacar a los ingleses de su sólida posición defensiva, y las dos tuvieron éxito pues inutilizaron buena parte del ejército de Harold. Pero la última carga que hicieron, con la caballería, la que originariamente le brindó la victoria, esta vez no prosperó. Harold permaneció bien resguardado; sus guardias de corps ahuyentaron a la caballería normanda y la derrotaron cuando iniciaban la cuarta retirada.

»Es ahí donde la historia empieza a cambiar. En el relato original, la caballería normanda triunfa en esta última carga, y Harold muere bajo la espada de un caballero, aunque ya había sido herido por una flecha que le dio en... ¡espera un minuto! —exclamó Roseleen—. Aquí no se menciona.

—¿Qué?

—La orden insólita de William a los arqueros de que dispararan las flechas hacia arriba, en el aire. Esa orden se hizo famosa porque se convirtió en el punto de inflexión de la batalla: las flechas cayeron sobre las filas inglesas y mataron a tantos que la caballería normanda cargó y pudo romper la defensa de los escudos imbricados, y los liquidó. Una de esas flechas hirió a Harold en un ojo. Los relatos no coinciden en cuanto a que lo matara o sólo lo hiriera y entonces uno de los caballeros montados pudo matarlo con facilidad, pero todos dicen que una flecha le dio en el ojo.

—Excepto éste —dijo Thorn, señalando con un gesto el que la muchacha tenía sobre el regazo.

—No, éste no lo menciona —dijo, y se inclinó otra vez sobre el libro para constatarlo, repasando la página con el dedo—. No se habla de la famosa orden a los arqueros normandos, ni de que Harold fuera herido.

Levantó la vista, y concluyó:

—Esta vez la orden no se emitió, y por eso ganaron los ingleses en lugar de los normandos.

Thorn se encogió de hombros como si no le importara.

—Entonces, es eso lo que hace falta corregir. —Pero, ¿cómo? —exclamó Roseleen—. Si no sabemos por qué no se dio la orden. Tendríamos que estar con William en ese momento para averiguar qué fue lo que salió mal.

Al escucharla, Thorn comenzó a esbozar una sonrisa:

—Creo que ésa es una excelente sugerencia.

Su ansiedad por meterse en otra lucha hizo que Roseleen lo mirara de soslayo.

—En esta batalla no sabes si todos morirán. Hubo supervivientes de ambos lados, de modo que no tendrás el atrevimiento de matar a nadie. Y no puedes aparecer de pronto ahí, pues no estabas cuando sucedió en su origen, de modo que no puedes imaginarnos a nosotros allí. Tendremos que regresar la última vez que puedas imaginar, cuando por fin los barcos estaban a punto de zarpar, y eso significa que quedaremos varados durante semanas en la costa inglesa, esperando que la batalla se produzca.

—¿Se te ocurre otra alternativa? —dijo el vikingo.

Roseleen se echó hacia atrás en la silla, y murmuró:

—No, maldita sea, no se me ocurre.

32

Roseleen sacudió la cabeza mientras contemplaba el vestido amarillo que sostenía ante sus ojos:

—Como sin duda no encontraré ninguna etiqueta de lavado en esta prenda, temo meterla en la lavadora.

—Querrás decir «dárselo a la lavandera» —la corrigió Thorn, cuando terminó de vestirse.

—¿A quién?

—A la lavandera.

La muchacha lo miró y rió:

—No, mi lavadora es una máquina, no una persona... no importa. Creo que no será mortal usarlo otra vez, aunque esté arrugado. Pero, ¿y las próximas tres semanas? De ninguna manera. ¿Podría Guy buscar un poco más de ropa para mí, o tendré que ir a una tienda mientras aún estemos aquí?

—¿Busque?

—Consiga, como consiguió este vestido.

—Ah —repuso él y asintió—. No te preocupes, el muchacho es un excelente buscador.

—Si tú lo dices... —respondió Roseleen, y comenzó a vestirse con la prenda medieval—. Pero como ahora Guy no está, tú tendrás que atarme los lazos de la espalda de este atuendo.

Mientras se acercaba a ayudarla, Thorn rió:

—Más bien preferiría...

—Sí, ya sé —se apresuró a interrumpirlo, en tono seco—. Tu especialidad consiste en quitar la ropa, y lo haces muy bien. Pero para eso tendremos que esperar a estar otra vez en tu hermosa tienda de campamento bárbara. Y como creo que ésta será una estancia prolongada, llevaré algunas cosas esenciales.

Empezó a recoger un puñado de ropa interior de la cómoda y la metió en la funda de una almohada, pues una maleta no sería muy apropiada para 1066. Se dirigió al cuarto de baño, y fue arrojando cosas a medida que las veía: el cepillo de dientes y la pasta, desodorante, perfume, cepillo del cabello, navaja, un pequeño estuche de viaje con elementos de primeros auxilios, una barra de jabón —no le agradaba la perspectiva de usar el jabón medieval que, sin duda, le habría arrancado varias capas de piel— y lo envolvió en un paño.

Volvió al dormitorio y dijo:

—Recuérdame que no deje esto.

Levantó el saco para que viera a qué se refería.

—Si en las excavaciones del siglo XIX hallasen una lata de aerosol oxidada, se producirían oleadas de escándalos en todo el mundo... y eso sería algo más que habría que corregir. Y ya hemos armado los suficientes embrollos históricos para demostrar que el viaje a través del tiempo no es un juego.

Thorn hizo un breve gesto de asentimiento, y pareció apesadumbrado, de modo que añadió:

—Anímate, Thorn, cada vez que tengas ganas de luchar, todavía te queda el Valhalla. No necesitas buscar peleas en el pasado.

—No regresaré al Valhalla —contestó de forma cortante.

Ella parpadeó:

—¿Por qué no?

El vikingo le lanzó una mirada que significaba: «qué pregunta tan estúpida», pero dijo:

—Cuando estemos casados, y me des hijos, ¿por qué habría de dejarte?

—Vamos, un momento...

—Pero antes, tengo que entrenarte.

Roseleen cerró la boca de golpe, pues la sonrisa de Thorn le demostró que sólo estaba bromeando. Él sabía lo que ella opinaba sobre ese «entrenamiento» pero, de cualquier modo, no pensaba discutir el tema otra vez. Como no estaba segura de poder volver a su propio presente, no estaba en condiciones de pensar en establecerse con alguien.

Pero al hablar del Valhalla, recordó un par de cosas inusuales que Thorn había dicho de pasada, y que nunca tuvo ocasión de preguntarle. Cuando le contó que la hermana de Guy estaba muriéndose para explicarle por qué no se toparía consigo mismo, dijo que había sido «liberado de su época, y regresé a la mía.» Y la noche anterior, cuando le señaló que había muchos siglos de diferencia entre él y el otro Thorn, éste replicó que sólo había una diferencia de pocos años.

Le pareció increíble haberlo pasado por alto, y lo sacó a colación en ese momento:

—La otra noche, cuando dijiste que sólo tenías unos pocos años de diferencia con tu otro yo, ¿qué quisiste decir? ¿Acaso has vivido tanto que unos siglos te parecen unos pocos años? Y antes hablaste de las diferencias entre tu tiempo y el mío. ¿En qué se diferencian?

Thorn arqueó una ceja.

—¿Debo suponer que no estamos listos para partir?

—Ni se te ocurra evitar esas preguntas, vikingo. No me moveré de aquí hasta que...

Su risa la interrumpió.

—Roseleen, esta mañana no te salen bien las bromas. Y no es un secreto que el tiempo no avanza del mismo modo en el Valhalla.

—Pero, ¿en qué son diferentes?

—Allí, un día puede ser igual que toda una extensión de años en tu época.

—¿Toda una extensión?

—Lo que tú llamas un siglo.

Ella no podía creer lo que oía.

—¿Quieres decir que no tienes mil años de edad?

Thorn rió:

—No, según la fecha de mi nacimiento, sólo llegué a una veintena y diez.

—Veinte y... ¿sólo tienes treinta años? —exclamó Roseleen.

—¿Parezco mayor?

Thorn lucía una ancha sonrisa, se sintió como una tonta. Claro que no parecía tener más de treinta. Sólo que, como había nacido mil años atrás, por lógica supuso que tendría que tener esa edad y, por lo tanto, ser inmortal. No tuvo en cuenta que, en ese paraíso vikingo, el tiempo se mantenía casi inmóvil.

—¿Qué edad tenías cuando te maldijeron?

—Menos de una veintena de años.

—Eso significa que no eres inmortal, ¿no es así? En realidad, envejeces, pero con un ritmo diferente.

Como siempre, el gesto de afirmación fue breve. Le costó aceptar esa novedad inesperada, pues había pensado que era tan viejo... de todos modos, muy viejo para ella. En cambio, sólo tenía un año más que ella. Al parecer, sólo envejecía cuando lo convocaban. En verdad, podía envejecer junto a ella...

Era imprescindible que ahogara esa fascinante idea. No era momento para pensar en ello, y todavía quedaba algo que nunca se animó a preguntarle, y que necesitaba saber.

—¿Por qué esa bruja, Gunnhilda, te maldijo? ¿Estaba divirtiéndose, practicando magia, y tú te atravesaste en su camino? ¿O hiciste algo para merecer la maldición?

Thorn resopló:

—Lo único que hice fue negarme a casarme con su hija.

Sorprendida, Roseleen parpadeó.

—¿Su hija quería casarse contigo?

Él negó con la cabeza:

—No, yo no le gustaba. Era Gunnhilda la que ambicionaba una alianza con mi familia. Pero como no se atrevió a abordar a Thor, sugirió una unión conmigo.

—¿Y la rechazaste?

—La hija tenía el aspecto de una bruja, Roseleen, y el doble de mi edad. La sola idea de sugerirlo era una locura por parte de Gunnhilda. Pero mi error consistió en reírme de la oferta, pues eso la puso furiosa y me maldijo ahí mismo a mí y a mi espada. Y eso no le resultó suficiente. También mató a mi enemigo, Wolfstan el loco, para que pudiese acosarme por toda la eternidad.

—Yo no vi que te acosara —repuso Roseleen con cautela, esperando que en cualquier momento apareciera un fantasma.

Thorn rió entre dientes.

—Para empezar, Wolfstan no tenía mucho aquí adentro —le explicó, dándose golpecitos en la cabeza—. Eso le hacía muy difícil encontrarme cada vez que me convocaban. Las pocas veces que logró aparecer, me limité a despacharlo al sitio de donde vino. No obstante, es una pena que no tenga mejor suerte, pues es un luchador diestro y me resulta un buen contrincante.

«Buen contrincante, dice, y fue la única vez que su vida estuvo en peligro —pensó la joven—. Tengo ganas de pegarle por decir eso. Y por mí, mientras yo esté con él, el bueno de Wolfstan puede quedarse lejos. Si tuviese que presenciar una pelea donde Thorn corriese riesgo de morir... ¿Por qué no me habré guardado las preguntas para mí?»

En tono de fastidio, dijo:

—Está bien, ya hemos perdido bastante tiempo. Terminemos con esta cuestión de enmendar los errores, y así yo podré regresar a mi vida real.

Y pensó para sí: «Pensar qué puedo hacer con un vikingo que tiene intenciones de quedarse conmigo.»

33

Fue impresionante aparecer sobre la cubierta del barco, entre docenas de personas. Estaba tan absorta que tuvieron que apartarla de un tirón de un marinero al que no había visto que llevaba un enorme barril sobre el hombro porque ella estaba en su camino aunque antes no estaba ahí.

Thorn fue el que le dio el tirón, y rió entre dientes al ver su expresión: los ojos agrandados, la boca abierta. Terminó cuando la muchacha le dio un codazo en el estómago.

—No tiene nada de divertido —le murmuró, furiosa—. ¿No comprendes que cualquiera de estas personas podrían habernos visto aparecer de la nada? Me asombra que nadie esté gritando y señalándonos con el dedo, o clamando por el poste del suplicio y la hoguera. Más como medida de protección contra los codos de Roseleen que otra cosa, Thorn la rodeó con un apretado abrazo, y le murmuró:

—Tranquila, Roseleen. Cualquiera puede pensar que vio este espacio vacío y que luego se llenó rápidamente. No creo que nos hayan visto aparecer, pues están muy atareados preparando el barco para la partida. Y aunque así fuera, es más probable que pensaran que estaban equivocados con lo que veían que intentar explicárselo a sí mismos o a los demás.

Estaba convencido de que había disipado del todo su inquietud, y como nadie gritaba ni los señalaban con los dedos, Roseleen no pudo menos que admitir que conocía bien la naturaleza humana. Por otra parte, se había acostumbrado tanto a ese restallar del trueno y al destello del relámpago cada vez que él aparecía en algún sitio, aunque estuviese con él, que ya ni lo advertía. Pero los demás sí podrían notarlo y mirarían al cielo a ver si se avecinaba una tormenta.

Por eso, era menos probable aun que alguien advirtiese su llegada, pero no aliviaba su enfado hacia Thorn por el susto, más que en parte.

Refunfuñó en voz baja:

—Recuérdame que te muestre la televisión cuando volvamos a mi época. O mejor, te llevaré a cabalgar en uno de esos pájaros gigantes que viste en el cielo aquella noche.

Por supuesto, Thorn la oyó, pues estaba muy cerca. Y de pronto, Roseleen percibió el entusiasmo del vikingo.

—¿Se puede montar en esos pájaros gigantes?

La ansiosa pregunta le hizo poner los ojos en blanco. Debió haber adivinado que una perspectiva semejante le encantaría, que no podría devolverle el susto con algo que no hubiese ahí mismo, algo real, para impresionarlo al instante. No se atrevió a señalar que esos «pájaros» eran como los automóviles. Pero la venganza ya no tenía gracia, pues le había salido el tiro por la culata.

—Olvídalo, Thorn. Sí, se pueden montar, pero no como tú imaginas. Bien, además de estar en un barco, ¿dónde estamos, y qué fecha es?

Thorn se encogió de hombros.

—No sé el día. Sólo imaginé el *Mora* como lo vi la última vez, contigo, cuando estaba listo para zarpar hacia Inglaterra.

—Está bien. Como aquí todo está igual hasta el día de la gran batalla, supongo que debe de ser el veintisiete de septiembre, cuando la flota zarpó para Inglaterra, y no el doce, cuando navegaron hasta Saint Valery para colocarse en una posición mejor, y terminaron varados a causa del viento del norte.

Roseleen suspiró.

—Sea como fuere, tenemos por delante una larga espera. Si tu escudero encuentra una o dos prendas más para mí, será más afortunado aquí que en Inglaterra. ¿Tienes idea de dónde está?

Pensativo, Thorn frunció el entrecejo.

—No, tengo que encontrarlo. Pero no puedo dejarte aquí sola mientras yo...

Se interrumpió y rió entre dientes al ver algo tras el hombro de ella, y le habló a ese algo:

—Lord William, quisiera presentarle a lady Roseleen.

Roseleen giró entre los brazos de Thorn y, sin saberlo, dejó la boca abierta de sorpresa. En ese momento comprendió por qué el vikingo supuso que aquel cuadro medieval era un retrato de William el Bastardo: la semejanza entre la figura del cartel y el hombre real era sobrenatural. En la época de Roseleen, alguien había dado con un artista y no lo sabía.

Y en ese instante, cuando al fin conocía al gran hombre, lo único que se le ocurrió fue hacer una reverencia y decir:

—Su Majestad.

El hombre rió:

—Todavía no, señora mía... pero pronto.

El error la hizo ruborizarse, pero era inevitable. A fin de cuentas, ese hombre llegó a ser rey de Inglaterra, y todos los libros de historia lo nombraban así.

—Milord, ¿podría quedar la dama bajo su protección mientras yo busco a mi escudero?

—Por supuesto, Thorn, y cuando encuentres al muchacho tráelo aquí. Quiero que navegues conmigo en el *Mora*, pues cuando no te tengo cerca, desapareces. Cuando no te encontró, Guy de Anjou me contó su temor de que algo grave te hubiera sucedido. Tienes que decirnos en qué estuviste metido.

Thorn se limitó a asentir, oprimió una vez a Roseleen antes de soltarla y se alejó bruscamente, dejándola al cuidado del duque. No se le ocurría qué explicación daría Thorn por su ausencia todas esas semanas. Era un tanto descabellado que dijese que había estado en el Valhalla, donde residía entre una y otra convocatoria, pese a que lo tomarían como un cuento destinado a la diversión de todos. Sin embargo, William querría oír algo más razonable pues, de lo contrario, no lo habría mencionado.

Pero Roseleen estaba tan encantada con la oportunidad que se le presentaba que no tenía intenciones de preocuparse por eso. Contar con la atención de William de Normandía, por el tiempo que fuese, era exactamente lo que esperaba cuando aceptó viajar a través del tiempo con Thorn. Todo lo que podía contarle sobre sí mismo que nunca se había registrado, sus esperanzas, sus planes, los que realizó y los que nunca pudo, todo eso era un material que convertiría en único su libro. Además, lo tenía todo para ella pues los sempiternos criados y seguidores en ese momento estaban ocupados.

En lo que se refería a la investigación histórica, el tiempo que Roseleen pasó con William fue un desperdicio, salvo que constató que era el 27 de septiembre. Le hizo unas preguntas, pero en cuanto el duque le lanzó una mirada extrañada, como preguntándose por qué era tan curiosa, Roseleen desistió. No quería correr más riesgos, y menos aún con alguien de tanto peso en la historia, pues ella y Thorn ya habían manipulado demasiado los hechos. Bastaría con que recordara luego algo de lo que ella dijese, que se lo transmitiera a otra persona o algo por el estilo, y nuevamente se producirían toda clase de cambios.

Decidió que no valía la pena correr el riesgo, y que tendría que conformarse con estar ahí. Después de todo, las cosas pequeñas también eran importantes, y a partir de entonces podría describir ese período y a su gente con los más vívidos detalles. Tendría que aceptar la desilusión de saber que no se enteraría de ningún hecho desconocido.

34

Ya era de noche cuando Thorn, seguido de Guy de Anjou, regresó al *Mora*. Roseleen estaba pegada a la borda es-
perándolo, pues a medida que se acercaba la hora de zarpar
empezó a preocuparse. En verdad, llegaron quince minutos
antes de que el buque partiese, lo que no la puso del mejor
humor. Si no hubiera regresado a tiempo, ella habría tenido
que bajar del barco también, sin la menor idea de dónde buscarlo.

Aunque Guy no pareció en extremo feliz de volver a verla, pues al conocerse no habían congeniado demasiado, sus
sentimientos hacia él se tiñeron de simpatía por lo que supo
acerca del probable destino de su hermana. Si había muerto,
como Thorn suponía, Guy aún no lo sabía y pasaría algún
tiempo hasta que se enterase, porque en aquella época las noticias se transmitían con mucha lentitud, y dependía de la
persona y las circunstancias que eso resultara una bendición.

A la primera oportunidad que tuvo, se disculpó ante Guy
por su conducta previa, pero eso no pareció hacer mella en
el muchacho. La actitud del joven seguía siendo de superioridad, como si dijera: «Como soy varón, soy más importante que tú», y ella jamás estaría de acuerdo con eso.

A Thorn le divirtió la conversación, aunque su expresión
estoica no lo dejó traslucir. Pero Roseleen ya lo conocía lo
suficiente para saber que debía estar riéndose para sus adentros, pues lo delataba una lucecita en sus ojos azules, y eso
tampoco le gustó.

Supuso que el fracaso de la entrevista con el duque William era la causa de su malhumor, pero la preocupación de imaginar que Thorn no llegaría a tiempo al barco era la guinda que coronaba el postre. En consecuencia, se alegró al descubrir que sir Reinard de Morville también viajaba en el *Mora*.

Como en ese momento no tenía ganas de hablar con Thorn hasta que el enfado hacia él hubiese disminuido un poco, fue un alivio comprobar que a bordo había otra persona que ya conocía, aunque desde hacía poco tiempo. La halagó que se acercara a ella en cuanto la vio. Después de todo, sir Reinard era muy apuesto, y a Thorn no le iría nada mal ver que otros hombres, además de él mismo y su otro yo, se interesaban por ella.

Mas no tardó en descubrir que sir Reinard estaba en exceso interesado. Se lo advirtió el primer comentario que hizo:

—¿Usted aquí, *demoiselle*? No, no diga nada. Esta vez, no dejaré que desaparezca tan fácilmente.

Pero en ese momento estaba tan complacida de que el caballero estuviese ahí, que respondió:

—No me iré a ningún lado, por lo menos hasta que lleguemos a Inglaterra, y entonces me quedaré muy cerca del barco, si es que me permiten bajar. Me alegro de volver a verlo, sir Reinard. En los últimos tiempos, ¿ha rescatado a otras damas?

Estaba bromeando, pero el hombre lo tomó en serio:

—No, y si lo hubiera hecho, no habría sido tan satisfactorio... ¿usted necesita que la rescate otra vez?

Esa respuesta en forma de pregunta la hizo reír.

—¿Parezco necesitar ayuda?

Estaba a punto de modificar la respuesta cuando vio que Thorn la miraba ceñudo, pero al mismo tiempo se perdió la expresión desilusionada de Reinard. Lo oyó suspirar, y replicó:

—Es una lástima. Volver a recibir su gratitud valdría cualquier sacrificio.

Roseleen sospechó que no se trataba de una simple galantería, y que estaba un poco enamorado de ella. La miraba de tal modo, con tal anhelo en los ojos, que resultaba halagador, pero ella estaba enamorada de...

«Oh, Dios, ya lo he admitido para mí misma, aunque me he esforzado tanto por evitar pensarlo, siquiera —se dijo—. Estoy enamorada de este vikingo, aunque sin esperanzas.» Claro, él le había dicho que se quedaría con ella, pero lo cierto era que provenía de un mundo que ella ni siquiera comprendía. Y aunque no hubiese envejecido por provenir de ese reino, lo cierto era que había nacido más de mil años antes, tenía un hermano al que se conocía como un dios vikingo mítico, y tenía una especie de control místico sobre el tiempo que desafiaba tanto la realidad como su propia existencia.

¿Cómo se adaptaría Thorn a su mundo con un sentido de permanencia? Podría tardar una vida entera para entender las complicaciones de los últimos años del siglo veinte, y actualizar su manera de pensar y sus actitudes. Y, a decir verdad, no quería cambiarlo, pues se había enamorado de él como era entonces y, por cierto, no era una elección muy perspicaz.

Por otra parte, la profesión y la mayor afición de Thorn era la lucha. Sin ninguna guerra en la que pelear, ni ninguna situación que se adaptara a su modo de luchar, se aburriría rápidamente.

No sería justo pedirle que se quedara con ella para siempre, pues para él sería mejor regresar al Valhalla donde, por lo menos, vivían otras personas de su clase y se entretenían probando su destreza a la manera de los vikingos. «Ahí será feliz y se olvidará muy pronto de mí, estoy segura. Y yo...»

No quería pensar en cómo sobrevivir sin verlo nunca más. Ya estaba tan deprimida por haber admitido lo que sentía hacia él que tenía deseos de llorar. Y allí estaba Thorn, mirándola colérico desde el otro lado de la cubierta, sólo porque ella estaba conversando con otro hombre.

—¿Compartiría el trinchante conmigo, *demoiselle*? —le preguntó Reinard.

—¿Qué?

Lentamente, volvió a prestar atención a su antiguo salvador, e intentó dedicarle una sonrisa, pero resultó poco convincente.

—¿El trinchante? —repitió sir Reinard, esperanzado.

Tardó unos momentos en concentrarse y entender a qué se refería. Claro, era lo que en el medievo se usaba como plato: una hogaza ahuecada de pan del día anterior. Los hombres y las mujeres solían compartirlo y los caballeros más galantes les daban a las damas bocados elegidos de todo lo que les servían.

Estaba tan distraída que no advirtió que estaban sirviendo la cena, pero ahí estaba la típica comida medieval, tan copiosa. Se sabía bien que el duque William había presidido un banquete esa noche. También se sabía lo que había sucedido durante la fiesta... por lo menos lo sabían todos los que estudiaron ese período.

Roseleen no podía decirle a nadie que, en ese momento, tal vez el *Mora* se hubiese apartado de su curso y estuviese separado por completo del resto de la flota. Si el anterior rey inglés, Edward el Confesor, no hubiese despedido a la flota permanente que patrullaba el canal porque era muy costoso, o acaso Harold Godwineson hubiese dejado parte de su flota cuando dispersó a sus fuerzas el ocho de septiembre, en lugar de llevarse la mitad a Londres, y que el resto se separara en el camino, ella no tendría de qué preocuparse. Pero ya sabía que el *Mora* no tuvo dificultades mientras navegaba solo y sin protección a través del Canal, y que a la mañana siguiente se reuniría con la flota.

No tenía modo de saber si William era consciente de la situación del buque. Según todos los relatos del incidente, mantuvo el ánimo y gozó del generoso banquete que estaba preparado. Fue una alegre reunión, en la que todos estaban ansiosos por llegar a Inglaterra, pues estaban en camino tras muchos meses de espera.

En ese mismo momento, su ánimo estaba tan alicaído que hubiese preferido abandonar a ese grupo tan alegre. Pero no tenía a dónde ir en el barco; si lograba dormir, dormiría en la cubierta pues había muy pocos camarotes, y sir Reinard todavía estaba allí, aguardando respuesta.

. Forzó otra sonrisa, esta vez con más éxito, y le dijo:

—Me encantaría compartir...

No llegó más lejos antes de que la voz de Thorn la interrumpiera para dar su opinión en la materia:

—De Morville, será más saludable que usted coma solo. La dama está a mi cuidado, y no tolero compartir su compañía... ni ninguna otra cosa que tenga para ofrecer.

35

En cuanto entró en la tienda, Roseleen alzó las manos y casi gritó:

—Nunca había presenciado una actitud tan machista, tan innecesaria y... y tan posesiva. ¿Comprendes que sir Reinard podría haberse ofendido e incluso haberte desafiado ahí mismo?

El hecho de haber tenido que contenerse tanto tiempo hizo que su frustración y su ira aumentaran en lugar de disminuir. Pero la noche anterior, desde que ocurrió el incidente, no tuvo un momento a solas con Thorn pues, de lo contrario, lo habría mencionado antes.

Ya era de día, y los barcos habían navegado hasta la bahía Pevensey sin incidentes, echaron anclas en la costa inglesa, y ya se había iniciado la construcción de un bastión en el interior del antiguo fuerte romano, para reforzarlo. Podría haberles dicho que era un esfuerzo inútil, pues pronto comprobarían que Pevensey estaba muy expuesta y los barcos pronto saldrían hacia el este, a Hastings.

Pero como aún no se había dado la orden, estaban levantando las tiendas, y Roseleen dio prisa a Guy para que armara la suya aunque supiera que no iba a estar mucho tiempo, con el único propósito de decirle a Thorn lo que pensaba de su demostración machista de la noche anterior. No venía al caso que también le dijera lo mucho que se asustó al suponer que sacarían las espadas.

—Tú lo amenazaste —siguió regañándolo, mientras se

paseaba de un lado a otro, frente a él—. Lo sabes, ¿no es cierto? Me sorprende que no te haya desafiado.

Thorn no hizo más que cruzar los brazos sobre el pecho y responder con aire de confianza viril y seguridad:

—Habría querido que lo hiciera. Tendría que haberte sorprendido más que yo no lo desafiara a él.

—Pero, ¿por qué? —exclamó, exasperada—. Lo único que hizo fue invitarme a sentarme con él durante la cena. Eso no puede ser tan malo. Dime por qué reaccionaste de manera tan exagerada.

Entonces, Thorn refunfuñó:

—¡Porque no me agrada que esté enamorado de ti!

Ella retrocedió un poco, y preguntó, con menos ira:

—¿Cómo lo sabes?

—Guy me contó que De Morville iba todos los días a preguntarle dónde estabas todo el tiempo que estuvimos ausentes de esta época. Eso es significativo, Roseleen, y además, Guy sospechó lo mismo. Era necesario demostrarle a ese señorito que nunca serás suya.

Tuvo que admitir que, en ese sentido, tenía razón. No le agradaba la idea de que sir Reinard sufriera por ella cuando hubiese regresado a su propia época. Por supuesto, estaría muerto mucho tiempo antes pero, a la vez, no lo estaría pues la *Blooddrinker's Curse* lo haría accesible en cualquier momento.

Sin embargo, dejando de lado el hecho de que era necesario desanimarlo, no le gustaba el modo en que Thorn había manejado la situación, pues los avergonzó tanto a ella como a sir Reinard. Y ése no fue el único sentido en que la hizo sentirse mal esa noche.

—Está bien, olvidemos a sir Richard por el momento —dijo, fastidiada—. ¿También tenías que decirles al duque y a todos los demás que pudieran oír que estuviste ausente el mes pasado porque yo te invité a una alegre cacería por el campo? Lo dijiste como si fuese una expedición de caza en la que yo fuese la presa...

—Y apresada...

—¡Peor aún!

Thorn ya reía, y tenía la suerte de que no hubiese nada en la tienda que Roseleen pudiese tirarle. Recordó que el duque se había reído. Sir Reinard también lo oyó, y adoptó un aire de honda derrota. Y ella misma sintió que le ardían las mejillas de vergüenza.

—Lord William me preguntó el motivo de mi ausencia —le recordó Thorn, sin dejar de reír—. Y a decir verdad, ése me pareció excelente, considerando que él recordaba que mi otro yo le había preguntado por ti. Además, es indiscutible que fuiste apresada, Roseleen...

—No creas. Por otra parte, no me usaste de excusa por eso. Lo hiciste para que lo oyera sir Reinard, para recordarle que, mientras estuvieses cerca, él no tendría posibilidades conmigo.

—No, él ya lo había entendido. Eso lo dije para ti.

—¿Para mí? —exclamó la muchacha, incrédula—. ¿Cómo se te ocurrió semejante cosa?

—¿Cómo es posible que no lo comprendas, si todos lo vieron con claridad? Hasta De Morville comprendió que era un modo de admitir mi amor por ti.

En ese mismo instante, la cólera la abandonó. Por el contrario, al oírlo Roseleen sintió ganas de llorar pero en lugar de hacerlo, le arrojó los brazos al cuello y lo besó de todo corazón. Por mucho que anhelara decirlo, ella no estaba dispuesta a hacer la misma confesión de amor, porque luego sería muy difícil explicarle por qué lo rechazaría, después. Sería mucho mejor que él no supiera que su corazón estaba comprometido.

Pero en ese momento... en ese momento lo amaba con todo su ser, y al menos podía expresarlo de ese modo. Thorn no necesitaba mucho estímulo para responder de la misma manera... no, ningún estímulo. Segundos más tarde, los dos estaban tendidos sobre el suelo de la tienda, y las manos del vikingo la recorrían de una forma algo tosca, en señal del fuego que ella había encendido.

La pasión de Thorn era la más grande que jamás hubiese liberado, y ella nunca fue tan receptiva, pues ya estaba demasiado ardiente para sentir otra cosa que el doloroso anhelo de unirse a él de inmediato. Y, al parecer, al vikingo le pasaba lo mismo.

En la impaciencia por librarse de la ropa, la de los dos sufrió algunos desgarros, pero no los oyó ni le importó. Besó, acarició, o arrasó con los dientes cada zona de la piel del hombre que quedaba al descubierto. Lo hizo gemir. Él la hizo temblar. Y cuando la penetró...

Acabó tan rápido como había comenzado, intenso, veloz y explosivo. Al volver a la tierra, sintió como si un tornado le hubiese pasado por encima. Casi rió. En una ocasión, pensó en la capacidad de Thorn para controlar sus emociones, pero ahora estaba complacida de descubrir que no siempre gozaba de esa capacidad.

—¿Significa esto que me perdonas cualquier cosa que creas que haya hecho mal?

Roseleen abrió los ojos y lo vio contemplándola con expresión de completa satisfacción viril, regodeándose con la certeza de que la había seducido por completo. Con cierta malicia, ella lo desengañó:

—No exactamente. Te devolveré tu manera retorcida de decirme que tú... bueno, lo que dijiste. Esto sucedió sólo porque yo no podía quitarte las manos de encima.

El hombre rió.

—En ese caso, podría distraerte un poco más.

—Bueno...

La muchacha también rió.

—Podrías esmerarte, y veremos qué pasa.

Lo hizo, y pasó mucho tiempo antes que pudiese pensar en otra cosa que el placer.

36

—Varias veces advertí que a ti te gusta este período de la historia.

El comentario casual de Thorn llamó de inmediato su atención. Acababan de tomar una comida rápida y la muchacha se sentía saciada en varios aspectos, hasta el punto que pensó en dormir una siesta antes de que los barcos volvieran a zarpar.

—Sería más exacto decir que me fascina —dijo. Y bromeó, añadiendo—: Pero no me negarás que las cañerías modernas son muy convenientes.

Aunque sonrió, no estaba segura de que Thorn hubiese comprendido, y no recordaba si le había explicado bastante respecto a las tuberías o por lo menos que los retretes eran un beneficio de ese adelanto. Pero en ese momento, el comentario o, más bien, lo que lo produjo, despertó la curiosidad de la joven:

—¿Por qué lo dices? —le preguntó.

—Porque no es necesario que regresemos a tu tiempo. Podríamos quedarnos en éste... si quieres.

En cuanto lo dijo, el corazón de la muchacha dio un salto de excitación, por muchos motivos. Era cierto que podían quedarse en la Edad Media. No se le ocurrió antes, pero era posible.

Si lo hacían, podría continuar su investigación con datos de primera mano. Hasta podían viajar, por ejemplo, al siglo XVIII para publicar el libro, cuando lo terminara. Pero como era infrecuente que las mujeres publicaran libros, en especial si trataban temas serios, antes del siglo XIX, quizá la obra no apareciera con su nombre aunque, de todos modos, sería publicado. Y en un siglo tan temprano no tendría que tomarse el trabajo de verificar las fuentes de información que recogería: en aquellos días no habían aparecido los libros, y no existían abogados quisquillosos.

Sí, era posible, pero lo que más la entusiasmaba era que, de ese modo, podría quedarse con Thorn.

Ahí, en ese mundo anticuado, él sería feliz. En cuanto a Roseleen, sería feliz dondequiera estuviese con él. Además, ¿cómo podía desechar la posibilidad de quedarse ahí? De todos modos, podría visitar a los amigos gracias a la espada. En cuanto a la carrera... bueno, eso sería duro, pues había trabajado gran parte de su vida para llegar a la posición que ocupaba. Echaría de menos la enseñanza. Pero si comparaba eso con la perspectiva de quedarse con Thorn el resto de su vida, se disipaban todas las dudas.

—Aquí podríamos construir una hermosa casa —continuó él, al ver que Roseleen no respondía—. Cuando William se haya apropiado de Inglaterra, concederá tierras.

—Sí, sé que William fue muy generoso con los que lo apoyaron.

El deleite la desbordó, y rió:

—Me asombra no haber pensado en...

Cuando pensó en lo único que arrojaba una sombra sobre la maravillosa idea que se le había ocurrido, se interrumpió y gimió. ¿Acaso no había llegado ya a la conclusión de que viajar en el tiempo era muy arriesgado pues podía alterar el orden natural de las cosas?

Sin embargo, allí estaban intentando enmendar algo que había salido mal, y cada día que permanecían en ese tiempo podían estar provocando cambios con su sola presencia. Si se quedaban para siempre, era casi seguro que alterarían muchas situaciones, y no estaba dispuesta a cargar con semejante responsabilidad, ni siquiera para retener a Thorn.

—¿Qué pasa? —preguntó el vikingo, estirando la mano para acariciarle la mejilla.

Quería llorar, pero eso hubiese sido apesadumbrar a Thorn. Entonces, le tomó los dedos y los besó, intentando sonreírle.

—Nada —mintió—. Era una buena idea pero, por supuesto, poco realista. Aun sin saberlo, terminaríamos cambiando más cosas, destruyendo más vidas, y eso es algo que mi conciencia no puede soportar.

Thorn suspiró.

—En verdad, estaba seguro de que dirías eso. Pero, ¿se te ha ocurrido acaso que podrías estar destinada a quedarte?

Roseleen frunció el entrecejo:

—¿Qué quieres decir?

—Tú estás aquí por la espada. ¿Quién puede decir que no es así como tiene que ser?

La muchacha negó con la cabeza:

—No es posible que así deba ser, pues yo estoy aquí por medios sobrenaturales. Además, si me quedara tendría que regresar con frecuencia para cerciorarme de no haber cambiado nada, y si descubro que... No tengo ganas de pasarme el resto de la vida enmendando errores.

—Pero si al regresar comprobaras que nada cambió —señaló el hombre— ¿aceptarías que estás destinada a quedarte?

Fue el turno de la muchacha de suspirar, pues si bien la insistencia de Thorn revelaba que en realidad lo deseaba, ¿cómo podría ella aceptarlo?

—Permíteme que te dé un ejemplo de lo que sugieres. Digamos que nos quedamos aquí un año, y regresamos periódicamente para asegurarnos de no haber alterado nada. Comprobamos que todo está bien, y creemos que no hay inconveniente en quedarnos en este tiempo. Repetimos el procedimiento el año siguiente, y el otro, y todo sigue estando bien. Pero luego, diez años después, o incluso veinte, de pronto encontraremos algo que está muy alterado.

«A esas alturas, sería casi imposible descubrir qué fue lo que cambió las cosas cuando nos referimos a un período prolongado, en el que el cambio puede haber sucedido en cualquier momento de ese período. Y en ese punto decidimos que no podemos quedarnos más aquí, ¿cómo podré regresar a mi tiempo y reiniciar mi vida ahí, si habré envejecido diez o veinte años aquí? Y no puedes llevarnos a diez o veinte años posteriores a mi tiempo, en donde yo pudiera alegar amnesia, o algo que explicara mi ausencia tan prolongada, pues la espada sólo puede llevarnos a su presente. ¿Me entiendes?

—Sí, pero hubiese preferido que no te pasara a ti —repuso.

Sinceramente, Roseleen deseaba lo mismo.

37

El fracaso de una idea tan estupenda los puso melancólicos a ambos por varios días. Luego se produjo un encuentro con sir John du Priel, que reforzó su convicción de que no se debía volver a visitar la historia salvo por medios naturales, a través de libros o de películas.

Supusieron o, más bien, ella supuso que Thorn provocó el cambio por el cual los vikingos derrotaron a Harold Godwineson en lugar de William, pues Thorn había emborrachado a sir John hasta el punto que le hizo perder la oportunidad de arrancar la verdad al espía inglés a la mañana siguiente, antes de que lo mataran. Y lo que sostenía esa conclusión era el hecho de que hubiesen podido enmendarlo. Sin embargo, estaban equivocados: Thorn no tuvo nada que ver con ello. Roseleen se reprochó no haber comprendido que el otro Thorn participó del proceso histórico que, a su vez, generó su propia época, la década de 1990 y, en consecuencia, no pudo haber provocado la alteración. Por cierto, esto de viajar en el tiempo empezaba a afectarla, y se prometió esforzarse más por permanecer fría, serena, contenida y lógica.

Sir John abordó el *Mora* un día para conferenciar con William y, cuando estaba a punto de marcharse, vio a Thorn y Roseleen sobre cubierta, y se acercó a preguntar:

—Tú te marchaste antes de que aparecieran los ladrones en el mesón en Dives aquella mañana, ¿no es así? Me acuerdo de haberte visto ahí la noche anterior.

—Así debe de haber sido —repuso Thorn, cauteloso—. ¿Hubo un robo?

—Sí, pero en mi caso resultó una chapuza, pues despaché a los dos rufianes que pensaban sorprenderme dormido. No eran adversarios para un caballero.

Roseleen no tuvo más remedio que preguntarse si Thorn también fue atacado en la historia original, esa mañana temprano, cuando estuvo con sir John porque lo había emborrachado, y no se lo había contado nunca. No obstante, no podía preguntárselo delante de sir John.

—Es una suerte que usted no se excediera anoche —le comentó Roseleen a sir John, al tiempo que le lanzaba a Thorn una mirada que decía: «¿Has visto? ¡Yo te lo advertí!»—. Si los hubiesen sorprendido en el salón común, esos ladrones podrían haberlos herido de gravedad, además de robarles.

Pero sir John se apresuró a desengañarla:

—No, señora, mi buena fortuna consiste en que estoy bien entrenado para levantarme al primer sonido de combate armado, esté aturdido por el alcohol o no. Pero esa mañana, el salón común no fue atacado. Sólo atacaron y robaron a los que estaban en los cuartos del piso alto, aunque uno de los dos ladrones que pensaron que me habían herido, antes de que lo liquidara me reveló que habría sido de otra manera.

—¿De otra manera?

Roseleen lo miró, ceñuda.

Sir John asintió:

—Al parecer, hubo una confusión en el plan. Tenían la intención de robar en todo el mesón, tanto en el salón público como en los cuartos de arriba. Pero a primera hora de esa mañana, el jefe de los asaltantes fue gravemente herido. Cierto caballero lo vapuleó cuando él y sus cómplices intentaron molestar a una moza. Sin el jefe, los otros decidieron eludir el combate abierto en el salón común, y robar sólo a los pocos parroquianos que aún dormían en el piso alto. A los que estaban en el salón público no los molestaron.

Roseleen gimió para sus adentros: en otras palabras, Thorn no fue culpable de ninguno de los cambios. Si aquella mañana las cosas hubiesen marchado como debían, se habría producido también el asalto al salón público, Sir John se habría despertado para defenderse, y tal vez se hubiese encontrado lo bastante sobrio para proseguir luego con el interrogatorio, como debía haber hecho.

Thorn y Roseleen enmendaron la alteración llevando a sir John a la planta alta, pero ese cambio no fue provocado por el vikingo sino por la misma Roseleen, y así lo indicaba la mirada que él le dirigió en ese momento. Ella fue la causa del cambio al huir de su tienda y toparse con esos rufianes que intentaron violarla. Por su culpa, el jefe resultó herido y, así, se alteraron los planes de los ladrones cosa que, a su vez, permitió que sir John siguiera durmiendo como un bendito, en medio de la borrachera en el salón común hasta mucho después de mediodía, y de ese modo perdió la oportunidad de arrancar la verdad al espía inglés.

Y aunque no dejaron los acontecimientos otra vez como habían ocurrido originalmente, al hacer que John fuera arriba y evitar que se emborrachase, consiguieron el mismo resultado final. ¡Gracias a Dios!

Sir John y Thorn conversaron un poco más sobre el incidente en general y los ladrones, pero en cuanto el caballero se marchó, Roseleen se adelantó a cualquier posible culpa que el vikingo quisiera echarle.

—De acuerdo, la alteración de la historia no fue culpa tuya sino mía, pero eso no cambia el hecho de que todo lo que dije es verdad. Es obvio que nuestra presencia aquí, en especial la mía, modifica las cosas. Tenemos que marcharnos en cuanto descubramos cómo arreglar esta nueva alteración... si es que podemos descubrirlo —agregó, suspirando—. No se me ocurre qué es lo que pudo haber marchado mal esta vez, ni por qué. Pero espero que a ti se te ocurra el día de la batalla.

»De paso, ¿a ti te asaltaron los ladrones aquella mañana, en la historia original? —le preguntó a Thorn.

—Sí —respondió él—. Seguramente, fueron los mismos que acosaron a sir John.

—¿Por qué no hablaste de algo tan importante la primera vez que tocamos el tema?

—¿Importante? No, en esta época ocurre muy a menudo, y no le damos importancia. Ni siquiera recordaba el incidente hasta que lo mencionó sir John.

—Supongo que tú también liquidaste a los dos ladrones que te atacaron.

—Sin duda.

Por la expresión y el tono de Thorn, Roseleen no tendría que haberlo preguntado.

La joven suspiró:

—Creo que es mejor que no lo hayas mencionado pues, en ese caso, yo habría sacado otra conclusión y las cosas no se habrían arreglado tan fácilmente. Lo único que importa es que se arreglaron. Y si tenemos un poco de buena suerte, también podremos enmendar esta cuestión de las flechas.

38

Hasta el 14 de octubre, día de la llegada, pasaron dos largas semanas. Roseleen pasó la mayor parte del tiempo a bordo del *Mora*, en general por orden de Thorn pero, en ocasiones, por su propia decisión, como en los casos en que el aire estaba espeso por el humo de las chozas incendiadas.

Los normandos no tardaron mucho tiempo en apoderarse del puerto de Hastings y de sus alrededores. La descripción más ajustada habría sido decir que quedó devastado. Pero hasta en el famoso tapiz de Bayeux que mostraba la batalla de William por el codiciado trono inglés había una escena en la que se le veía gozando de un banquete en Hastings, con sus hermanos Odo y Robert, mientras una mujer huía con el hijo de una choza en llamas.

Tenía que recordar que así era la guerra. El hecho de que conociera de antemano los resultados y todas las tácticas empleadas, le quitaba cierta seriedad en su mente, pero de todos modos había personas muriendo y, antes de terminar el día, morirían muchas más.

Ya hacía rato que el ejército de William se había ido cuando sintió el impacto de esa revelación, en relación consigo misma. Si bien ella estaba a salvo en los barcos, Thorn había marchado con el ejército por la ruta que comunicaba Hastings con el pueblo de la Batalla. Y aunque no pudiera morir, podrían herirlo, considerando que no estaría luchando para matar a nadie sino sólo defendiendo.

Además, Roseleen sabía que, en mitad de la noche, los guardias de William habían informado de la llegada de Harold con su ejército, que los normandos levantaron campamento y marchaban al encuentro con los ingleses, y que la batalla comenzaría esa mañana, a las nueve en punto.

Faltaba menos de una hora. Y bastaron unos instantes para que se sintiera enloquecer pensando en que Thorn podría resultar herido y ella no estaría cerca para auxiliarlo. Conocía el plan, sabía que los ingleses serían rechazados tras la loma donde se instalaron, y que todos los asaltos normandos se harían contra esa posición, y la batalla no se extendería hasta donde pudiera alcanzarla, si se escurría por los flancos. Y, en ese caso, por lo menos podría vigilar a Thorn.

Era más fácil adoptar la decisión que llevarla a cabo, pues no podía librarse de Guy de Anjou, al que le habían encargado cuidarla. Al muchacho le disgustaba tanto como a ella, pero no se alejaba ni la perdía de vista. Tomaba muy en serio la tarea pues, la última vez, casi la perdió.

Roseleen no dudaba de que Guy habría preferido estar en lo más arduo de la batalla, cuidando las espaldas de Thorn, como era su deber de escudero. Pero como todavía no lo era, tenía que cuidar de ella. En esta ocasión no se le ocurría ninguna manera de alejarse sin él... lo cual significaba que tendría que convencerlo de que la acompañara.

Era increíble lo obstinado que podía ser el joven, y cuán condescendiente. Por supuesto, cuando ella abordó el tema, Guy se echó a reír, y se negó de plano a bajar de ese barco por una hora, aunque Roseleen le aseguró que un sueño le había revelado que la batalla sería ese día, sin duda. Como los pueblos medievales eran muy supersticiosos, creían a pies juntillas en sueños y presagios.

Lo que, al fin, logró convencerlo, fue una apelación a su propia importancia:

—Si Inglaterra es conquistada, vendrán otros normandos a establecerse aquí. Y estarán ansiosos de oír el relato de la gloriosa batalla que logró la conquista. Será una de las batallas más famosas de la historia, Guy. ¿No te gustaría poder decir que estuviste aquí, y decirlo con autoridad? ¿O acaso prefieres tener que admitir que todo lo que sabes lo extrajiste de los relatos de otros?

Aunque Guy no cambió de inmediato su actitud, Roseleen lo tenía atrapado por medio de la vanidad, y no pasó mucho tiempo antes de que aceptara, a regañadientes, ir a buscar el caballo, casi el único que había quedado, y la llevara por el camino, «no muy cerca de la batalla», precisó, pero sólo lo suficiente para ayudar cuando hubiera terminado.

«¡Oh, claro!», tuvo ganas de decir Roseleen, pero se contuvo. Sabía bien que no podría resistir echar un vistazo a la batalla si se acercaban lo suficiente para oír. Y tenía razón: Guy se hizo el tonto fingiendo que no oía ninguno de los ruidos del combate hasta que estuvieron casi sobre los flancos de los normandos.

En ese momento, dijo con exagerada sorpresa:

—¡Nos hemos acercado demasiado!

Pero no hizo girar al caballo, sino que se quedó ahí y esperó que la muchacha lo convenciera de que estarían a salvo en ese sitio. El problema era que desde allí no podía ver gran cosa pues se interponían las espaldas de los altos normandos, aunque la batalla se desarrollaba en la suave cuesta de la loma donde estaba instalado Harold. Hacia el oeste había otra colina, y tal vez fuese aquella en la que William había avistado a los ingleses por primera vez.

Le dijo a Guy:

—No, aquí estamos demasiado cerca. Creo que allá estaremos mucho más seguros, ¿no crees? —dijo, señalando la colina—. Y desde allí hasta podríamos ver sin obstáculos la batalla.

Guy no necesitó más estímulo para guiar al caballo en esa dirección. Pronto, los dos habían desmontado y, ocultos por la maleza, tuvieron una clara visión del campo de batalla. Se divisaban los estandartes de Harold, tanto el del dragón como la bandera personal del Hombre Luchando, cerca del solitario manzano, en el punto más alto de la cuesta, donde se había instalado.

Tal como lo decían los relatos, era una masa densa de hombres en una posición fuertemente defensiva, que quizá le hubiera permitido a Harold ganar la guerra si sus hombres no hubiesen roto filas para perseguir a los normandos que retrocedían, tras haber perdido las esperanzas. Al principio, no supo en qué momento de la batalla habían llegado... y luego lo supo.

Descorazonado, Guy dijo:

—Estamos retrocediendo.

En efecto, los normandos retrocedían, pero ella sabía que ese era el comienzo del triunfo.

—Sí, han oído decir que William ha sido asesinado, han intentado pasar a través de los escudos toda la mañana sin éxito, pero mira allí —le dijo a Guy, entusiasmada—: Ése es el obispo Odo, blandiendo la maza. Mira cómo anima a sus hombres, asegurándoles que William está sano y salvo.

—¡Pero ahora atacan los ingleses! —exclamó Guy, al ver que los ingleses corrían cuesta abajo, en pos de los normandos.

Roseleen rió:

—No te aflijas, Guy, ése es su mayor error. Observa, y verás que los caballeros de William se darán la vuelta y los harán picadillo.

Guy la miró, atónito, al ver que eso era lo que comenzaba a suceder. Roseleen no lo advirtió, pues estaba concentrada intentando localizar a Thorn, hasta que al fin lo descubrió en la base de la cuesta, cerca de William, y ninguno de los dos tomaban parte activa en la batalla.

Suspiró, aliviada, y algo tarde comprendió que era lógico que permaneciera cerca de William y, por lo tanto, a salvo de los ataques de los caballeros montados. Por eso estaba ahí, para descubrir por qué más tarde William no dio la orden de disparar las flechas al aire.

Como todavía tenían por delante una larga espera, comentó:

—Esa retirada fue genuina, pero habrá otras fingidas que darán los mismos resultados.

—¿Cómo lo sabe?

—Ah, te he dicho que lo soñé —respondió.

No supo si el muchacho aceptaba tan débil explicación, pero sí que la miraba de un modo diferente, impresionado de que supiera tanto de lo que sucedía ante ellos:

—¿Ganaremos? —preguntó Guy, vacilante.

«Es una buena pregunta —pensó Roseleen—, y requiere un sí, a menos que esta vez los normandos no arrojen las flechas al aire, y tenga que ser no.» Por lo tanto, respondió:

—Mi sueño no llegaba tan lejos, aunque parecía de buen augurio.

Satisfecho, Guy asintió y siguió mirando la carnicería. Ella, en cambio, apartó la mirada y se limitó a observar a Thorn. La sorprendió verlo hablando con sir Reinard, y, al parecer, sin enfado ni amenazas. Hasta lo vio echar la cabeza atrás y reír, lo que la sorprendió más aún.

La escena la dejó tan perpleja que pasó el tiempo sin que ella lo advirtiese. De pronto, se dio cuenta de que eran las últimas horas de la tarde, y vio las flechas que volaban por el aire. Parpadeó, y su mirada voló hacia la cima de la colina: seguro que Harold Godwineson había sido herido por una de ellas, tal como se afirmaba en los relatos. Se encogió, y apartó la vista, no sin antes ver a la caballería normanda, que cargaba colina arriba.

La batalla pronto acabaría. Harold moriría hacia el atardecer, en el mismo sitio en que se mantenía firme desde la mañana, los normandos dejarían de perseguir a los supervivientes del ejército inglés a la caída de la noche, y traerían a una amiga íntima de Harold, Edith Cuello de Cisne, para que identificase el cadáver. Luego, por orden de William, se lo sepultaría en la costa que había defendido. Mucho tiempo después el nuevo rey de Inglaterra permitió que el cuerpo de Harold fuera llevado a suelo consagrado, en la iglesia de Waltham.

Por fin, la historia había vuelto a su cauce, con lo cual aseguraba que su época en el futuro le resultara familiar una vez más. No sabía por qué, en esta ocasión, William dio la orden a sus arqueros como tenía que hacerlo, pero el motivo no tenía mucha importancia en ese momento, mientras el resultado fuera el que buscaban.

Se prometió a sí misma que, después de esto, no participaría más en esos saltos a través del tiempo. Era demasiado enervante, y se hacía demasiado fácil provocar cambios sin darse cuenta siquiera. Si no contara con los libros de historia que le indicaban qué tenía que buscar...

—Sin duda, sospeché que te encontraría cerca.

Roseleen y Guy se sobresaltaron y giraron para ver a Thorn que se cernía sobre ellos, con expresión más irritada que desaprobadora.

Roseleen se limitó a reír entre dientes, pero Guy empezó a tartamudear excusas:

—Milord, yo... yo puedo...

—Tranquilo, Guy—lo interrumpió Thorn—. No me resulta difícil imaginar por qué estás aquí. Ya sé cuánto debe haber insistido y fastidiado la dama hasta lograr su propósito.

—¿Fastidiar? —resopló Roseleen—. Me ofende...

—Oféndete, pero esta vez no te servirá de nada. ¿Cómo es que estás aquí, que no es donde yo te dejé?

En ese instante, Roseleen resolvió hacerse la tonta, y mantuvo la boca cerrada.

—Como sospeché —siguió Thorn, y luego le dijo a Guy—: Pronto instalarán el campamento y necesitarán ayuda con los heridos. Ve y ayuda en lo que puedas. Yo me ocuparé de la dama.

Guy se apresuró a marcharse, antes de que la situación cambiara. Roseleen se preguntó si, ahora que estaba sola con Thorn recibiría los reproches, pero no lo creía. Parecía fatigado, pues tuvo que levantarse en las primeras horas del día, cuando los vigías dieron su información, y también exasperado, pero no parecía dispuesto a alzarla y a sacudirla.

De hecho, se limitó a decir:

—Esta vez, ¿estás lista para partir?

Claro que lo estaba. Incluso había traído la funda de almohada con los elementos esenciales, por si acaso. Pero se le atravesó una ráfaga de curiosidad, y preguntó:

—¿Se te ocurrió imaginar qué fue lo que cambió aquí? Aunque ya no importa, pero...

—Fue tu sir Reinard el que sugirió que los arqueros dispararan como lo hicieron. Hasta que le demostré que no podía tenerte, pasaba el tiempo soñando contigo, y estaba tan enfermo de amor que no le importaba cómo iba la batalla. Cuando su mente se concentró de nuevo en la lucha, y los normandos casi se daban por vencidos, le mencionó a William esa táctica con los arqueros, que él había visto usar.

Sin saber por qué, las mejillas de Roseleen comenzaron a arder.

—De modo que, otra vez, la culpa fue mía, aunque indirectamente...

—Sí, por cierto que fue tuya.

—No tienes por qué hurgar en la herida. Yo no le di alas al hombre.

—No era necesario, Roseleen. Basta con tu presencia para que un hombre se enamore de ti.

Su sonrojo se intensificó.

—Bueno, no me echarás la culpa de eso...

—¿No? No te habrías encontrado con Reinard de Morville si no...

—¡Está bien! Ése fue un encuentro inocente... un desacierto. Y eso apoya mi propia conclusión. No tenemos por qué manipular el pasado de ninguna manera. Por lo tanto, retiraré el permiso de que la *Blooddrinker's Curse* sea utilizada para viajar al pasado... después de que me lleves a casa, por supuesto.

Thorn suspiró, le tomó la mano, se la llevó a los labios, y luego dijo:

—Sí, me imaginé que dirías eso. Odín me advirtió que tal vez no me agradase lo que encontraría en el pasado.

La muchacha lanzó una exclamación de fastidio:

—¡Disfrutaste cada minuto...!

—No, no me gusta verte preocupada y afligida, Roseleen —le dijo con sinceridad—. No compensa ninguna batalla que pueda encontrar aquí.

Esas palabras despertaron en ella deseos de besarlo hasta que pidiera piedad, pero Thorn no le dio la posibilidad de intentarlo. En el mismo instante en que la mano de la muchacha le rodeó el cuello, penetraron en ese vacío que los hacía atravesar el reino del tiempo.

39

—Blooddrinker, no me gusta que me hagan esperar.

Roseleen oyó la voz áspera detrás de ella y se dio la vuelta para localizarla. Estaban de regreso en el aposento de la muchacha en Cavenaugh Cottage, y eso significaba que no tendría que haber nadie más ahí, menos todavía alguien de quien no conocía la voz.

Pero cuando descubrió al que hablaba, se echó atrás en la estrecha silla del escritorio, se le dilataron los ojos, y contuvo el aliento con tanta brusquedad que casi se ahogó, y comenzó a toser. Eso hizo que Thorn le palmeara la espalda, aunque no se fijó para constatar si la había hecho caer o no. Por poco no la tumbó, y Roseleen le dirigió una mirada furiosa que él no advirtió.

Los ojos azules del hombre estaban fijos en el indeseado visitante, y una sonrisa perezosa jugueteó en sus labios.

—Ah, pero no tienes nada mejor que hacer, ¿verdad? —dijo Thorn a modo de respuesta, y luego se le ocurrió—: Te saludo, Wolfstan. En realidad, tendrías que hacer un esfuerzo y visitarme más a menudo.

El visitante, a todas luces un vikingo, lanzó un ronco gruñido. Era un fantasma. Roseleen tenía en su habitación a un verdadero fantasma, no a uno imaginario. Sin embargo parecía sólido, tanto, que se arquearon bajo su peso las patas de la delicada silla en que se sentó.

El cabello largo, rubio y lacio le caía por la mitad del pecho. Los ojos eran tan oscuros que desafiaban cualquier descripción. Era corpulento, tan grande como Thorn, con músculos que sobresalían en los brazos que, en ese momento, tenía cruzados sobre el pecho. La túnica sin mangas que llevaba estaba confeccionada con una piel de pelo negro, sin curtir. El mismo tipo de piel bordeaba las botas a la altura de las pantorrillas gruesas. Y unas tiras de ese cuero a las que les quedaban escasos pelos, le cruzaban los calzones.

Detrás de él, sobre el escritorio, estaba apoyada el hacha más grande y de aspecto más terrorífico que hubiese visto jamás. Era un hacha de combate, diseñada para cortar cabezas y extremidades, y si la blandía un individuo de gran fuerza, podía cortar a un hombre en dos.

Thorn se refirió a ella, pero en tono burlón y despectivo:

—Veo que todavía tienes la pobre arma que te otorgó Gunnhilda cuando perdiste la tuya. Tendrías que haberla matado cuando te la dio.

—¿Crees que no lo intenté en las frecuentes ocasiones en que me convocó, antes de morirse, para exhortarme a que te matara? Este hacha está maldita, igual que tu espada, Blooddrinker. Se me caía de las manos cada vez que la alzaba contra la bruja.

—Qué pena.

Thorn suspiró.

—Me alegra que, por lo menos, uno de nosotros le haya arrebatado unos años a su maldita vida. Por lo que nos hizo, es pequeña recompensa la de haberla mandado antes a los dominios del diablo.

Wolfstan asintió, y luego preguntó:

—Entonces, ¿por qué nunca lo intentaste? Por lo menos, tú no estabas sometido a ella como yo.

Thorn lanzó un resoplido.

—¿Crees que no la busqué para hacer precisamente eso? Tenía grandes esperanzas de que la maldición que me impuso acabaría con su muerte, pero era demasiado poderosa para que así fuera. Además, se escondió bien de mí antes de que yo partiese para el reino del Valhalla.

Era evidente que ese paraíso vikingo era un tema doloroso entre ellos, pues a su sola mención Wolfstan lanzó otro gruñido y se levantó, haciendo crujir la silla a cada movimiento. En verdad, era tan grande como Thorn, quizás, hasta un poco más.

Al levantar el hacha de combate del escritorio, Wolfstan dio claro indicio de que estaba muy furioso. Cuando Thorn empujó a Roseleen detrás de sí lo confirmó y, como el vikingo todavía aferraba la espada desde el viaje hacia allí, en pocos segundos los dos hombres se trabaron en combate.

Roseleen los miró, horrorizada: en verdad, estaban luchando, tratando de matarse entre sí, ahí mismo, en su propio dormitorio. En cuanto la palabra matar puso en marcha todas sus alarmas internas, palideció. Éste era el único ser capaz de matar a Thorn, y no sólo herirlo: matarlo de verdad. Eso era lo que Wolfstan, el loco, intentaba hacer con cada balanceo de ese hacha monstruosa que blandía.

—¡Basta! —gritó—. ¡Deténganse ya!

Ninguno de los dos le prestó la menor atención, como si no hubiese estado allí. Pero no sólo allí, sino que además estaba aterrada.

Thorn no tenía ningún escudo con que protegerse de los ataques, y tenía que usar la espada para apartar esos golpes mortíferos si no podía eludirlos a tiempo. ¡Dios no permitiese que se resbalara o tropezase! Wolfstan tampoco tenía escudo, pero fue el atacante desde el principio, desde que las hojas produjeron las primeras chispas, y no le daba tiempo ni espacio al adversario de montar su propia defensa.

Sin pensar en otra cosa que en acabar con esa horrible pelea, Roseleen se deslizó alrededor de los contrincantes hasta quedar detrás de Wolfstan. Luego, levantó la silla que estaba junto al escritorio y lo golpeó en la espalda con todas sus fuerzas, sin importarle que Thorn pudiese protestar por el hecho de que interviniese. Pero se olvidaba de que Wolfstan era un fantasma. A diferencia de Thorn, en realidad no tenía sustancia, de modo que la silla pasó a través de él y casi golpeó al propio Thorn, y Roseleen se balanceó junto con la silla perdiendo el equilibrio y cayendo al suelo.

Se quedó ahí sentada un momento, mientras se preguntaba cómo era posible que Wolfstan hiciera curvar las patas de la silla y cómo la hizo crujir si no era sólido. ¿O acaso era selectivo? ¿Tendría el poder de cambiar su propia consistencia? El hacha, por cierto, era totalmente material. Una y otra vez la oía chocar contra la *Blooddrinker's Curse*. Pero si Wolfstan no era otra cosa que espacio e imagen, ¿cómo haría Thorn para matarlo? ¿No lo atravesaría la espada sin hacerle el menor daño?

De repente, al ver que se aproximaban, Roseleen tuvo que arrastrarse fuera del alcance de los combatientes. Pero no fue lo bastante veloz para evitar que el pie de Wolfstan pasara sobre ella, dejándole un estremecimiento helado en esa parte del cuerpo. Mientras se ponía de pie, temblaba. Tenía que detener ese combate pero, a menos que llamara al sacerdote del pueblo para pedirle que acudiese de inmediato, no se le ocurría cómo...

—Wolf, siempre fuiste un debilucho, hasta cuando estabas vivo. Vamos, ¿no puedes brindarme una buena pelea esta vez? Hasta una muchacha podría detener esos golpes insignificantes que lanzas.

Roseleen miró con vivacidad hacia Thorn, y vio que se reía: ¡estaba divirtiéndose! Mientras que ella se moría de miedo, él se divertía como loco.

Al comprenderlo, ella misma hubiese querido atacarlo con un hacha, aunque debió adivinar que para Thorn esa batalla sería juego y diversión. ¿Acaso no acababa de decir que deseaba que Wolfstan lo encontrara más a menudo?

—Eres un bravucón petulante, Thorn. Si tu familia no tuviese el poder de Irsa, que te da mayor fuerza, ya te habría cortado la cabeza mucho antes de que apareciera esa bruja para maldecirte.

«¿Con que llegó la hora de los vituperios?», pensó Roseleen, al tiempo que tomaba la silla del escritorio, se sentaba y los escuchaba lanzarse insultos los siguientes veinte minutos, algunos de los cuales le hicieron arder las orejas. Cruzó los brazos, comenzó a tamborilear con los dedos de los pies... a decir verdad, estaba volviéndose loca. Parecían un par de niños jugando a indios y vaqueros, policías y ladrones... y en el caso de ellos, el maldito y el fantasma. Era evidente que se conocían antes de que Gunnhilda se metiera en las vidas de ambos, e imaginaba que debían comportarse tal como lo hacían en ese momento.

Cuando volvieron a atacarse otra vez con seriedad, la muchacha suspiró: ya no temía que Thorn saliera herido. Evidentemente, era un luchador más hábil, y sólo jugaba con su antiguo enemigo para prolongar la diversión de los dos. Pero cuando, al fin, Thorn se dio la vuelta y, al echarle una mirada, vio que estaba muy enfadada, se apresuró a terminar la faena.

El siguiente balanceo de la espada de Wolfstan fue tan desviado como antes, pero esta vez, Thorn giró la muñeca para atacar otra vez con la espada con tal vigor que debió de abrir en dos el estómago del fantasma. Pero pasó a través de él, igual que la silla, y no brotó sangre.

Sin embargo, esta vez Wolfstan no hizo como cuando recibió el golpe con la silla, sin prestarle la menor atención, sino que reaccionó como si hubiese recibido un golpe mortal. Se le cayó el hacha de la mano, se sujetó la cintura y, de pronto, había desaparecido en un parpadeo. Al segundo siguiente, el hacha desapareció tras él.

—Hasta la próxima, Wolf —dijo Thorn, muy sereno, mientras envainaba la *Blooddrinker's Curse*.

Como si llegara desde muy lejos, llegó el eco de una carcajada. Roseleen rechinó los dientes y se contuvo de poner los ojos en blanco.

—¿Esto está ocurriendo todas las semanas? —le preguntó a Thorn, en el tono más seco posible—. ¿Todos los meses? ¿Cuánto tiempo tardará en volver a encontrarte?

—Viene una sola vez en cada convocatoria —replicó él, sin hacer caso del sarcasmo—. En realidad, ya no volverá pues no habrá más convocatorias.

Acababa de comprenderlo, y lo dijo con cierta tristeza, pero lo único que ella escuchó fue que no habría más convocatorias, lo cual significaba que se quedaría con ella, como había dicho.

Era hora de desengañarlo, de enviarlo de regreso, de que su vida volviera a la normalidad... si eso era posible. No obstante, al verlo allí, triunfante de la batalla, tan apuesto que le quitaba el aliento, aún no se sintió capaz de hacerlo. Era demasiado pronto, demasiado repentino.

«Mañana —pensó—. Sí, mañana lo haré.» Hasta entonces...

40

Durante toda la semana, Roseleen puso una excusa tras otra para retener a Thorn junto a ella... aunque fuera un poquito más. Sabía que esa postergación no beneficiaba a ninguno de los dos, que se comportaba como una egoísta al querer tenerlo cerca un poco más. Lo único que lograba era apegarse más a él y, en consecuencia, la perspectiva de echarlo se le hacía más ardua aún.

Durante varios días, no pensó en ello. Y también durante varios días, no hizo otra cosa que disfrutar de su presencia, y atesoró recuerdos que tendrían que durarle toda la vida.

Les dio vacaciones a John y a Elizabeth Hume, con la sugerencia de que visitaran a la madre de Elizabeth por una semana. Evitó que David fuese a visitarla cuando regresó a Inglaterra. No quería que nadie perturbara sus últimos días con Thorn.

Pero, al fin, supo que había llegado el momento en que no podría posponerlo más. Saber que cuando lo alejara ya no volvería a verlo la angustiaba tanto que no lo soportaba.

Aun así, lo retrasó un poco más formulando primero preguntas tontas, de las que no esperaba respuestas positivas. Estaban en el dormitorio, no para hacer el amor, aunque ésa era la actividad que consumió la mayor parte de la última semana, sino que estaban acostados, abrazados. A Roseleen le procuraba un gran placer el solo hecho de abrazarlo, de absorber su calor, de sentir las suaves caricias que no eran para estimular sino para comunicarle lo mucho que le gustaba acariciarla.

Mientras jugueteaba con el vello del pecho, Roseleen le preguntó:

—¿Se puede romper la *Blooddrinker's Curse*?

—No, en principio, porque es una espada muy bien hecha, y además, porque la maldición la hizo indestructible.

—¿Y la maldición?

Roseleen rió.

—¿Se puede romper?

De repente, Thorn se quedó inmóvil.

—¿Por qué lo preguntas ahora, Roseleen?

La joven se encogió de hombros.

—No lo sé, siento curiosidad. Quizá tendría que haberlo preguntado antes. Las leyes de la equidad permiten siempre una pequeña salida para enmendar una injusticia flagrante, y me preguntaba si en este caso habría alguna.

—Sí, se puede romper con facilidad.

—¿Con facilidad?

Sorprendida, se incorporó en la cama, pues jamás se le había ocurrido que recibiría semejante respuesta.

—Entonces, ¿por qué no hiciste que la rompieran hasta ahora?

—Porque no cuento con el poder para hacerlo —respondió Thorn, pesaroso—. La maldición no me permite mencionarlo siquiera, a menos que me lo pregunten, como acabas de hacer tú.

—¿Y qué es lo fácil? Si tú no puedes romperla, ¿quién puede?

—Quienquiera esté en posesión de mi espada posee la capacidad de romper la maldición —le explicó— pues el único modo en que puede terminar es devolviéndome la espada a mí, sin reservas, otorgándome otra vez la posesión total.

—¿En serio? ¿Eso es lo único que hace falta para romper una maldición de mil años?

Thorn hizo su típico gesto breve de asentimiento.

—Entonces, yo volveré a tener el control de mi propio destino, y mi espada no será otra cosa que una espada, sin ningún otro poder.

—Por cierto, eso aseguraría que no habrá más saltos en el tiempo, si alguna vez tuvieras la tentación de hacerlo —dijo Roseleen, pensativa.

No obstante, ya sabía que llevaría a cabo también ese sacrificio, que le devolvería la espada y, con ella, su propio destino, fuera el que fuese. Y ya no podía postergarlo más.

La espada estaba en su caja de protección, debajo de la cama donde ella la guardaba antes. Sacó la caja, la abrió, y tomó la espada en sus manos por última vez. Imaginó que podía sentir el poder que brotaba de ella, en protesta por lo que estaba a punto de hacer: terminar su largo reinado de poder absoluto y sobrenatural.

No podía decirle la verdad a Thorn, no podía decirle que alejarlo era lo mejor para él, pues eso provocaría discusiones que no estaba en condiciones de sostener, pues se relacionaban con el futuro. Por lo tanto, decidió que sería mejor mentirle, con el antiguo argumento de que «todo fue muy hermoso, pero ya se terminó». Estaba segura de que un hombre de cualquier siglo era capaz de aceptar sin dificultades un argumento así, o al menos fingirlo, para resguardar su propio orgullo.

Teniendo en cuenta lo que estaban discutiendo, Thorn se sentó y la miró con suspicacia:

—Roseleen, ¿qué haces con eso?

La muchacha le dirigió una sonrisa tibia y se sentó en el borde de la cama, con la espada bien sujeta con ambas manos. La contempló un momento, casi con odio, y deseó no haber oído nunca hablar de ella. ¿Quién habría pensado que un objeto tan viejo y mortífero pudiese hacerle conocer al amor de su vida? ¿Y quién habría pensado que el destino sería tan cruel como para no permitirle retener al hombre que nunca dejaría de amar?

—¿Roseleen?

Lo miró, y se le hizo un nudo en la garganta. No le salían las palabras, y no le saldrían mientras estuviese mirándolo, de modo que dejó caer la vista y rogó tener la fuerza suficiente para cumplir lo que tenía que hacer, por el bien de él, aunque no por el de ella misma.

Cuando al fin brotó, su voz sonó trémula:

—Es... es hora de que te vayas, Thorn.

—¿Que me vaya a dónde?

—De regreso a tu Valhalla.

—¡No!

—Sí —lo cortó Roseleen, y dijo en un impulso, temerosa de no poder—: Pronto volveré a Norteamérica, regresaré a la vieja rutina... es decir, al trabajo —agregó, antes de que él pudiese preguntar.

La mano del vikingo se posó sobre su mejilla con infinita suavidad.

—Estábamos destinados a encontrarnos, Roseleen. He tardado mil años en hallarte, y ahora que te tengo no te dejaré ir.

Cerró los ojos, desesperada por contener las lágrimas. Sería la última caricia que recibiría de él... la última.

¡Oh, Dios!, ¿por qué discutía con ella? ¿Por qué no podía aceptar su decisión y dejarlo todo así?

—No lo entiendes —repuso Roseleen, y el timbre de su voz se agudizó—. Quiero que te vayas. Fue agradable estar contigo un tiempo... en verdad, eres un gran amante. Pero tengo que continuar con mi vida, y no puedes formar parte de ella.

—Roseleen, tú me amas tanto como yo...

—No, no te amo. ¿Ahora lo entiendes? Y... y no quiero nada que me recuerde a ti, por eso te devuelvo la espada.

—¡No, Roseleen!

Pero la muchacha ya se inclinaba hacia adelante y le depositaba la espada en el regazo, y cuando él gritó, la sobresaltó tanto que la dejó caer. Al segundo siguiente, Thorn y la antigua espada habían desaparecido.

Roseleen se quedó mirando fijamente el sitio donde habían estado, ahora vacío. El colchón no conservaba la huella del cuerpo, ni volvía lentamente a su forma original para demostrar que Thorn estuvo ahí apenas unos segundos antes. Tocó el lugar vacío y estalló en lágrimas.

41

Después de alejar a Thorn, Roseleen lloró hasta que se durmió. Cuando despertó, no supo si era el mismo día o el siguiente, pero ese hondo dolor seguía presente... y también su hermano, David.

Tuvo que frotarse los ojos para estar segura de que no veía visiones, y, en efecto, ahí estaba David, sentado en una silla junto a la cama. La contemplaba con sonrisa radiante, como si tuviese excelentes noticias para darle y estuviese impaciente por hacerlo.

—Hola, preciosa—le dijo con alegría, tomándole la mano y apretándola con suavidad—. Bienvenida al mundo de los vivos.

—¿Cómo dices? —preguntó la muchacha, parpadeando—. ¿Es que me había muerto?

David rió:

—No, pero estuviste a punto.

A esas alturas, Roseleen creyó que estaba tomándole el pelo por un motivo desconocido para ella, y entonces, fingió un bostezo, se recostó otra vez sobre las almohadas, y dijo en tono aburrido:

—Está bien, me rindo. Acepto que estoy algo cansada, pero, ¿medio muerta de agotamiento? Desde luego que no, no lo creo.

Entonces, recordó cuánto había llorado, y añadió:

—Ahora que lo pienso, quizá tenga que aceptar que parezco peor de lo que estoy.

—Espero que te sientas mejor, porque tienes un aspecto magnífico... teniendo en cuenta las circunstancias.

—¿Qué circunstancias? Vamos, David, explícate. Nunca he servido para las adivinanzas cuando acabo de despertarme.

David adoptó una expresión pensativa:

—El médico dijo que quizá no recordaras.

Ante una afirmación tan enigmática, Roseleen entrecerró los ojos:

—¿Recordar qué cosa? ¿Qué médico?

—No te inquietes...

—¡David!

—En verdad, no recuerdas, ¿no es cierto?

La muchacha suspiró.

—Está bien, ¿qué es lo que no recuerdo y que tendría que recordar?

—Rosie, has estado tan enferma que la señora Hume no sólo llamó al médico sino que le pareció necesario llamarme también a mí. Imagínate lo preocupada que estaba.

Roseleen frunció el entrecejo:

—No seas ridículo. Si Elizabeth y John no están aquí, están de vacaciones en Brighton —comenzó, pero luego se corrigió—: ¿Han regresado?

—No estoy enterado de que hayan tomado vacaciones últimamente, pero no te quepa ninguna duda de que están aquí, por fortuna. Si hubieses estado sola, podrías haber muerto.

La muchacha cruzó los brazos sobre el pecho y le lanzó una mirada casi colérica:

—Está bien, esto es una broma, ¿verdad? Estoy impaciente por oír el final, así que, vamos, dilo.

David sacudió la cabeza.

—No es ninguna broma. Y no tengo escrúpulos en decirte que estuve loco de aflicción.

—Pero, ¿por qué?

—Rosie, has tenido una pulmonía muy grave. Has estado inconsciente durante cinco días y, además, con delirios y alucinaciones. Tu temperatura llegó a más de 40 grados, y nos asustamos muchísimo. No dejé que el médico se moviera de tu lado.

Roseleen lo miró fijamente durante varios segundos, y por fin exclamó:

—¡No recuerdo haber estado enferma!

—¿En serio?

—Te lo aseguro.

—Yo diría que es una bendición.

La miró, riendo.

—Algunas de tus alucinaciones parecían auténticas pesadillas.

—Sin embargo, me siento perfectamente bien —le aseguró—. Sólo un poco fatigada.

Y eso se debía a lo mucho que había llorado. ¿O no? ¿Cuándo fue eso? Si había estado inconsciente cinco días, ¿cuántos días antes había echado a Thorn?

De repente, se le ocurrió otra idea que la hizo ponerse tensa. Quizás, a fin de cuentas, ella y Thorn no habían regresado al tiempo correcto. Tal vez fuera necesario corregir algo en el pasado, algo tan insignificante que no alteró el presente de manera radical sino que cambió un poco las cosas. Por ejemplo, las alteró lo suficiente para que ella no recordara haber estado enferma, porque fue la otra Roseleen, la que vivía en este tiempo, la que casi murió de pulmonía, y no ella. Tal como hubo otra Roseleen que se casó con Barry, otra que tuvo un hermano puritano que ella no soportaba...

Dijo con suspicacia:

—Respóndeme a una pregunta estúpida: no me casé con Barry Horton, ¿verdad?

—No seas absurda. A ese miserable, no le darías ni la hora y, si lo hicieras, yo le patearía el trasero antes de que pudiese poner en hora el reloj.

Roseleen no tuvo más remedio que echarse a reír.

—Está bien, te creo. Sólo quería cerciorarme, mientras tocamos temas que no puedo recordar.

David rió entre dientes.

—Seguro que te sientes mejor, pues ya estás bromeando de nuevo.

David insistió en que descansara el resto del día, y no aceptó discusiones al respecto. Y, más tarde, cuando pasó el doctor a revisarla, le indicó un par de días más de reposo. Aunque ya había pasado cinco días en cama, a juicio de todos los que la cuidaron, no fueron de descanso, precisamente.

Le costaba creer que hubiese estado tan enferma y no recordara la aparición de la pulmonía, siquiera. Suponía que debía recordar al menos un resfriado, tos, dolor de cabeza, o el comienzo de la fiebre. Pero no podía acordarse de nada parecido a un síntoma de enfermedad. El último recuerdo que tenía era de haber alejado a Thorn, y ése no lo olvidaría jamás.

Claro que existía la posibilidad de que hubiese estado tan deprimida y con el corazón tan dolorido que hubiese pasado por alto algo tan insignificante como un resfriado. Según el calendario, estuvo ausente unos días más desde el momento en que alejó a Thorn, además de los cinco días que pasó inconsciente por la pulmonía, y que no podía recordar.

Era posible que se hubiese sumergido tan profundamente en la desdicha después de la desaparición de Thorn, que el tiempo y los sucesos mundanos hubiesen pasado de largo sin que los registrara. Y cada vez que pensaba en él esa depresión volvía, por lo tanto, intentaba no pensar en él... muy a menudo.

En ese sentido, David la ayudó. Pasaba casi todo el día con ella, le contaba chistes, le hablaba de su reciente viaje a Francia, jugaba a juegos de naipes sencillos, a juegos de mesa, para que ella no se pusiera nerviosa.

Pero al fin llegó el día en que reanudaría la rutina, y David volvería a su casa de Londres. Además de llenar sus libretas de apuntes con todo lo que vio en el pasado antes de que se le borraran de la memoria, había algunas cosas que aún quería investigar antes de regresar a Estados Unidos. Una de las anotaciones en su agenda consistía en viajar a Hastings en el coche.

Una mañana, partió temprano hacia allí. En el pasado, había visto la región, pero nunca estuvo allí en el presente. El impulso de viajar se debió, en mayor medida, a la curiosidad; quería ver cuán diferente era el lugar de lo que había sido en la época de William. Y lo encontró muy cambiado.

El prado pantanoso ya no existía, y lo que fue campo abierto ahora estaba lleno de árboles. Y la Abadía de Battle se construyó en el sitio exacto en que había caído Harold Godwineson.

Paseó por el lugar, imaginando la batalla como la había presenciado. Si bien muchas cosas pudieron haber afectado al combate antes de que sucediera, podría haber sido de cualquier manera. Aunque William el Conquistador fue un hombre brillante, un luchador curtido y un gran estratega, conquistó el trono de Inglaterra con buena suerte y gracias a las circunstancias.

Si algo hubiese sucedido de otro modo, como Roseleen pudo comprobar personalmente, William no les habría ganado a los ingleses, que lo superaban en número, y la posición defensiva de éstos habría permanecido inquebrantable si no hubiesen cometido la tontería de romper filas.

Se alegró de que hubiese obtenido la corona, y haber sido testigo del triunfo. Pues para que ella pudiese regresar a su propio tiempo, no podría haber sido de otra manera.

42

Debía tomar el avión de regreso a Estados Unidos, y David la acompañó al aeropuerto. Y también la fue a buscar un día antes, considerando que el avión despegaría por la mañana temprano y que pensaron que sería conveniente que pernoctara la última noche en la casa que David poseía en Londres.

Lydia voló desde Francia con el sólo propósito de despedirla. Esa última noche, los tres fueron hasta un pequeño pub en la misma manzana, donde servían pescado y patatas fritas deliciosos, calientes, y no había más que pedir las bebidas bien frías.

Nunca había comprendido la inclinación de los ingleses a las bebidas tibias, y nunca se tomó el trabajo de preguntarlo. Prefirió imaginar que debía de provenir de los días en que se bebía aguardiente tibio, que se sacaba directamente del barril. Esa idea la hacía sonreír, cosa poco frecuente en esos días.

Pensó mucho si debía hablarle o no a David acerca de Thorn. No era necesario que lo supiera, pues él se había ido, y nunca volvería. Se trataba, más bien, de que necesitaba hablar acerca de él, compartir con alguien sus recuerdos del vikingo. Y, sin contar a Gail, David era la persona más cercana a ella.

El único motivo que la hacía vacilar en contarle al menos una parte de la historia, era que, sin duda, su hermano pensaría que había enloquecido y, ¿quién podría reprochárselo? Después de todo, era una experiencia increíble, y ella era la primera en admitirlo.

Viajes en el tiempo, brujas con poderes sobrenaturales, maldiciones, un vikingo de mil años de edad que vivía en un sitio que, para el mundo, era un lugar mítico en el que el tiempo casi no transcurría: muy increíble. Aun así, en realidad había sucedido y necesitaba hablar de ello.

Temprano, a la mañana siguiente, David y Roseleen iban de camino al aeropuerto, y sólo entonces tuvo el coraje suficiente para aludir a Thorn. Comenzó dando un rodeo, con la esperanza de que la impresión de su hermano fuese mínima, por lo menos al principio.

Dijo en tono despreocupado:

—David, le devolví la *Blooddrinker's Curse* a su propio dueño.

Él le lanzó una mirada que sólo manifestaba curiosidad, y preguntó:

—¿De qué hablas? No pudiste comprar la espada, ¿recuerdas?

Roseleen no esperaba ser ella la sorprendida, o confusa. Quizá no la había entendido:

—¿A qué te refieres? Tú me la compraste.

David movió la cabeza, y le aseguró:

—No, no lo hice. Lo sugerí, pero tú estabas tan resentida con Sir Isaac Dearborn porque no quería tratar contigo que me dijiste que lo olvidara. Por lo que sé, Dearborn todavía posee la espada, y podrá considerarse muy afortunado si alguna vez consigue un comprador, pues está en pésimas condiciones.

—¡Estaba en perfectas condiciones!

A esas alturas, David se dio la vuelta y la miró realmente perplejo:

—Rosie, ¿qué demonios te pasa? Nunca tuviste ocasión de ver siquiera esa espada.

Roseleen suspiró, y llegó a la conclusión de que David había olvidado y necesitaba que le estimularan la memoria, o estaban hablando de dos espadas diferentes.

—David, tú me compraste la espada. Me la enviaste a Estados Unidos, y yo la traje aquí. ¿Te acuerdas de esos sueños que te conté? Bueno, no eran sueños, era realidad. Resultó que la espada estaba maldita. Venía junto con el dueño original, Thorn Blooddrinker, y yo podía convocarlo con sólo tocar la espada. Y lo conocí tanto que... que me enamoré de él.

Después de mirarla unos momentos como si le hubiese brotado una segunda cabeza, David dijo:

—Rosie, ése sí que es un sueño.

—Pero, David, eso es lo que trato de decirte: no fue un sueño, fue real.

—Está bien, repitiendo una frase que me dijiste no hace mucho, estoy impaciente por oír el final, así que, dilo de una vez.

—Soy incapaz de bromear con algo semejante, David. ¿No me has oído? He dicho que me enamoré de ese hombre. Y la idea de que lo alejé devolviéndole la espada, pues pensaba que sería mejor, me duele hasta la locura. Pero si hubiese dejado que se quedara aquí, él sería desdichado, porque tenía un modo de pensar y una profesión anticuados. Era el ser más feliz cuando podía blandir la espada contra alguien.

—Rosie, detente y piensa un minuto, por favor. Para empezar, nunca poseíste la espada, y te aseguro que es así. No sería capaz de mentirte al respecto. En consecuencia, es imposible que haya sucedido nada de lo que acabas de contarme, ¿verdad?

—Pero...

—Piénsalo un poco, y verás que tengo razón. Fue sólo un sueño que tuviste mientras estabas enferma. Quizá la fiebre tan alta que sufriste hizo que el sueño fuese mucho más vívido, y por eso te parece real. Pero no puede serlo, porque nunca pusiste las manos sobre esa espada y, por lo tanto, no pudiste convocar a nadie, ni entregársela a nadie para alejarlo.

¿Un sueño? ¿Cómo era posible que le doliese el corazón

por un sueño? ¿Cómo era posible que no recordase nada de una enfermedad grave, pero sí todo lo que se refería al sueño? Sin embargo, si nunca poseyó la espada...

Eso significaba que nunca conoció verdaderamente a Thorn Blooddrinker, y menos aún se enamoró de él. Él era tan irreal como su propio sueño.

43

Estuvo pensando en ello durante todo el vuelo de regreso. Se había manifestado de acuerdo con David y le aseguró que modificaría sus ideas y que trataría de dejar de lado toda la historia. Pero no sería tan fácil, teniendo en cuenta que el sueño parecía más real que lo que pasaba por realidad. Por otro lado, aunque le parecía perfecto convencerse de que tenía que olvidarlo, sus propias emociones no se daban por enteradas.

Cuando llegó de regreso a Estados Unidos, decidió alquilar un coche e ir primero a casa de Gail, antes de llegar a su propio hogar. Podía contarle todo a Gail, y así lo hizo, rememorando toda la experiencia, hasta el mínimo incidente, desde la primera aparición de Thorn en el aula hasta el instante en que dejó caer la espada sobre el regazo del vikingo. Y mientras hablaba con su amiga, supo que no estaba recordando un sueño sino confiándole sus recuerdos, que eran todos claros como el cristal. Pero Gail, igual que David, le aseguró que, para empezar, Roseleen nunca fue dueña de la espada, que no se la mostró la última vez que fue a visitarla.

Después, exhausta pero sintiéndose un poco mejor por haber hablado de todo eso, Roseleen dijo:

—Gail, sabía que debía de ser un sueño, pero, ¿cómo es posible recordar tantos detalles? Como el día que Thorn descubrió la televisión, la última semana que pasé con él. Nunca me reí tanto como al ver sus reacciones cuando le mostré lo que podía hacerse con el control remoto. ¿Te imaginas a alguien fascinado por los anuncios de publicidad?

—¡Oh, basta! —rió Gail—. ¿Qué tengo que hacer para soñar algo así? ¿Tener una pulmonía? ¿Por qué no te conformas con haber tenido la experiencia, el sueño, y lo dejas así?

«¿Que me contente con haber tenido la experiencia? —pensó Roseleen—. Lo haría si dejara de sentir dolor y de echar tanto de menos a Thorn.» En lo que se refería a los sueños, éste era como un terrible dolor de garganta en lo que concernía a las emociones.

Antes de que se marchara, Gail le señaló con respecto a toda la historia:

—Se parece a un libro que leí hace poco. Quizá tú también lo leíste y la enfermedad te hizo pensar que lo habías vivido. Maldición, qué buena idea. Tengo todo un estante de libros con historias que me encantaría vivir. Creo que meteré un rato la cabeza en el congelador. ¿Cuánto tiempo piensas que llevará pescar una pulmonía?

Gail sí que lograba hacerla reír. Se alegró de haber decidido ir a visitar a su amiga antes de volver a su propio hogar. Por lo menos, le dio ánimos para pensar que, en su momento, superaría el recuerdo de ese sueño. A decir verdad, la ayudaría si la costosa vitrina de cristal que mandó hacer para la *Blooddrinker's Curse* no estuviese aún colgando en el centro de la colección de armas.

Más tarde, cuando al llegar a su casa la descubrió, el estado de confusión volvió con más intensidad aún. ¿Acaso tenía que suponer que había encargado la vitrina sólo con la esperanza de poseer la espada? No solía ser tan frívola, pero ahí estaba la caja... vacía. Claro que eso explicaría por qué estaba tan furiosa con Dearborn, pues ya había gastado dinero en un arma que el hombre se negó a venderle. Pero, ¿por qué no podía recordarlo de ese modo, sino sólo como había sido en el sueño?

Estaba en medio del esfuerzo para salir de esa confusión, cuando sonó el timbre y casi le aplastaron una taza en el rostro al abrir la puerta principal.

—¿Me prestaría una taza de azúcar, señora?

—¿Cómo dice?

—Usted es Roseleen White, ¿no es cierto? —dijo el hombre que sostenía la taza—. Yo soy Thornton Bluebaker. Nuestra vecina del otro lado, Carol No sé cuántos, me habló de usted.

Apartó la vista de la taza para poder enfocarla en el hombre, y estuvo a punto de desmayarse. Lo único que atinó a hacer fue mirarlo con fijeza. El cabello castaño claro corto, sólo le llegaba debajo de las orejas, y estaba peinado a la moda. La ropa también era moderna: ajustados jeans negros con una camiseta y una chaqueta corta de gamuza, llena de parches de la bandera norteamericana. Pero era el rostro de Thorn. El cuerpo de Thorn. Los adorables ojos azules de Thorn. Hasta el nombre era similar: Thorn Blooddrinker y Thornton Bluebaker.

Su mente buscó una explicación, para no quebrarse y ponerse a llorar. Quería arrojarle los brazos al cuello, inundarlo de besos... pero era un extraño. Un extraño con la cara de Thorn. Al parecer, era el nuevo vecino que tanto la había preocupado.

—Yo le conocí cuando fui a Europa, ¿no? —dijo la muchacha, esperanzada—. Sólo que no puedo recordar exactamente cuándo o cómo...

—No, si la hubiese conocido la recordaría, créame —repuso el hombre con una mirada que le provocó oleadas de calor en el vientre—. Pero es posible que usted me viese. Estuve aquí varias veces mientras la empresa de mudanzas instalaba mis cosas. Creo que eso fue antes de su viaje.

Roseleen asintió: claro, eso era. Lo había visto, la imagen se grabó en su mente, y como le pareció muy apuesto, fue ésa la imagen que apareció en sus sueños. Tal vez, a fin de cuentas no estuviese perdiendo la razón.

—Me enteré de que es usted profesora. Ésa fue la carrera que estuve a punto de elegir yo, pero alguien me instó a ser escritor.

—¿Qué escribe?

—Novela fantástica. Mi último libro salió hace un par

de meses. Tal vez usted lo haya visto en los aeropuertos, en este último viaje.

El único recuerdo que tenía del viaje a Europa era que tenía mucha prisa, pues tuvo que volver a la casa a buscar la *Blooddrinker's Curse*, y que arrebató un libro del puesto del aeropuerto sin echarle ni un vistazo. Pero, claro, eso debió de ser parte del sueño. El vuelo verdadero a Inglaterra debió de ser tan rutinario que ni siquiera lo recordaba. Era posible que hubiese visto el libro, pero no lo recordaba.

—¿De qué trataba? —preguntó, sólo por cortesía.

—Una fantasía acerca de Thorn, el hermano desconocido del dios vikingo Thor. Me fascinó la idea de tratar el tema de una espada maldita y de viajar a través del tiempo... ¿qué le pasa?

A Roseleen se le aflojaron las rodillas y, por un instante, se le nubló la vista. Nunca en la vida había estado tan cerca de desmayarse, y Thornton la sujetó cuando comenzaba a caer al suelo. Pero el contacto, la cercanía del hombre empeoró las cosas. Todo su ser se tornaba caótico de pensar que ése era Thorn, de desear que... «¡Oh, Dios!, ¿estaré soñando otra vez?»

—No es nada —logró balbucear, pero era mentira.

Ya estaba convencida de que había perdido la razón.

—Es que me siento un poco mareada. Y... creo que leí su libro. Debí comprarlo en el aeropuerto.

—¿En serio?

El hombre se puso radiante.

—¿Le gustó?

—Era muy... insólito. Había una historia de amor, ¿no es así?

—Sí. Por lo general, no incluyo historias de amor, porque no son mi fuerte. Pero me pareció apropiado para este libro.

—No recuerdo haberlo terminado. ¿Cómo era el final?

—Odín le decía al héroe que la dama le había mentido: ella lo amaba. Lo amaba tanto que lo alejó porque estaba convencida de que sabía lo que era mejor para él. Creyó que él no podía ser feliz en su época.

Roseleen estaba segura de que su propia imaginación le hacía ver que ese hombre tenía expresión de reproche, como si le echara la culpa...

—Creo que suena el teléfono —mintió—. ¿Por qué no le pide el azúcar a Carol?

Le cerró la puerta en las narices antes de que él pudiese responderle, y se apoyó contra ella, cerrando los ojos y exhalando un gemido. El corazón le latía desordenadamente, y se sentía muy estúpida.

Claro que no la había mirado con aire de reproche. Lo que sucedió fue que ella se lo imaginó, porque lo merecía. Debía de haber leído ese libro en el viaje a Inglaterra. La misma Gail le insinuó algo así. De algún modo, cuando estuvo enferma, revivió el libro en el sueño delirante, se puso en el lugar de la heroína y, como estaba tan enferma, su mente obstruyó parte de la vida real para sustituirla por esos sueños, y la convenció de que eran reales, en lugar de la verdadera realidad.

El timbre sonó otra vez, haciéndole ahogar una exclamación de sobresalto. Era él de nuevo. Lo sabía. Estaba segura. Thorn nunca se habría rendido tan fácilmente... «¡Oh, Dios! ¿En qué estoy pensando? Tengo que detenerme. Este no es Thorn, es un completo extraño.»

Pero en cuanto abrió la puerta, ese completo extraño la atrajo a sus brazos y la besó. No ese tipo de beso de saludo, si es que existía algo semejante, sino uno que decía: «bienvenida al hogar, te he echado de menos como un loco», y que a Roseleen le pareció profundamente familiar.

Cuando la soltó, y la depositó en el suelo —no se había dado cuenta de que la alzó en el aire— lo único que deseaba era refugiarse otra vez en los brazos del hombre. Ni se le ocurrió abofetearlo por su atrevimiento, pues ese beso le resultó extremadamente familiar.

—No te diré que lo lamento —le dijo el hombre, con expresión seria y posesiva—. Espero que no pienses que esto es un atrevimiento sino que, por algún motivo que no entiendo, sentí que tenía derecho a besarte.

Roseleen sabía por qué ella sentía que tenía derecho, pero, ¿y él? Era preferible no comentarlo siquiera, por lo tanto, se limitó a asentir y cambió de tema:

—Me olvidé de preguntarte cómo terminó la historia de amor de tu libro.

El hombre rió:

—Por supuesto, mi héroe no pudo quedarse en el Valhalla. Ahí, sólo era un invitado del hermano, pero ése era un lugar para los muertos y él todavía estaba bien vivo. Entonces, Odín sintió lástima por él pues, en verdad, tenía el corazón destrozado, y le permitió elegir el tiempo en que podía vivir su vida. Puedes adivinar qué época eligió.

Roseleen logró sonreír.

—Oh, no lo sé. Teniendo en cuenta lo mucho que le gustaba pelear, la guerra...

—Más la amaba a ella, Roseleen —dijo el hombre.

La miró con tanta seriedad, con tal intensidad, que el corazón de la muchacha dio un salto.

—Habría hecho cualquier cosa para recuperarla, aunque tuviese que volver a vivir en la época de ella y esperar hasta llegar a la edad en que ella lo conoció antes de poder encontrarla y hacerla suya otra vez.

—¿Eso fue lo que hizo?

—Oh, sí, y le pareció que la espera valió la pena. ¿No estás de acuerdo?

Aunque la sonrisa de Roseleen asomó con lentitud, fue radiante. No pensaba preguntarse cómo sucedió. Tal vez había vivido realmente esos sueños y su propia vida quedó, de alguna manera, alterada, así que pudo conservar recuerdos de él después de haberlo alejado, cosa de la que sin duda debió de ocuparse Odín. O tal vez había visto antes a este hombre y la fantasía de la historia había quedado tan grabada en su mente que se enamoró de un sueño porque la enfermedad le hizo creer que era real.

«¿Que si estoy de acuerdo?»

—En realidad, pienso que ella tendría que pasar el resto de su vida compensándolo, por haber sido tan tonta como para creer que sabía qué era lo mejor para él.

El breve gesto de asentimiento fue dolorosamente familiar:

—Es una opinión femenina. No está mal. Tendré que consultarte para el final de mi próximo libro.

Le sonrió, con los ojos cargados de promesas.

—Sin embargo, me gusta la idea de que ella lo compense.

Roseleen arqueó una ceja.

—¿No es así como lo terminaste?

—No, el fin que yo le di fue bastante brusco. Se encuentran otra vez, y ella lo invita a cenar.

Roseleen captó la insinuación y rió:

—Hablando de eso, ¿te gustaría venir a cenar esta noche... para seguir hablando del libro?

—Ten cuidado, Roseleen —le advirtió, en tono bromista y serio a la vez—. Una vez que me invites, te resultará difícil librarte de mí.

¡Como si quisiera librarse de él...! No volvería a cometer el mismo error, y le dirigió una sonrisa que lo decía todo. Había recuperado a su vikingo, y no pensaba perderlo otra vez.